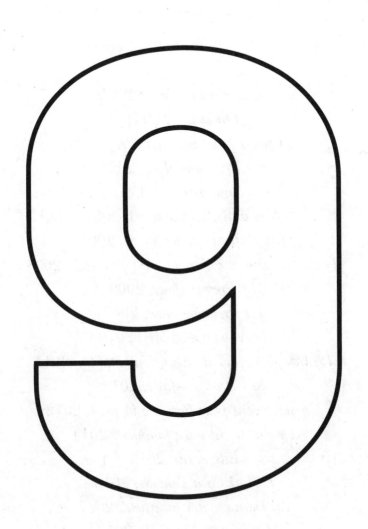

Chez le même éditeur

Et si c'était vrai…, 2000
Où es-tu ?, 2001
Sept jours pour une éternité…, 2003
La Prochaine Fois, 2004
Vous revoir, 2005
Mes amis, mes amours, 2006
Les Enfants de la liberté, 2007
Toutes ces choses qu'on ne s'est pas dites, 2008
Le Premier Jour, 2009
La Première Nuit, 2009
Le Voleur d'ombres, 2010
L'Étrange Voyage de Monsieur Daldry, 2011
Si c'était à refaire, 2012
Un sentiment plus fort que la peur, 2013
Une autre idée du bonheur, 2014
Elle et lui, 2015
L'Horizon à l'envers, 2016
La Dernière des Stanfield, 2017
Une fille comme elle, 2018
Ghost in Love, 2019

Marc Levy

C'EST ARRIVÉ LA NUIT

roman

Dessins de Pauline Lévêque

Robert Laffont | Versilio

© Éditions Robert Laffont, S.A.S., Paris
Versilio, Paris, 2020
ISBN 978-2-221-24357-2
Dépôt légal : septembre 2020
Éditions Robert Laffont – 92, avenue de France 75013 Paris
Éditions Versilio – 28, rue Bonaparte 75006 Paris

« Ceux qui vivent, ce sont ceux qui luttent. »

Victor Hugo

Aux huit personnes dont je ne peux révéler les noms et sans qui cette histoire n'aurait jamais vu le jour.

Toute ressemblance avec des personnes existantes
ou des faits réels serait bien sûr pure coïncidence...

Salle de visioconférence.
L'écran scintille, le haut-parleur grésille.
Connexion établie à 00 h 00 GMT par protocole crypté.

— *Vous m'entendez ?*

— Je vous entends très bien, et vous ?

— *Le son est clair, mais je ne reçois pas encore l'image.*

— Cliquez sur le bouton vert en bas de votre écran, celui avec une icône représentant une caméra, voilà, maintenant nous nous voyons. Bonjour.

— *Comment dois-je vous appeler ?*

— Ne perdons pas de temps, j'ignore si nous pourrons rester là très longtemps.

— *Nous sommes le...*

— Il était convenu avant de fixer cet entretien qu'il n'y aurait aucune indication de date ou de lieu sur l'enregistrement.

— *Alors, commençons...*

00 h 02 GMT. Début de retranscription.

— *Un jour viendra où des étudiants s'interrogeront sur vos choix, sur un parcours qui vous a conduite à la clandestinité et privée de la plupart des réjouissances qu'offre la vie. Qu'aimeriez-vous leur dire avant qu'ils vous jugent ?*

— Que le sort des autres me préoccupait autant que le mien. Le sentiment que j'éprouvais m'a forcée à regarder le monde au-delà de ma seule condition, à ne pas me contenter de m'offusquer, de protester, de condamner, mais à agir. Et le Groupe 9 en était le moyen. Pourquoi ? Afin que d'autres se préoccupent aussi d'un avenir qui deviendrait inéluctablement le leur, avant qu'ils en comprennent les conséquences. Pour préserver leurs libertés… la liberté ! J'imagine que, formulé ainsi, cela peut paraître grandiloquent, mais vous penserez bien à écrire dans votre article qu'au moment où je me confie à vous, mes amis et moi sommes activement recherchés et risquons d'être éliminés ou de passer le restant de nos vies enfermés. J'espère que cela apportera une touche d'humilité à mon propos. Tout cela finalement, je l'ai fait parce que j'aimais, parce que j'aime. La peur est venue ensuite.

᥉

1.

La première nuit, à Oslo

À 1 heure du matin, la pluie, rabattue par le vent, tambourinait sur les toits d'Oslo. Ekaterina croyait entendre tomber des volées de flèches tirées depuis la ligne d'horizon. La veille encore le ciel était dégagé, mais plus rien ne ressemblait à hier. De la fenêtre de son studio, elle contemplait la ville dont les lumières s'étiraient jusqu'au rivage. Ekaterina avait recommencé à fumer, ce qui l'inquiétait moins que de devoir arrêter à nouveau. Elle avait allumé une cigarette pour tuer l'ennui, calmer son impatience. Dans son reflet, à la fenêtre, elle constata la fatigue accusée par ses traits.

Un déclic la tira de ses pensées, elle se précipita sur son ordinateur pour consulter le courriel qu'elle attendait. Pas de texte, seulement un fichier contenant deux pages d'une partition musicale. Pour les déchiffrer, ce n'était pas en solfège mais en codage qu'il fallait être expert. Installée dans son fauteuil, Ekaterina s'amusa de ce défi. Elle dénoua ses cheveux, redressa les épaules, jeta un regard à son paquet de cigarettes, renonçant à en griller une autre, et s'attela au décryptage. Dès qu'elle eut compris la teneur du message, elle tapa en retour quelques mots sibyllins.

— Que viens-tu faire dans ma ville, Mateo ? Nous étions censés ne jamais nous rencontrer.

— Je te l'expliquerai le moment venu, si tu as bien compris *où*.

— *Où*, presque trop facilement, mais tu ne m'as pas indiqué *quand*, pianota Ekaterina.

— Va dormir sans tarder.

Mateo ne suggérait pas à Ekaterina d'aller se coucher, mais de couper la connexion. La paranoïa de son ami n'allait pas en s'améliorant. Elle s'était souvent demandé quel genre d'homme il était, à quoi il ressemblait, quelles étaient sa taille, sa corpulence, la couleur de ses cheveux... Blonds, bruns, peut-être roux comme les siens, à moins qu'il ne soit chauve. Elle était encore plus curieuse de sa voix. Mateo parlait-il vite ? Avait-il une élocution posée ? La voix était ce qui la séduisait le plus chez un homme. Belle, elle pouvait occulter bien des défauts ; pédante, gouailleuse, trop haut perchée, elle disqualifiait tout prétendant, même le plus sublime. Ekaterina avait le don de l'oreille absolue. Selon les circonstances, c'était une bénédiction ou une calamité. Étrangement, elle ne s'était jamais interrogée sur l'âge de Mateo. Elle s'imaginait être la doyenne du Groupe, une jeune doyenne, mais elle se trompait.

Les doigts suspendus au-dessus du clavier, elle hésita et finit par partager son inquiétude :

— Si le temps n'évolue pas, il faudra changer nos plans.

La réaction de son interlocuteur se fit attendre. Enfin, Mateo lui donna une information qui semblait le préoccuper davantage que la météo du lendemain.

— Maya ne répond plus.

— Depuis quand ? pianota Ekaterina.

L'écran resta inerte. Elle comprit que Mateo avait brusquement mis fin à leur échange. Elle ôta la clé USB de son ordinateur, interrompant à son tour la liaison avec le serveur relais qui empêchait que l'on puisse la localiser. Elle retourna à la fenêtre et s'inquiéta en voyant que la pluie redoublait d'intensité.

Ekaterina occupait un logement au dernier étage d'un immeuble qui hébergeait des enseignants de la région. Une tour rectangulaire haute de quatorze étages, en briques et bardages, se dressant au croisement de Smergdata et de Jens Bjelkes Gaten. Les cloisons étaient si fines que l'on entendait tout ce qui se passait dans les studios adjacents. Ekaterina pouvait se dispenser d'une montre, elle reconnaissait chaque heure de la journée et de la nuit à ses bruits. Le voisin de palier venait d'éteindre sa télévision. Il devait être 1 h 30, le moment de prendre un peu de repos si elle voulait avoir les idées claires au réveil. Elle éteignit sa lampe de bureau et traversa la pièce jusqu'à son lit.

Le sommeil ne venait pas. Ekaterina ressassait ce qu'elle devrait accomplir. Dès 8 heures, elle s'installerait à la terrasse du Café du Théâtre, au pied de l'hôtel Continental, où aux beaux jours les clients prenaient leur petit déjeuner. Son sac contiendrait un appareillage électronique léger, un modem, un analyseur de fréquences, un séquenceur de codes. Elle aurait dix minutes pour pirater et détourner le réseau Wi-Fi du palace. Le tour accompli, tous les portables qui s'y connecteraient seraient à sa merci.

— Ne vous méprenez pas, aucun membre du Groupe 9 n'irait gâcher ses talents à voler des numéros de cartes de crédit ou pirater le contenu de messageries à des fins criminelles. Il existe trois sortes de hackeurs. Les Black Hat courent après l'argent ; ce sont des malfaiteurs qui opèrent dans le monde numérique. Les White Hat, souvent d'anciens délinquants du Web, ont choisi de mettre leur expertise au service de la sécurité informatique. La plupart travaillent pour des agences gouvernementales ou de grandes entreprises. Les mauvais hackeurs finissent toujours par se faire prendre, les très bons par se faire recruter. Black ou White, ceux qui excellent forment une caste à part et se livrent une guerre permanente où tous les coups sont permis. Gagner n'est pas seulement une histoire de gros sous, mais plus souvent une question de gloire, d'honneur ou d'ego.

— *Et à laquelle de ces deux catégories appartient Ekaterina ?*

— À aucune. Comme tous les membres du Groupe, Ekaterina est une Grey Hat, une hors-la-loi qui œuvre pour le bien. Elle n'a jamais chassé que de gros gibiers et ce jour-là, elle en traquait un de taille. Stefan Baron, un puissant salopard.

Baron était un lobbyiste fortuné à qui ses succès avaient donné des ailes.

Après avoir servi les intérêts des conglomérats pétroliers, charbonniers et agrochimistes, arrosé parlementaires et sénateurs pour faire abroger des lois environnementales, il s'était lancé dans un business plus lucratif encore. De lobbyiste, il était devenu « conseiller en communication politique », un terme qui désignait en fait un propagandiste sans scrupule, un fabricant de théories complotistes, de crimes imaginaires, toujours imputés à des étrangers en situation illégale, ou de mesures prétendument adoptées par les gouvernements afin d'en accueillir toujours davantage. Baron orchestrait avec brio un arsenal de fausses nouvelles, savamment diffusées par ses émules sur les réseaux sociaux, nouvelles destinées à apeurer les gens, annonçant la disparition inexorable des classes moyennes, la destruction de leur culture et un avenir sans espoir. La peur était son fonds de commerce. Il semait le chaos pour s'enrichir, faisant grimper ses clients dans les sondages jusqu'à les porter au pouvoir.

C'est à ces fins qu'il avait entamé sa deuxième tournée européenne. D'une capitale à l'autre, Baron rencontrait les dirigeants de groupuscules et partis extrémistes pour déceler des leaders, leur vendre ses services et les aider à remporter les suffrages. Chaque pays tombant sous la coupe d'un autocrate devenait une source de profit à long terme. S'il parvenait à faire basculer le continent, il s'assurerait d'entrer dans le cercle des très grandes fortunes planétaires. Baron menait ses campagnes tambour battant, surfant sur les conflits mondiaux et leur triste cortège de réfugiés.

La carte de l'Europe accrochée derrière son bureau avait pris l'allure d'un jeu de société grandeur nature où chaque petit drapeau épinglé témoignait de ses récentes victoires. La

Hongrie, la Pologne, ou encore la Crimée que ses clients russes avaient annexée après que l'Ukraine eut été assiégée par des milices. L'Italie, où son poulain avait triomphé. Rien ne semblait pouvoir entraver sa route.

Alors comment Baron aurait-il pu imaginer qu'un petit groupe de hackeurs ose s'en prendre à lui ! Ekaterina la première doutait parfois de la réussite de leur projet. Oui, mais… Son grand-père avait appartenu à la Résistance en des temps où le combat des justes paraissait plus improbable encore, cela ne l'avait pas découragé pour autant. Et ce n'était pas en ruminant ces pensées qu'elle allait trouver le sommeil.

Ekaterina ôta son tee-shirt et le jeta au pied du lit. Pourquoi ne pas apaiser la tension qui l'empêchait de dormir en se donnant du plaisir ? À elle, et probablement à son voisin qui ne manquerait pas d'épier son souffle mêlé au grondement de la pluie qui continuait de battre les fenêtres.

Avant de fermer les yeux, elle eut, comme chaque soir, une pensée pour celles et ceux qui passaient la nuit dehors, pensée qui la renvoyait à sa jeunesse…

À dix ans, Ekaterina avait assisté à son premier meurtre. C'était dans une impasse d'Oslo où elle avait trouvé refuge un soir où sa mère était rentrée plus ivre que de coutume. Un tableau de la rue quand on y passe sa vie. À douze ans, lasse des insultes, du renoncement d'une femme qui n'avait jamais voulu d'elle, Ekaterina était partie pour de bon, allant chercher la paix sur les bancs des parcs, où elle dormait le jour, à l'abri des ponts, où elle lisait la nuit, et, dès les premiers froids venus, dans les caves d'immeubles dont elle crochetait les serrures avec une agilité remarquable. À l'âge supposé de l'innocence, Ekaterina avait largué les amarres. Livrée à elle-même, elle avait très vite appris à se nourrir de ce qu'elle piochait dans les poubelles. Qu'importait l'hygiène pour une gamine qui n'avait jamais vu de brosse à dents. Son enfance avait été marquée par la litanie maternelle : « Née de rien, tu n'es rien et ne seras jamais personne. »

— Ekaterina vient d'avoir trente-six ans, elle est professeure de droit à la faculté d'Oslo, activiste clandestine et hackeuse membre du Groupe 9.

— *Comment a-t-elle rejoint le Groupe ?*

— Plus que nos talents particuliers en codage, ce sont nos histoires personnelles qui nous ont réunis et une volonté commune qui nous a fédérés autour d'un projet dont nous n'avons pas immédiatement deviné la portée. Mais revenons à cette soirée du début de l'été dernier.

Pendant qu'Ekaterina se donnait du plaisir, Mateo restait songeur. Il effaça toute trace de son passage sur l'ordinateur du centre d'affaires de l'hôtel Continental avant de le quitter, traversa le hall désert, et fit un dernier repérage avant de rejoindre sa chambre. Si la pluie durait, il serait là en renfort, il aurait juste à envoyer un message à sa complice pour lui faire savoir qu'il prenait la main et qu'elle devait quitter les lieux ; encore fallait-il qu'elle obéisse à ses consignes, ce dont il n'était pas certain.

2.

Le premier jour, à Oslo

Au petit matin, Ekaterina monta dans un tramway, son sac à l'épaule. Elle se demandait si la tension qu'elle ressentait était liée à sa mission, à l'idée de rencontrer enfin Mateo, ou au fait de ne pas savoir pourquoi il enfreignait la règle en lui fixant rendez-vous. Mais après tout, pensa-t-elle, pourquoi suivre les règles quand on vit en marge de la loi ? Elle descendit à la station Théâtre National et n'avait plus que quelques pas à faire pour atteindre sa destination. La pluie avait cessé mais le ciel était encore menaçant et la terrasse trempée demeurait fermée. L'occasion était trop belle ; n'hésitant qu'un instant, elle décida de prendre le risque d'opérer depuis l'intérieur de l'établissement.

Le café de l'hôtel Continental avait des airs de brasserie viennoise. De grands lustres pendaient aux voûtes du plafond, éclairant un luxe de facture XIXᵉ siècle. Une vingtaine de tables étaient réparties dans la rotonde. Un escalier en fer forgé grimpait vers une coursive où devaient se tenir jadis les musiciens qui jouaient pour les convives. La salle se prolongeait vers un bar derrière lequel des boiseries sculptées encadraient un large miroir. Ekaterina repéra deux alcôves. Les banquettes en cuir noir adossées à des panneaux d'acajou y offraient une planque parfaite. Elle en déduisit que sa cible choisirait l'un de ces recoins et les hommes assurant sa sécurité le box voisin. Elle s'assit à une petite table en bordure de la vitrine, proche de la porte. Le café était encore peu fréquenté, une dizaine de clients prenaient leur petit déjeuner. Ekaterina commanda un thé, des œufs Benedict, et demanda au serveur le code d'accès au Wi-Fi de l'hôtel. Dès qu'il s'éloigna, elle ouvrit sa sacoche, activa son modem et lança depuis son portable l'application qui lui permettrait d'accomplir sa mission. Prenant le contrôle du relais Wi-Fi, elle créa sa copie conforme, lui attribua le même nom et modifia les paramètres du réseau original, pour le rendre invisible. Les hackeurs malveillants piègent avec cette technique les voyageurs trop heureux de bénéficier d'une connexion gratuite dans les lieux touristiques. Leurs données sont piratées en un clin d'œil.

Ekaterina posa son smartphone à côté de son assiette avant d'attaquer tranquillement ses œufs.

Stefan Baron entra dans le café dix minutes plus tard par la porte communiquant avec le hall de l'hôtel. Comme elle l'avait supposé, il prit place dans le dernier box et le responsable de sa sécurité dans le box voisin. Le client de Baron arriva peu après. Ils échangèrent une poignée de main. Visage tendu pour l'un, affable pour l'autre. Les yeux rivés à son écran, Ekaterina relevait les identifiants des portables qui se connectaient à son réseau. Le garde du corps consultait le sien, pas Baron, ni l'homme avec lequel il conversait. Dès lors, il suffisait d'observer le flux d'activité pour déterminer à qui appartenait chaque appareil.

Effleurant une touche sur son smartphone, elle activa leur micro. Tout se déroulait comme prévu. Son matériel enregistrait la conversation et aspirait les données de Baron et de son client à chaque seconde ; il faudrait ensuite les décrypter, cela prendrait bien plus de temps, Ekaterina s'en chargerait une fois rentrée chez elle.

Tout se déroulait comme prévu jusqu'à ce qu'un clignotement sur son écran fasse sourciller l'agent de sécurité. Comme une interférence quand son portable tentait de se reconnecter au réseau original de l'hôtel. Ekaterina avait commis, en recopiant le nom du Wi-Fi, une petite faute de frappe qui n'allait pas rester sans conséquence. Le garde du corps s'étonna que le « n » au centre du mot Continental apparaisse par intermittence. Le phénomène s'accentuait au fur et à mesure que le modem caché dans le sac d'Ekaterina perdait en puissance, la charge de sa batterie s'amenuisant.

L'homme se leva soudainement, contourna la banquette et souffla un mot à l'oreille de son patron. Baron sortit son téléphone de sa poche. Voyant le garde du corps s'en emparer et l'éteindre, Ekaterina demanda la note au serveur. Elle ramassa le sac à ses pieds, en évitant de croiser le regard de l'homme de main de Baron qui observait la salle. Dans une gare, un aéroport ou sur une esplanade, il est quasi impossible de repérer un hackeur, mais dans un restaurant, l'exercice est moins ardu. Le garde du corps scrutait les visages des rares clients et son instinct ne le trompa pas. Il se dirigea vers Ekaterina, accéléra le pas en la voyant se lever et n'eut plus aucun doute quand le serveur apostropha la jeune femme qui se ruait vers la sortie sans avoir payé.

L'homme à ses trousses, Ekaterina traversa la rue Stortingsgata et courut vers le square du Théâtre National, pour gagner les jardins de la patinoire à ciel ouvert. Joggeuse aguerrie, elle avait du souffle, et enchaînait de longues foulées. Elle bénéficiait par ailleurs d'une expérience de la fuite acquise aux jours de son adolescence tumultueuse. Le garde du corps avait pour lui un entraînement militaire et des états de service costauds.

Déboulant sur Karl Johans Gate, une artère à double sens, Ekaterina manqua se faire renverser par une moto et perdit l'équilibre. En se rétablissant de justesse, elle se retourna et découvrit que son assaillant, encore à bonne distance, avait sorti un pistolet, ce qui lui glaça le sang. Que pouvait bien contenir le portable de Baron pour que son garde du corps brandisse une arme dans les rues d'Oslo ?

Cela devait faire quinze ans qu'elle n'avait pas dû faire face à une telle menace.

À l'époque où elle vivait dans la rue, elle avait été pourchassée par des commerçants auxquels elle avait chapardé de quoi se nourrir, avait échappé à quelques coups de couteau lors de rixes, mais jamais elle n'avait risqué de se faire tirer dessus ! La peur lui redonna toute son énergie, de vieux réflexes ressurgirent. Se fondre dans la foule pour se mettre à l'abri. Mais les trottoirs qu'elle remontait en courant étaient peu fréquentés. Une vieille dame, un manutentionnaire chargeant des caisses devant un magasin… Elle bifurqua dans Rosenkrantz' Gate, passa devant un Deli, un pub encore fermé et contourna un camion de livraison. Virage à gauche, pour longer la façade du Théâtre du Nord, fermé le matin.

Ekaterina courait à perdre haleine, redoutant qu'une main la saisisse au col, qu'un coup de pied la fasse chuter, pire encore : qu'une balle l'arrête dans sa course. L'homme oserait-il faire feu en pleine ville ? Pourquoi pas, si son arme était pourvue d'un silencieux. Jusqu'où serait-il prêt à aller pour récupérer les données qu'elle avait volées ? Une idée lui traversa l'esprit. Nouveau virage à gauche vers le Paleet, un centre commercial où la bourgeoisie locale et les touristes affluaient dès l'ouverture. Une pléthore de commerces sur deux niveaux, l'endroit idéal pour disparaître. Plus que cent mètres. Elle eut envie de regarder en arrière, et renonça. Son expérience de la fuite lui avait appris à ne pas céder à cette tentation. Se retourner oblige à ralentir et vous coûte des secondes décisives, une erreur qu'elle avait déjà commise lors de sa glissade.

Ekaterina poussa un hurlement de lutteur pour vider ses poumons et faire le plein d'oxygène. Les portes du Paleet étaient en vue. Si son assaillant ne la descendait pas, elle pourrait toujours se débattre, le rouer de coups, crier au viol, elle était à bout de souffle, pas à bout de ressources.

Elle surgit dans le *mall*, et grimpa les marches de l'escalator jusqu'au premier étage, bousculant tous ceux qui se trouvaient

31

sur son passage. Sa poitrine la brûlait. Elle devait s'arrêter, le temps que son rythme cardiaque ralentisse.

Du premier étage, appuyée à la balustrade, elle inspecta le rez-de-chaussée. Un bref instant, elle eut l'espoir d'avoir semé l'homme de main de Baron, mais il apparut dans la rotonde.

Il s'adressait à un agent de sécurité. L'agent hocha la tête et s'empara de son talkie-walkie. Le garde du corps avait dû le convaincre de demander au PC de sécurité qu'on la traque sur les écrans de surveillance. Il était temps de mettre un terme à ce petit jeu du chat et de la souris. L'homme releva les yeux. Elle le fixa avec défiance et entra dans un magasin de vêtements juste derrière elle. Il n'allait pas tarder à la rattraper, et devait déjà gravir les marches de l'escalator. Ekaterina attrapa un foulard luxueux : 300 euros. Qui pouvait débourser une telle somme pour un morceau d'étoffe ? Certainement pas elle avec son salaire d'enseignante. Le foulard en main, elle attendit. Dès que le garde du corps entra, elle alla à sa rencontre et se plaqua contre lui. Surpris, il l'agrippa par le bras.

— Pourquoi ne pas avoir une conversation entre adultes au lieu d'en venir aux mains ?

L'homme la regarda, stupéfait, Ekaterina en profita pour glisser le foulard dans la poche de son veston et lui asséna un violent coup de pied au tibia, le forçant à relâcher son emprise. Elle s'échappa aussitôt. Le garde du corps se rua derrière elle, déclenchant la sonnerie du portique antivol situé à l'entrée du magasin. Pendant qu'un vigile l'interpellait, Ekaterina ressortait du centre commercial avec quelques longueurs d'avance.

— Enfoiré ! grommela-t-elle en frottant son bras endolori.

La partie n'était pas finie pour autant. Dans la rue, elle usa de ses dernières forces pour gagner la station de tramways. En montant à bord de la rame qui s'apprêtait à partir, Ekaterina était encore sous le choc. Les jambes et le souffle coupés, elle s'écroula sur une banquette alors que le tram oscillait sur ses rails. Au fond de sa poche, son portable vibra. D'une main tremblante elle le sortit pour lire le message affiché sur l'écran :

Le concert commence dans une heure.

Une allusion de Mateo à la partition reçue la veille. Par chance, elle avait emprunté la ligne 19 dont le terminus était la station de Ljabru, le long de la côte, en face de l'île de Malmö, la destination que lui avait communiquée Mateo.

— Comment trouverai-je la bonne rangée de fauteuils ? texta-t-elle.

— Je te ferai signe, à plus tard.

Le tramway se traînait, il mettrait vingt minutes à atteindre Ljabru. Le regard perdu vers la mer, Ekaterina s'inquiétait de savoir comment Mateo la reconnaîtrait. Mais pas seulement de cela. Est-ce qu'il s'était posté aux alentours du Café du Théâtre ? Avait-il assisté à sa débandade ? Et qu'était-il venu faire à Oslo ? Était-ce lié à l'absence de Maya ? D'ailleurs, qu'avait-il voulu dire par « Maya ne répond plus » ? L'avait-on arrêtée ? Avait-elle pris ses distances avec le Groupe ?

En chemin, le tram s'arrêta à la station Hôpital. Pour chasser de mauvais souvenirs, Ekaterina regarda sa montre en attendant que la rame redémarre. Deux ans avaient passé depuis la mort de sa mère. Étrange tour du destin que d'avoir dû fermer les yeux d'une femme qui n'avait jamais voulu d'elle.

Ses derniers mots avaient été « Quel gâchis ». Un gâchis dont sa fille avait refusé qu'il définisse sa vie.

Le cabanon rouge du terminus apparut enfin. Ekaterina descendit et se dirigea vers l'adresse que lui avait indiquée Mateo.

Dix minutes plus tard, elle arriva devant la petite imprimerie de Ljabru.

Un vieil homme, penché sur une presse, aplanissait avec d'infinies précautions une large feuille de papier. Ekaterina toussota pour signifier sa présence, craignant de l'interrompre dans ce qui semblait être une tâche délicate. L'homme, d'une élégance qui la surprit, se redressa. Elle s'excusa de faire ainsi intrusion chez lui, forcée d'expliquer qu'on lui avait « demandé » de se rendre dans son imprimerie.

— Un atelier de lithographie, corrigea-t-il d'une voix aimable. D'ailleurs, si vous êtes venue pour commander des faire-part ou du papier à lettres, je vais devoir vous recommander l'un de mes confrères.

— J'avais rendez-vous avec un ami, mais comme vous êtes seul dans cet atelier, il n'est pas impossible que je me sois aussi trompée de lieu.

— Voulez-vous voir comment on imprime une lithographie ? questionna le vieil artisan.

Sans attendre, il actionna une roue à six bras rayonnants.

— Le moulinet fait avancer le chariot ; lorsque la feuille se trouve sous la pierre encrée, la magie opère. Comment vous appelez-vous ? demanda l'homme, affairé à son travail.

Ekaterina se présenta. Le lithographe s'arrêta net et parut confus.

— Quel idiot ! Et je vous ennuie avec des détails dont vous n'avez que faire. Mateo vous attend sur le rivage, au centre nautique. Un bien grand mot pour désigner un quai où sont amarrées quelques barques, mais allez comprendre où les gens vont placer leur ego ! Je lui avais suggéré de vous accueillir ici, mais vous le connaissez, Mateo est un garçon qui aime la complication.

— Et vous, vous le connaissez depuis longtemps ?

— Vous lui poserez la question directement, répondit le vieil homme qui avait retrouvé le sourire. Il y a une bicyclette derrière mon atelier, prenez-la. À pied vous en auriez pour un bon quart d'heure. Faites attention, le frein avant est un peu sec.

Ekaterina remercia le lithographe, contourna l'imprimerie et enfourcha le vélo qu'il avait généreusement mis à sa disposition. Remarquant qu'il était neuf, elle se demanda s'il appartenait vraiment au vieil homme ou si Mateo ne l'avait pas plutôt acheté à son intention… comme s'il avait prévu les évènements qui s'étaient produits ce matin.

— *Qui est Mateo ?*

— Un homme intéressant, compliqué, comme l'expliquait le lithographe… plus complexe que compliqué, pour lui rendre justice. Même son physique n'est pas commun. Mal rasé, vêtu de jeans, avec son bob vissé sur la tête… on croirait un bourlingueur qui navigue à longueur d'année ! Mais qu'il passe un smoking et voilà qu'il ressemble à un lord.

— *Il porte plus souvent le jean ou le smoking ? Ce côté caméléon, c'est l'apanage du séducteur ?*

— Au contraire, Mateo ne cherche pas à attirer les regards, il ressent le besoin de se fondre dans son environnement, d'être un observateur invisible… et toujours en contrôle. Les blessures de l'enfance laissent des cicatrices qui ne disparaissent jamais.

— *La règle instaurée entre les membres du Groupe de ne jamais se rencontrer, c'était pour empêcher qu'on vous associe les uns aux autres ?*

— Précisément.

— *Alors pourquoi Mateo enfreignait-il cette règle ?*

— Parce que les données contenues dans le portable du client de Baron justifiaient de prendre des risques exceptionnels.

— *Mais Mateo et Ekaterina n'en avaient pas encore pris connaissance !*

— Eux non, moi si.

Le Grand Hôtel

OSLO

3.

Le premier jour, à Oslo

Pédalant le long des rues étroites qui descendaient la colline, Ekaterina se jura qu'arrivée à destination, si un préposé du centre nautique lui enjoignait de poursuivre ce jeu de piste jusqu'à l'île de Malmö, elle enverrait un texto à Mateo pour lui dire d'aller se faire voir. Et celui-là n'aurait pas besoin d'être crypté. Elle pesta en abandonnant le vélo à l'entrée du quai. Quelques tables devant un comptoir en bois dont une était occupée par un homme dans la quarantaine lisant son journal et qui avait peu de chances d'être son correspondant italien. Personne d'autre. Seule lumière à ce tableau, le lithographe avait été sévère, l'endroit ne manquait pas de charme avec sa guinguette peinte en bleu, comme transportée d'une île grecque. Ekaterina avait faim. Au comptoir, elle consulta une carte plastifiée dont le contenu se résumait à trois variétés de sandwichs, un vin blanc bon marché, une bière locale et quelques sodas.

Le propriétaire sortit de la guinguette, chevelure et barbe rousses, portant une caisse de bières. Il lui souhaita la bienvenue et demanda si elle voulait déjeuner.

— N'importe lequel de vos sandwichs fera l'affaire, à condition qu'il ne soit pas de la veille, répondit-elle.

Il les préparait lui-même chaque matin, assura-t-il. Son préféré était le saumon-concombre. Ekaterina opina de la tête et suivit son conseil.

— À part ce type attablé derrière moi, vous n'avez vu personne ? J'ai rendez-vous.

Pour toute réponse, le patron prit une Mack dans la glacière, et la décapsula avant de la poser nonchalamment sur le comptoir.

— Des pêcheurs... qui sont partis tôt ce matin et ne rentreront qu'en fin d'après-midi, maugréa-t-il. Mais ce type, comme vous dites, qui agite le bras, on dirait qu'il cherche à attirer votre attention.

Ekaterina se retourna, son regard croisa celui de l'homme. Il avait posé son journal et lui faisait signe de le rejoindre. Elle emporta sa bière et son sandwich, et avança vers lui, intriguée.

— Mateo ?

— Qui d'autre ? répondit-il d'une voix posée.

Elle prit place sur la chaise en face de lui, silencieuse.

— Un Italien aux yeux bridés, c'est ça qui t'étonne ?

— Non... Enfin si, balbutia Ekaterina.

— Enfant, je m'appelais Mao, mais lorsque j'ai débarqué à Rome, les gens m'ont rebaptisé Mateo, c'était, paraît-il, préférable... pour l'intégration.

— D'où viens-tu ?

— De Rome, je viens de te le dire.

— Et avant Rome ?

— C'est une longue histoire qui t'ennuierait.

— J'ignore ce qui a foiré ce matin, enchaîna Ekaterina, mais…

— Il est trop tard pour te poser la question, l'interrompit Mateo. Je t'avais pourtant envoyé un message pour te dire de me laisser agir.

— Pas reçu. Et puis pourquoi t'aurais-je laissé agir, c'était ma mission. Tu ne me faisais pas confiance ?

— C'est à la météo que je ne faisais pas confiance… sachant que tu devais opérer depuis la terrasse. Et pour une proie de cette taille, je préférais être prévoyant. J'ai bien fait, n'est-ce pas ?

L'arrogance de Mateo braqua Ekaterina.

— Tu étais dans le café ? demanda-t-elle sèchement.

— Je n'aurais pas commis cette imprudence. Je planquais dans le hall de l'hôtel, l'emplacement idéal pour pirater le réseau sans risquer d'être vu. Un simple repérage t'aurait évité tous ces ennuis.

Ekaterina n'était pas du genre à se laisser prendre de haut et encore moins à recevoir de leçon. Elle allait le remettre à sa place, en commençant par lui rappeler qu'il n'y avait pas de hiérarchie dans le Groupe.

— C'est toi qui as foutu le bordel en parasitant mon modem, nos connexions se sont télescopées.

Mateo ricana.

— Comment pouvais-je deviner que tu ne suivrais pas mes instructions ? Je l'ai compris quand tu as pris la fuite.

— Tes instructions ? Mais tu te prends pour qui ? Et puis merci d'être venu à mon secours !

— Il y a deux minutes tu me reprochais de ne pas t'avoir fait confiance. Tu vois que si. Je ne doutais pas que tu sèmerais cet homme, Oslo est ta ville. Et puis il fallait bien terminer ta mission.

Elle en avait assez entendu, elle repoussa sa chaise, prête à partir, ce qui ne perturba nullement Mateo.

Il sortit une carte mémoire de sa poche et la posa sur la table.

— Voilà le contenu du portable de Baron, ainsi que celui du type avec lequel il avait rendez-vous ; en prime, j'ai réussi à placer un mouchard dans leurs téléphones.

Ekaterina regardait la puce, déconcertée, agacée aussi que Mateo lui ait damé le pion.

— Je serais surprise que ton mouchard fonctionne encore, dit-elle en se rasseyant. L'homme de main de Baron n'est pas un simple garde du corps, sinon je ne me serais pas fait surprendre. Il a dû détruire la carte SIM et la remplacer par une autre.

— C'est probable, mais pas le BlackBerry dernier cri de son patron, un modèle devenu rare qui vaut dans les 1 000 dollars. La radinerie de Baron est légendaire, il suffit de voir comment il s'habille. Mon mouchard est dans le coprocesseur de l'appareil... Il peut remplacer sa carte SIM autant de fois qu'il voudra, cela ne changera rien. Maintenant, tu peux applaudir et reconnaître que tu as affaire à un homme aux ressources insoupçonnées.

— Et d'une modestie insoupçonnable... En attendant, il sait que nous en avons après lui.

42

— La conversation avec son client semblerait démontrer le contraire.

— Son client s'appelle Vickersen, c'est le président du parti de la Nation, un néonazi et un grand mégalo.

— Eh bien, la mégalomanie de Vickersen nous a tirés d'un mauvais pas. Il a conclu sans le moindre doute que tu étais une journaliste qui s'intéressait à lui et à lui seul. Je ne te cache pas qu'il y a eu une certaine gêne après ton départ, mais il a rassuré Baron, lui expliquant que la presse de gauche ne le lâchait plus… rançon de sa notoriété grandissante.

— Notoriété grandissante ? Vickersen est connu chez lui à l'heure des repas, dans les milieux fachos aussi, mais au-delà de ça, je ne crois pas, non.

— Alors comment le connais-tu ?

— Il y a près de dix ans, il a défrayé la chronique, après avoir été soupçonné d'entretenir des liens avec Breivik, l'auteur du massacre d'Oslo et d'Utøya. Les autorités n'ont pas réussi à réunir assez de preuves pour l'inculper de complicité, mais ce tapage a fait grimper sa cote chez les ultranationalistes. Cela étant, je t'assure que ça ne va pas plus loin.

— Alors sa rencontre avec Baron avait pour objet de faire grimper sa cote encore plus.

— Probable, admit Ekaterina. Il aime à se présenter en victime du système pour se refaire une image acceptable. Baron perd son temps ici, pesta-t-elle, la Norvège ne peut pas tomber dans les mains de l'extrême droite. Tu es sûr qu'il ne se doute de rien ?

— Radin, arrogant, et surtout trop imbu de sa personne pour concevoir qu'on ose s'en prendre à lui. Il n'a pas douté un instant que c'était Vickersen que tu traquais. Le dirigeant sulfureux d'un groupuscule d'extrême droite a plus de raisons d'être espionné par une journaliste locale qu'un discret conseiller en communication américain.

— Tout ne s'est pas si mal passé, finalement… Enfin, si l'on met de côté le fait que son garde du corps m'a poursuivie, avec un pistolet à la main.

Mateo regarda Ekaterina, stupéfait.

— Un vrai pistolet ?

— J'ai été tentée de m'arrêter pour lui demander si c'était un jouet mais, va savoir pourquoi, j'ai renoncé.

Mateo reprit la carte mémoire et la tendit à Ekaterina.

— Alors les choses se sont mieux que « pas si mal passées ». Pour qu'il en arrive là, les informations que nous leur avons dérobées doivent être précieuses. Reste à les décrypter avant de se réjouir…

Elle trouva élégant qu'il l'associe enfin au succès de la mission. Car détaler dans les rues d'Oslo n'avait rien d'une réussite, en tout cas pas de celles dont elle aurait envie de se vanter.

— Quel genre de mouchard et comment fonctionne-t-il ?

— Même principe qu'un miroir sans tain dans un commissariat. Nous pouvons tout voir, tout entendre, à condition que la cible se trouve dans la salle d'interrogatoire et nous de l'autre côté de la glace.

— Tu t'exprimes toujours de façon aussi imagée ? demanda-t-elle, sarcastique.

— Je recommence. J'ai infecté leurs téléphones avec un virus qui enregistre les données en continu : textos, mails,

44

photos, fichiers, et conversations. Mais pour les récupérer, il faut être connecté sur le même réseau, tu as compris ?

— Je te remercie, j'avais compris la première fois, je trouve juste ton système archaïque.

— Archaïque, mais discret. On suit nos proies à distance, on active la liaison avec les mouchards au moment opportun, et ainsi, on limite le risque d'être détectés.

Ekaterina siffla sa bière et observa Mateo.

— Et moi, tu m'imaginais comment ? demanda-t-elle.

— Je ne t'imaginais pas, répondit Mateo.

— Menteur. Je peux te demander ce que tu fais dans la vraie vie ?

— La vraie vie ? Quelle étrange formulation. Appartenir au Groupe 9 est une réalité, à moins que ce ne soit pour toi qu'un rêve... ou un cauchemar ?

— Adolescente, j'avais volé des toutes petites jumelles dans une brocante, comme celles que les gens utilisent au théâtre. N'étant jamais allée au théâtre, j'ignorais totalement à quoi elles pouvaient servir, mais je les trouvais jolies. Par curiosité, j'ai regardé à travers, c'était comique de voir le monde rétréci, pas d'une grande utilité, mais étrange, comme tu dis. En rentrant au centre, j'ai été la risée de tous quand ma voisine de dortoir m'a expliqué que je les tenais à l'envers. Alors, pour te répondre, rêve ou cauchemar, c'est parfois une question de point de vue.

— Quel genre de centre ?

— C'est une longue histoire qui t'ennuierait. Tu n'as pas répondu à ma question.

— Moins nous en savons les uns sur les autres et moins nous courons de risques.

— C'est toi qui as transgressé la règle et provoqué notre rencontre… Et puis qui les dicte, ces règles ?

— Elle n'était pas censée avoir lieu. Nous ne serions pas là si les choses n'avaient pas failli mal tourner ce matin. Ce n'est pas un jeu, et plus nous nous en prenons à des gens puissants, moins ce le sera. Ils nous traquent autant que nous les traquons. Le premier qui trébuche risque de tout perdre.

— À t'entendre, on dirait quand même un jeu.

— Alors, un jeu dangereux.

— Quel genre de boulot fais-tu pour pouvoir t'offrir un séjour à Oslo, et en pleine semaine ?

Mateo fixa Ekaterina en souriant.

— Depuis toutes ces années, tu te faisais quelle idée de moi derrière ton écran ?

— Aucune.

— Menteuse, répondit-il en souriant.

Ses yeux se posèrent furtivement sur la poitrine d'Ekaterina.

— Tu as froid ? demanda-t-il.

— Non, pourquoi ?

— Pour rien. Alors, tu réponds à ma question ?

— Tu as une belle voix, c'est déjà pas mal.

— C'est bien la première fois que j'entends un truc pareil.

— Il y a une première fois à tout. Quel est le problème avec Maya, il lui est arrivé quelque chose ?

— Je n'en sais rien. Il y a quelques jours, elle m'a envoyé un message bizarre. Elle me disait avoir trouvé un cadeau de son homme en rentrant chez elle, si précieux qu'elle se demandait s'il ne le destinait pas à sa maîtresse.

46

— Ça c'est du langage codé ! Et elle a précisé la nature du cadeau ?

— Non.

Ekaterina porta la bouteille de bière à ses lèvres et la releva pour en boire les dernières gouttes.

— Maya n'a pas d'homme dans sa vie, lâcha-t-elle.

— C'est le cas de gens très bien, mais comment le sais-tu ?

— Si elle avait un homme, ce serait une femme, donc si elle t'a parlé d'un mec, c'est qu'elle essayait de te faire passer un message.

— J'ai retourné ses mots dans tous les sens, sans résultat. J'ai tenté de la contacter, mais silence radio depuis.

— Maya voyage beaucoup pour son métier, elle doit être entre deux avions.

Mateo commanda au patron une autre tournée de bières. Il se leva pour aller les chercher au comptoir. Ekaterina le trouva plus grand qu'elle ne l'avait supposé ; une force émanait de lui qui ne la laissa pas insensible.

— Tu sembles connaître beaucoup de choses sur elle, dit-il en revenant à la table.

— Ce qu'elle a bien voulu me révéler l'an dernier pendant que nous hackions les serveurs de Monsanto. Quand elle n'était pas dans des endroits assez sûrs, elle restait injoignable. Et quand cela durait trop longtemps, nous correspondions par lettres que l'on s'adressait en poste restante. C'est consternant de se dire qu'on a inventé un moyen de communication incroyable pour en faire un outil de surveillance dont les gouvernements les plus autoritaires n'auraient osé rêver. Qu'une lettre manuscrite soit moins compromettante qu'un mail, c'est dingue. Durant nos conversations codées, elle se confiait parfois. Maya est une globe-trotteuse, elle bosse dans une agence de tourisme. Elle tient même un blog. Ce que je ne trouve pas très prudent, d'ailleurs. Enfin, elle ne poste jamais d'images d'elle, seulement des photos de voyage et pas en temps réel, bien sûr.

— La prudence consiste aussi à mener des vies ordinaires, reprit Mateo.

— Je me lève à 5 heures du matin, j'enseigne tout au long de la journée pour éveiller les consciences d'étudiants désabusés ; lorsque je rentre chez moi, c'est pour préparer mes cours du lendemain ; le week-end, je corrige des copies, et quand j'ai enfin quelques instants pour souffler, je traque la vilénie de ce monde depuis un écran d'ordinateur. Je ne crois pas que ma vie soit ordinaire.

— Ce n'est pas ce que je voulais dire, reprit Mateo. Rien n'est plus suspect que de ne pas exister sur la Toile. Cela étant, je suis curieux de savoir pourquoi Maya se confie à toi.

— Parce qu'elle me drague. Bon, je vais te faire gagner du temps. Dans le lexique de Maya, « cadeau » signifie « déplacement ». Donc, dans son message, elle t'informe être partie. « Précieux » est pour t'indiquer que cela pourrait concerner le Groupe. Tu saisis le truc ?

— Pas du tout.

— C'est pourtant simple : « J'ai reçu un cadeau d'un client », c'est un voyage d'affaires ; « J'ai trouvé un cadeau précieux en rentrant chez moi » signifie qu'elle a décidé de partir après avoir obtenu une information importante. Tu as compris ?

— C'est absurde comme cryptage.

48

— Peut-être, mais ça marche. La preuve, tu n'avais rien pigé. Maintenant, ce qu'elle entend par « maîtresse » reste un mystère. Autre mystère, pourquoi t'a-t-elle envoyé ce message plutôt qu'à moi ?

— Parce qu'elle me drague aussi ? suggéra Mateo d'un ton espiègle.

— *Qui est Maya ?*

— De loin, la plus timbrée du groupe, la plus courageuse aussi. Enfin, à ce moment-là, tout du moins. Maya n'a jamais respecté les règles.

— *Quelles étaient ces règles ?*

— Outre celles déjà évoquées : ne jamais parler du Groupe à quiconque, même à ses proches ; ne jamais faire intervenir un tiers dans le cadre d'une action ; ne jamais se lancer dans un hack sans l'avoir savamment préparé, et ne jamais faire deux fois le même au risque de se faire identifier ; savoir renoncer quand les conditions l'exigent, et puis travailler en binôme, à trois, mais jamais tous ensemble pour ne pas exposer le Groupe. Seulement voilà, nous avons désobéi à toutes ces mesures de sécurité dont la plus importante : opérer depuis son écran et, si l'on doit vraiment descendre sur le terrain, se tenir à distance de sa cible. Mais le métier de Maya lui offrait des libertés dont elle ne se privait pas. Ce que je vais vous raconter s'est produit quelques jours avant que Mateo et Ekaterina se rencontrent au centre nautique de Ljan.

4.

Quelques jours plus tôt, à Paris

Maya regardait le rideau de fer descendre sur la vitrine de l'agence de voyages. Le cliquetis de la chaîne l'apaisait, comme si ce rideau, en tombant sur sa journée de travail, la rendait à sa liberté.

Il y a deux Maya, celle du jour et celle de la nuit, deux personnalités que tout oppose, ou presque ; c'est un peu le cas pour chaque membre du Groupe 9, mais ce dédoublement est plus marqué chez elle.

Elle avait donné congé à son assistant une demi-heure plus tôt. Passé 17 heures, les clients n'appelaient plus. Comme chaque soir, elle s'était rendue dans la remise, pour troquer sa jupe et son cache-cœur contre une tenue de sport afin d'aller faire son jogging sur les berges de la Seine. Son portable sonna, elle regarda l'écran sans décrocher et répondit au texto en s'excusant auprès de son amie, elle avait des dossiers en retard et ne pourrait se joindre au dîner comme promis. Un mensonge dicté par l'envie du moment, un fait coutumier chez elle. Elle retourna à son bureau, sortit un petit miroir de son tiroir et détesta ce qu'elle y vit. En rectifiant son maquillage, elle chercha à se remémorer la dernière fois qu'elle s'était sentie insouciante. Cette pensée lui ôta l'envie d'aller courir.

Elle quitta l'agence par la porte de derrière et descendit la contre-allée vers l'entrée du parking de l'Alma. Le voiturier du restaurant Marius et Janette venait de prendre son service. Elle lui tendit ses clés, un sourire posé sur leur petite combine. Maya avait sa place attitrée à l'un des emplacements loués par l'établissement, juste en face du poste de sécurité. En échange de ce service, elle remettait chaque fin de mois un billet de 100 euros à Albert. Il descendit chercher son Austin Cooper. Un modèle que l'on ne voyait plus souvent dans les rues de Paris, vert au toit blanc, volant en bakélite, sièges en cuir Connolly et pommeau de vitesse en bois. Nerveuse et agile. Quand Maya revenait de voyage, elle aimait la retrouver. À chacun son refuge, celui de Maya était une voiture offerte par son père pour ses vingt ans. Il lui arrivait encore de poser un regard sur le siège passager et de le voir lui enseigner l'art du double débrayage.

Le vrombissement du moteur enflait dans la rampe de parking. Le voiturier savait s'y prendre et il pila sans faire crisser les pneus. Maya le remercia alors qu'il lui tenait la portière et s'installa à bord, réfléchissant au meilleur itinéraire pour regagner son appartement dans le Marais. Dès qu'elle serait chez elle, elle se prélasserait dans un bain, commanderait des sushis et passerait la soirée un œil sur la télévision, un autre à surveiller les likes de ses dernières photos publiées sur Instagram. Une vitrine plus efficace pour attirer sa clientèle que celle de l'avenue Marceau qui lui coûtait une fortune en loyer… Mais son père était si attaché à cette agence qu'elle y sentait parfois rôder son fantôme. Le standing n'avait pas de prix, répétait-il en lui apprenant les ficelles du métier. Dès l'adolescence, il l'avait emmenée partout en voyage, pour lui faire découvrir le monde et la familiariser avec ses principaux clients, sans jamais douter qu'elle prenne un jour sa relève, mais loin de soupçonner que sa fille, ses vingt ans passés, ne travaillerait pas seulement à organiser des séjours pour une clientèle fortunée.

Le portable de Maya sonna, pas son portable habituel, mais un autre, jetable, et cela signifiait qu'elle allait devoir renoncer à ses projets. Quand la sonnerie s'interrompit au troisième coup, elle en eut la confirmation. Elle fit demi-tour sur l'avenue George-V, emprunta les berges vers le pont de Bir-Hakeim, ralentissant dans le tunnel Citroën. Un soir sur deux, les policiers de la BAC planquaient, pistolet radar pointé sur les candides qui ignoraient le traquenard.

Le rond-point, une enfilade de rues, puis les boulevards des Maréchaux, avant de s'engouffrer dans une autre rampe de parking jusqu'au dernier sous-sol et de s'arrêter face au mur du fond. Elle éteignit les phares et coupa le moteur, un œil sur le rétroviseur. Une fois assurée que l'endroit était désert, elle sortit de sa voiture et se dirigea vers la porte d'un local technique. À l'intérieur, elle fixa une petite caméra qui scanna sa rétine et attendit qu'un panneau coulisse sur un rail avant de pénétrer dans une pièce dérobée aux murs gris, éclairée par une rampe de néons.

Le mobilier était monacal, une chaise et une table en métal où l'attendait une enveloppe en kraft. Elle la décacheta et trouva la photo d'une enfant, sans inscription au dos. Quel âge avait-elle, sept ans, huit peut-être ? Une mère l'aurait su. Qui était cette gamine au visage d'ange esquinté ? Au fond de l'enveloppe elle découvrit aussi un bristol sur lequel était dactylographié :

21 h 30, cybercafé rue de Rome.

À quoi rimait ce jeu de piste ? Il n'y avait pas plus sûr que la tanière des trois petits singes, le nom donné à cette pièce, insonorisée, hermétique aux ondes, où l'on ne pouvait être vu, entendu ni communiquer. Un lieu coupé du monde.

Quelque chose clochait. Maya s'assit pour réfléchir. Rien ne l'obligeait à se presser. Se donner le temps d'assimiler et de comprendre des documents qui ne pouvaient en aucun cas circuler était la raison d'être de la tanière.

— *Qui l'avait convoquée à la tanière ?*

— Quelques années plus tôt, Maya avait été recrutée comme *courrier* par les Renseignements généraux. Au cours de ses voyages, il lui arrivait de glisser un mot à l'oreille d'un visiteur dans un musée, de laisser une note dans la poche d'un vêtement confié à la femme de chambre d'un hôtel, de cacher une clé USB dans les toilettes d'un restaurant, de réceptionner une enveloppe, ou encore de prendre des photos à la dérobée. Qui l'aurait soupçonnée ? Maya organisait des séjours pour les clients privilégiés de grandes entreprises. Accompagnatrice, ou seule lors de ses repérages, elle avait ses entrées dans les palaces du monde et connaissait leurs sorties discrètes, grâce à la complicité des concierges, des voituriers, portiers, guides locaux, parfois même des services de police qu'elle rémunérait pour assurer la protection de ses invités ou obtenir des autorisations spéciales. Maya était une émissaire idéale.

— *Une émissaire… Elle n'était pas membre à part entière des RG ?*

— Non, les RG l'utilisaient en mercenaire. Un avantage pour eux. En cas de problème, Maya ne pouvait faire appel à ses employeurs ni leur être associée puisque ceux-ci ne l'employaient pas *stricto sensu*. Ses prestations étaient onéreuses, mais sa discrétion et son efficacité justifiaient amplement ses tarifs.

Elle quitta la tanière et remonta dans sa Cooper, toujours aussi perplexe. S'était-on servi du canal officiel des RG pour lui transmettre un pli qui n'avait rien d'officiel ? Et si tel était le cas, dans quel but ? Elle espérait en avoir le cœur net en se rendant au deuxième rendez-vous.

Elle roula vers le quartier de l'Europe, et s'empara de la photo qu'elle avait emportée pour l'observer lors d'un arrêt à un feu rouge.

— Qui es-tu ? murmura-t-elle.

En attendant d'en savoir davantage, Maya déduisit que celui ou celle qui l'avait envoyée ici était mal ou trop peu formé à l'art de rester invisible. Les cybercafés sont équipés de caméras et leurs ordinateurs encore plus surveillés que les autres. Elle avait dans son sac de quoi rectifier cette erreur, une tablette 4G équipée d'une carte SIM jetable. Elle gara son Austin rue de Rome, à une vingtaine de mètres du point de rendez-vous.

En quelques minutes, elle pénétra dans le serveur du cybercafé et se logea sur une console. Désormais virtuellement dans les lieux, elle attendait que son contact se manifeste.

Une séquence de chiffres et de lettres qui confirmait l'authenticité de la liaison s'afficha soudain sur sa tablette. Elle tapa un code pour s'authentifier à son tour.

Peu après, un autre texte surgit sur l'écran :

@C9# I2_ V27/ilTQ

Assise derrière le volant de sa Cooper, Maya commença à le décrypter.

« C9 » désignait un « colis » de grande importance, mais rien sur sa nature.

Le signe #, qu'elle devait le récupérer et le ramener à bon port.

« I2 » indiquait que les prochaines instructions devraient être récupérées en poste restante.

Elle tapa la suite de la séquence dans le programme de sa tablette :

_ V27/ilTQ

La carte d'une ville apparut, elle reconnut tout de suite Istanbul. La codification avait été renouvelée depuis peu. Elle songea, à raison, que si quelqu'un avait infiltré le canal des RG, il était fort bien informé.

Procéder à l'extraction d'un colis sensible en territoire étranger ne faisait pas partie de son contrat. Pourquoi charger un simple courrier d'une telle mission ? Ce n'était pas normal. Les craintes de Maya étaient fondées car se faire prendre en Turquie aurait des conséquences. Comment vérifier que cet ordre de mission émanait bien de ses mandants habituels ? Le choix de ce cybercafé était si peu logique qu'elle suspectait un piège.

Maya éteignit sa tablette, ôta la carte SIM et la brûla dans le cendrier à la flamme d'une allumette. Puis elle fit demi-tour et fila vers le Marais.

— *Vous étiez au courant de ses activités parallèles ?*

— Oui.

— *Les autres aussi ?*

— Non, ils n'avaient pas de raison d'apprendre ce qu'elle faisait en marge de ses hacks. Lorsqu'ils l'ont su, certaines choses se sont éclaircies.

— *Lesquelles ?*

— Le Groupe était composé de hackeurs hors normes, pas de super-héros. Des êtres humains, avec leurs forces et leurs faiblesses, mais des codeurs de génie. Russes, Chinois, Américains, nous les surpassions tous… Maya jouissait en plus d'une solide expertise du terrain, la règle de ne pas s'y rendre étant inapplicable pour elle.

— *Et cela n'a jamais éveillé de soupçons dans le Groupe, durant tout ce temps ?*

— Ekaterina a prétendu s'être doutée de quelque chose, mais je crois qu'elle frimait un peu.

— *Maya avait donc trois visages : agent de voyages, courrier pour les Renseignements généraux et hackeuse au sein du Groupe 9 ? Pourquoi étiez-vous la seule à en être informée ?*

— Si vous voulez vraiment comprendre ce qui s'est passé, il faut que je vous raconte cette histoire dans l'ordre et pour cela, nous devons revenir à Oslo.

AVENUE
GEORGE-V
PARIS

5.

Le premier jour, à Oslo

De la buvette du centre nautique de Ljan, Mateo regardait en direction de l'île de Malmö. Il était soucieux. Fait rare, cela se voyait.

— Tu devrais éviter le centre-ville pendant quelques jours. Si j'étais l'homme de main de Baron, je retournerais ciel et terre pour retrouver la « journaliste » qui traquait mon patron et ce Vickersen. En découvrant qu'elle n'existe nulle part, je serais d'autant plus sur mes gardes.

— Et si tu étais ce type qui a dégainé son arme, tu ferais quoi, ensuite ? questionna Ekaterina d'une voix nonchalante.

— J'essaierais de l'identifier. Espérons que les gens de la sécurité aient refusé de remettre les enregistrements des caméras du centre commercial. Mais dans ta fuite, tu es forcément passée devant une banque ou un établissement équipé d'une vidéosurveillance. Impossible de faire un pas dans une grande ville sans être filmé. Et pour quelques milliers de couronnes, un employé peu scrupuleux pourrait être plus conciliant que les agents du Paleet.

Ekaterina repensa au sale coup qu'elle avait joué à l'homme de main de Baron. Il avait une raison légitime de demander à visionner les enregistrements : prouver qu'il n'avait pas volé le foulard. Dès lors, repartir du Paleet avec une capture d'écran serait une formalité. Et il trouverait dans les milieux d'extrême droite assez de hackeurs volontaires pour fouiller les serveurs de Norvège afin de l'identifier.

Pas question de paniquer pour autant. Elle ne ressemblait plus en rien à l'adolescente qui s'était fait ficher dans quelques commissariats de la ville. Et si l'on piratait les serveurs de sa banque, du réseau de transports en commun ou de la faculté où elle enseignait, il était peu probable qu'un logiciel de reconnaissance faciale établisse une correspondance entre les photos d'identité qu'elle fournissait et son véritable visage. Quand elle posait devant un photomaton, elle avait les cheveux tantôt blonds, tantôt bruns, jamais de sa vraie couleur, et du coton dans les joues pour rehausser ses pommettes. Il était arrivé qu'un employé plus consciencieux qu'un autre tique devant son portrait, mais sa façon ingénue de dire : « Ben oui c'est moi, je n'ai pas autant changé en six mois quand même, ou alors c'est les médicaments ? » l'avait toujours tirée d'affaire.

Néanmoins, dès qu'il s'agissait de l'anonymat des membres du Groupe, Mateo devenait paranoïaque. Pas question de partager ses inquiétudes avec lui, fondées ou non. Il pourrait la faire exclure du Groupe 9. Menace qu'elle redoutait plus encore que de se faire courser par un homme armé.

— Tu es bien silencieuse, à quoi penses-tu ?

— Je suis la seule que tu aies rencontrée ?

— J'ai dîné dans le restaurant de Diego, il y a longtemps, mais je n'étais pour lui qu'un client parmi d'autres.

Ekaterina ne lui demanda pas à quoi ressemblait Diego. Mateo ne lui aurait pas répondu. Mais elle venait d'apprendre qu'il tenait un restaurant.

— Et Cordelia, tu as une idée de ce qu'elle fait dans la vie ?

— Et toi ?

— C'est marrant, tu te comportes comme si tu étais au-dessus de nous. Si Diego ignorait ton identité, comment étais-tu au fait de la sienne ?

— Disons que c'était une heureuse coïncidence.

— Ce n'est pas une réponse... Tu te prends pour notre chef ?

— Depuis que nous opérons ensemble, t'ai-je une seule fois donné l'impression de me sentir supérieur ?

Ekaterina soutint son regard avec une intensité mordante. La tension devint si palpable que le patron du petit bar s'en inquiéta et leur demanda, depuis son comptoir, si tout allait bien. Mateo le rassura d'un geste de la main.

— Tu vois, soupira-t-il, même dans les lieux les plus anonymes, il y a toujours quelqu'un qui vous observe. Un chef d'orchestre ne donne pas d'ordre à ses musiciens, il coordonne les partitions.

— Mais il dirige quand même, reprit Ekaterina, et tu as dit « ses » musiciens. Pourtant si nous sommes ce que nous sommes, c'est pour lutter contre la tyrannie des grands et des petits chefs.

— Si c'est ce que tu penses de moi, c'est ridicule et blessant.

— Je m'interroge juste sur ta présence ce matin. La pluie a bon dos.

— Tu pourrais difficilement me le reprocher, je t'en avais informée. Une fois pour toutes, Ekaterina, notre Groupe n'a pas de chef, mais je reconnais en avoir été le fédérateur, confia Mateo.

Cette révélation laissa Ekaterina sans voix. Fédérateur, ou initiateur ? La question revêtait pour elle une importance fondamentale. Le Groupe était sa seule famille, celle qu'elle avait trouvée après des années d'errance. Son métier d'enseignante aurait dû la définir ; c'était le cas en société. Mais la véritable personnalité d'Ekaterina se révélait dans ses activités clandestines, elle y trouvait le sens de sa vie ; comme si le vrai monde d'Alice se situait de l'autre côté du miroir.

— Admettons, reprit-elle. Qui a été ta première recrue ? Et quel numéro m'as-tu attribué ?

— Tu te trompes sur toute la ligne. Je ne t'ai jamais dit avoir été l'instigateur, mais le fédérateur, et seulement un temps. Nous sommes neuf, qui étions liés les uns aux autres avant même de le savoir, nous partagions les mêmes valeurs, les mêmes objectifs, les mêmes codes de conduite. Nous nous attaquions aux mêmes cibles et étrangement avec les mêmes modes opératoires. Aujourd'hui, chacun apporte ses compétences, ses talents. Nous appliquons des règles de sécurité que personne n'a imposées mais qui nous paraissent évidentes, nous sommes complices, amis virtuels certes, mais vraiment amis. Aucun de nous ne porte de numéro, ce serait contraire à nos principes. Une étoile n'a pas de première branche.

— Les branches d'une étoile…, reprit Ekaterina. J'aime bien cette image, elle nous va bien. Tu es très doué pour les métaphores à la noix, Mateo.

— Merci du compliment.

— Tu t'inquiètes pour Maya ?

— Sinon, je ne t'en aurais pas parlé.

— Elle est sûrement dans un coin reculé où les communications ne sont pas sûres. L'an dernier, lorsqu'elle est partie au Tadjikistan, je suis restée sans nouvelles d'elle pendant huit jours, *idem* lors de son déplacement en…

— Ce ne sont pas ses voyages qui m'inquiètent, mais la tournure de son message. Et ce que tu m'as appris ne me rassure pas.

Le regard de Mateo changea quand il prononça ces mots. Comme s'il en retenait d'autres qui lui pesaient.

— Qu'est-ce que tu me caches ? demanda Ekaterina en posant sa main sur la sienne.

Bien que ce geste complice le surprît, il ne bougea pas sa main.

— Nos derniers coups n'ont pas été sans risques, mais les types comme Baron sont vraiment très dangereux, tu en as eu la démonstration ce matin.

— Plus dangereux que les trafiquants d'êtres humains auxquels nous nous sommes attaqués l'an dernier, ou que le dictateur sud-américain dont nous avons fait saisir les comptes bancaires aux États-Unis ? Tu te souviens que lorsque le *New York Times* a publié notre dossier, nous avons tous disparu de la Toile pendant trois semaines. Je voyais des barbouzes et des agents de la CIA partout. Et finalement… nous n'avons eu aucun ennui.

Cette fois, Mateo retira sa main avant de lui répondre.

— L'idée qu'on te tire dessus dépasse de loin tout ce que je pouvais redouter.

— D'accord, concéda-t-elle, j'éviterai d'aller me promener autour de ton hôtel, promis.

— Tu devrais peut-être même t'éloigner d'Oslo pendant quelques jours, le temps que nous y voyions plus clair.

— Pour aller où ? Mon travail ne me permet pas de voyager quand bon me semble et j'ai une puce à décrypter. Tu es trop anxieux, Mateo. L'homme de main de Baron a sûrement plus important à faire que de chercher qui pistait Vickersen. D'ici quelques jours, son patron s'en ira vers d'autres cieux pour les transformer en enfer, et nous ferions mieux de découvrir où aura lieu son prochain rendez-vous et surtout avec qui.

— Mon mouchard nous l'apprendra le moment voulu.

— Je croyais qu'il fallait être à proximité pour le faire fonctionner.

— Justement, je dors dans le même hôtel que lui et nous avons piraté le Wi-Fi. Moi, je ne me suis pas fait repérer !

— Tu as quelqu'un dans ta vie ?

— Pourquoi ? s'étonna Mateo.

— Parce que les femmes se lassent vite des hommes qui veulent toujours avoir raison.

— Autant que les hommes se lassent vite des femmes qui les jugent pour un rien ?

Ekaterina sourit, Mateo ne manquait pas de répartie. Il se leva pour aller régler la note, en espèces, et l'invita à le suivre.

Ils marchèrent le long de la baie. Avant qu'ils se quittent, Mateo lui donna rendez-vous pour le lendemain. Même heure, même endroit. D'ici là, elle devrait avoir décrypté les informations prélevées dans le portable de Baron.

— *Les membres du Groupe se connaissaient tous entre eux ?*
— Non, nous échangions des informations sur les forums pour préparer nos hacks, opérions parfois à plusieurs, mais jamais tous ensemble, comme je vous l'ai déjà dit. Si la composition des équipes variait, aucun ne pouvait se vanter d'avoir travaillé avec la totalité du Groupe. Nous étions liés par une amitié particulière, très proches, curieux de chacun mais ignorant beaucoup de choses sur les autres.
— *Comme quoi ?*
— La double identité de Vitalik par exemple, ou encore que Cordelia et Diego étaient frère et sœur… et qu'un pacte les liait autant que le sang.

6.

Dix ans plus tôt, à Madrid

En juin 2010, Diego a vingt ans. Il est en deuxième année de sciences informatiques à l'université Carlos III à Madrid et se révèle un étudiant prodige. Cette journée qui commence va décider de sa vie. Il grimpe dans le bus et sourit à une fille de son âge dont il a croisé le regard. Diego a du charme, mais il ne le sait pas, ce qui lui en ajoute encore. La jeune femme n'a pas l'air dérangé qu'il vienne s'asseoir à côté d'elle. Il voit le livre posé sur ses genoux et lui murmure avoir adoré ce roman. Elle pense que ce n'est pas vrai, que c'est une phrase toute faite pour l'aborder, mais Diego lui confie s'être beaucoup attaché au personnage de Cordelia, peut-être bêtement parce que sa sœur s'appelle aussi Cordelia. Alors sa voisine comprend qu'il ne s'est pas vanté et sa sincérité la touche. Elle ne dit rien, prend un stylo dans sa besace en toile verte au sigle de l'US Army, griffonne un mot sur son marque-page et le lui tend alors que le bus ralentit.

Elle se lève, Diego se redresse pour la laisser passer, tout en jetant un coup d'œil au marque-page. Elle y a inscrit une adresse mail : Alb2010@uam.es. Rien qui le renseigne sur le prénom de cette inconnue. Tandis qu'elle descend du bus, il lui crie :

— Comment t'appelles-tu ?

Mais les portes se sont déjà refermées et, depuis la rue, elle lui fait comprendre d'un signe qu'il n'a qu'à lui écrire.

Le nom de domaine « @uam.es » est réservé aux étudiants de l'Université autonome de Madrid. Là-bas se trouve une filière en bio-informatique qu'il a failli rejoindre, une voie qui l'avait tenté, mais il a préféré étudier le codage. Peut-être a-t-elle choisi ce cursus. Il sait que sa conversation suscite rarement un grand enthousiasme chez les filles qui lui plaisent, alors si elle était en bio-informatique, ce serait une veine. La façon qu'elle a eue d'ouvrir son stylo avec ses dents, de mâchonner le capuchon pendant qu'elle écrivait... Elle respirait la joie de vivre, et sa silhouette était... Diego cherche le mot... angélique. Il veut lui dire au revoir de la main avant que le bus redémarre, mais la jeune femme s'éloigne déjà d'un pas pressé.

Lui non plus n'est pas en avance, la circulation est dense et son arrêt encore lointain.

Après ses cours, il filera au centre-ville prendre son poste dans le restaurant qui l'emploie. Être serveur est épuisant, mais dans un établissement de cette renommée, c'est aussi un honneur. Il a besoin de ce travail pour soulager ses parents du coût de ses études. Il regarde les passants sur le trottoir, se retourne, songeur, de temps à autre vers la vitre arrière. Ça lui a fait quelque chose d'évoquer le prénom de Cordelia. Sa sœur lui manque terriblement. Depuis qu'elle a obtenu une bourse au MIT à Boston, elle n'est pas revenue en Espagne, faute de moyens. Deux ans déjà. Cordelia et Diego ont toujours été inséparables, du moins jusqu'à ce que leurs études les éloignent l'un de l'autre. Chaque dimanche, ils s'écrivent de longues lettres manuscrites, qu'ils scannent et s'envoient par mail. C'est un peu vieux jeu comme procédé, mais Cordelia trouve ça beaucoup plus vrai. Elle affirme que sur une lettre manuscrite, les premières intentions sont toujours visibles, même si on les a raturées. Diego a beau lui expliquer que rien ne l'empêche de recopier un brouillon, Cordelia est convaincue qu'il est bien trop paresseux pour cela. Et comme elle a raison – elle a souvent raison –, c'est devenu un véritable jeu entre eux. Deviner ce que cachent les ratures, décrypter les non-dits.

Diego passe son temps à courir, d'un amphi à l'autre, d'un bus à l'autre, mais le seul endroit où il aime se presser, c'est entre la salle de restaurant et les cuisines. Reprendre son souffle devant le chef et sa brigade, observer la préparation des plats, la façon dont on dresse les assiettes et se hâter d'aller les servir aux clients. Il aime épier leur plaisir quand ils goûtent. Diego a un sens très poussé de l'honneur, et il est fier d'appartenir à une équipe si talentueuse.

Depuis six mois, il est aussi très fier d'avoir réussi à hacker le serveur d'un studio californien. Il est cinéphile ; enfant, il rêvait de devenir réalisateur, mais il y a renoncé, c'est un métier trop incertain. Alors, accéder par un corridor secret à des films qui ne seront jamais projetés en Espagne le ravit.

Il s'amuse que ses lignes de code restent indétectées ; chaque semaine, il les déplace dans le programme qui gère les titres de la major américaine. Il se garde bien de partager ses prouesses, ce serait courir le risque de se faire prendre.

Installé derrière son pupitre, il regarde sa montre. Il est 14 heures à Boston, Cordelia doit être en cours. Il ouvre une fenêtre sur son écran pour lui envoyer un message, un simple :

— Bonjour, qu'est-ce que tu fais ? et guette sa réponse qui ne tarde pas à venir.

— Comme toi, j'étudie, enfin pas comme toi puisque tu m'écris.

Il lui raconte aussitôt sa rencontre dans le bus, sans omettre un détail. L'écran clignote et il voit apparaître :

— Et toi qu'est-ce que tu fais, imbécile ?

— Je n'ai aucune chance, c'est ça ? répond-il.

— Non, et ce n'est pas ce que j'ai dit.

— Alors pourquoi me traites-tu d'imbécile ?

— Parce que tu devrais être en train de lui écrire, plutôt qu'à moi. Elle t'a donné son adresse mail, non ?

— Qui te dit que j'ai envie de le faire ?

— Alors tu es vraiment un imbécile, Chiquito. « Elle était si légère que j'ai cru qu'elle allait s'envoler quand elle s'est éloignée dans sa robe blanche avec des motifs bleus et des épis de lavande… » ce sont tes mots ; aucun garçon ne remarque ce genre de détails, surtout pas mon crétin de frère.

— Tu as encore raison, mais inutile de me traiter de crétin.

— Si, c'est très utile, parce que j'adore ça.

Diego demande à Cordelia de ses nouvelles. Elle est crevée. Depuis qu'elle a interdit à leur père de lui envoyer de l'argent, elle enchaîne après ses cours des petits boulots bien plus éprouvants que de servir dans un restaurant étoilé. En début d'après-midi, elle bosse pour une boîte de coursiers, deux heures à 7 dollars l'heure, avec les pourboires elle en empoche parfois jusqu'à 30. Puis dans un fast-food à 6 dollars l'heure, et enfin comme vendeuse dans un magasin de lingerie qui fait des nocturnes les jeudis, là c'est royal, elle est payée à la commission, minimum 30 dollars la soirée ; 300 dollars les bonnes semaines, de quoi se nourrir et se loger. Mais qu'il ne se trompe pas, tout ce temps où elle n'étudie pas ne l'empêchera pas de devenir meilleure programmatrice que lui.

Diego sait déjà tout cela.

— Bon, tu me lâches et tu écris à ta dulcinée, je suis en cours.

— Moi aussi. Tu me manques, répond Diego.

— Toi aussi, répond Cordelia, puis elle tape le détestable XOXO, pour l'embrasser.

Diego a les yeux rivés sur son écran. Le soleil madrilène se promène sur les pupitres. Un assistant de cours tire les grands rideaux orange qui pendent aux fenêtres. Les doigts sur le clavier, Diego tape :

— Comment t'appelles-tu ?

Il hésite et envoie son mail à Alb2010@uam.es. Il guette la réponse, un surveillant le sort de sa rêverie en annonçant qu'il reste une heure avant la fin de l'examen.

— Alba, et toi ?

Il répond et replonge dans sa copie. Le soir quand il rentre chez lui, il est déjà minuit. Diego passe un long moment sous la douche, fourbu. Il s'entoure la taille d'une serviette, enfile un tee-shirt et se pose sur le tabouret devant l'écran.

— Tu as poursuivi ta lecture ? À quel chapitre es-tu ? écrit-il à Alba.

Ces mots sont les prémices d'une histoire qui naîtra trois mois plus tard dans un vieux cinéma de Madrid où Diego a emmené Alba voir *Les Raisins de la colère*.

Ils se sont embrassés peu après que les lumières se sont rallumées. Mais avant, ils ont échangé un regard, ils avaient tous deux les yeux embués ; bien loin d'être gênés, ils en ont ri. Elle a pris les joues de Diego dans ses mains et a posé ses lèvres sur les siennes ; un baiser de cinéma dans une salle de cinéma, c'était forcément le début d'une histoire qui allait durer. Et elle dura.

Alba a un an de moins que lui, elle n'étudie pas la bio-informatique mais le droit. Et pourtant sa conversation la passionne. Plus encore quand Diego lui parle des cookies, ces mouchards qui s'implantent dans nos ordinateurs dès que l'on va sur le Net. Pour surveiller nos recherches, ce qu'on lit sur la Toile, ce qu'on achète, bref, pour tout savoir.

— Savoir quoi ? s'inquiète Alba.

— Tout ! Ton âge, ton sexe, tes centres d'intérêt, ton environnement social, tes croyances, ton mode de vie, ce qui te fait réagir, positivement ou négativement.

— Mais de quel droit, et pourquoi ? insiste-t-elle.

— Pour prédire ton comportement, pour te créer des envies, des besoins que tu n'as pas, pour te manipuler comme une vraie marionnette.

Alba éclate de rire, convaincue qu'il la fait marcher ; il adore ça, et elle adore lui faire plaisir en faisant semblant de croire à ses bobards, même les plus énormes, c'est devenu un jeu entre eux. Lorsqu'ils se retrouvent chez lui, tard le soir, ou quand ils passent la journée du dimanche ensemble, c'est à celui qui fera gober à l'autre le plus invraisemblable et chaque fois que Diego gagne la partie, il a droit à un baiser, pareil à celui qu'ils ont échangé dans la salle d'un vieux cinéma, il y a deux ans déjà. Leurs baisers ne vieillissent pas et ne vieilliront jamais. Cette fois, Alba ne se fera pas prendre, ça sent le coup fourré à plein nez, un nom de biscuit pour un truc aussi ignoble, impossible ! Mais la mine de Diego s'est assombrie. Pourtant, ils sont assis face au grand bassin dans le parc du Retiro, la journée est magnifique, ils s'aiment éperdument, sans douter un instant d'être faits l'un pour l'autre, et apprécient à chaque instant la chance qu'ils ont de s'être trouvés... et puis Diego ne sait pas si bien jouer la comédie.

Elle comprend qu'il a dit la vérité et, pour que la journée ne s'assombrisse pas davantage, elle lui explique que ce doit être pour cela que le destin les a réunis. Des législateurs comme elle mettront au pas les gens qui volent sans vergogne la vie privée des autres, des codeurs comme lui apporteront les preuves de leurs forfaits, et un jour ils les combattront ensemble.

Les combattre... voilà un mot qui laisse Diego songeur. Il confie à Alba la petite combine qui lui permet de voir tous les films qu'il veut. À nouveau, elle ne le croit pas, mais Diego a retrouvé le sourire et l'invite chez lui, le soir même. Elle n'a qu'à choisir le film qu'elle voudra. Alba relève le défi.

— Carlos Saura, *Cria Cuervos*.

— J'ai piraté un studio américain, pas la cinémathèque de Madrid, répond nonchalamment Diego.

Alba suspecte l'entourloupe, mais elle se veut belle joueuse.

— OK, *La Défense Lincoln*, avec Matthew McConaughey, ça vient de sortir, aucune chance que tu le trouves.

— Pourquoi, tu aimes ce genre d'homme ? On n'a pas le même physique, lui et moi, s'inquiète-t-il.

— Parce que j'aime les films d'avocats, répond-elle en se moquant de lui.

Et pendant que Matthew McConaughey et Marisa Tomei font l'amour, Diego lui raconte tout de ses talents de hackeur. Mais il jure de ne jamais s'en servir autrement que pour faire le bien.

— Parce que pirater des films, c'est faire le bien ? rétorque Alba.

— Non, mais ça ne fait de mal à personne, répond Diego.

— Tu vaux mieux que ça, lui dit-elle.

*

Juin 2013, les saisons passent, Diego et Alba continuent de s'aimer. Ils sont heureux, follement heureux jusqu'au jour où Alba, forte de ses brillants résultats, voit s'ouvrir à elle, en fin d'année, les portes d'un programme d'échange interuniversitaire.

Diego pense que Boston est une ville maudite qui lui vole tous ceux qu'il aime. D'abord sa sœur et maintenant Alba. Mais comme il l'aime, il l'encourage à saisir cette chance. Ils s'écriront le temps qu'elle sera là-bas. Il en a l'habitude. Pas de messages ou textos pour ne rien se dire, la distance ne les éloignera pas, ils se raconteront leur semaine dans de vraies lettres, manuscrites, qu'ils scanneront et s'échangeront par mail chaque dimanche.

*

Presque deux années se sont écoulées depuis son départ et pas un dimanche ils n'ont manqué à leurs échanges épistolaires. Cordelia a voulu rencontrer la petite amie de son frère. Elle tenait à se faire sa propre opinion. Alba et Cordelia ont sympathisé, mais leurs emplois du temps ne leur ont pas donné souvent l'occasion de se voir. Si elles avaient vécu sur le même campus, les choses auraient été différentes. Elles ont partagé un repas de Thanksgiving dans la chambre de Cordelia et un dîner de Noël dans celle d'Alba. Quand les étudiants américains rentrent dans leurs familles, ils abandonnent derrière eux leurs camarades étrangers.

C'est un dimanche de juin, en 2015. Diego est devant son écran, il poste sa lettre à Alba et attend la sienne par retour de mail. Il est 14 heures à Boston, 20 heures à Madrid. Il se prépare une tasse de café, la dixième depuis ce matin. Il dort très peu. C'est sa dernière année de fac et chaque soir, quand il rentre du restaurant, il étudie encore de longues heures. Diego se rend dans la salle de bains, laisse la porte ouverte, un œil sur le miroir pendant qu'il se rase, un autre sur l'écran de l'ordinateur posé sur la table dans la pièce à côté. La lame glisse sur sa joue droite, remonte le long de son cou quand soudain, il a un mauvais pressentiment. Tant pis pour la tradition, Alba est toujours ponctuelle. Il l'appelle, la sonnerie s'éternise. Diego fait les cent pas dans son studio, il la rappelle, toujours rien. Il ne doute pas une seconde de la fidélité d'Alba, la distance n'a en rien diminué la force de leur amour. C'est autre chose qui l'inquiète. Au tout début de leur histoire, la première fois qu'Alba est restée dormir chez lui, curieux de savoir pourquoi elle s'éternisait dans sa salle de bains, il a poussé la porte et l'a surprise une seringue à la main. Leurs regards se sont croisés. Diego avait remarqué les minuscules point rouges qui apparaissaient et disparaissaient sur la peau d'Alba, tantôt sur son ventre, tantôt sur ses cuisses, parfois sur ses bras, mais il ne s'était pas questionné davantage. Les traits livides, elle s'était contentée de sourire avant de lui demander : « Tu veux que je t'apprenne à me piquer ? »

Alba est diabétique de type 1. Elle a installé dans leur vie une hygiène alimentaire remarquable. Diego sait qu'elle contrôle scrupuleusement sa glycémie, mais il lui est peut-être arrivé quelque chose. Comme ce jour où... Ils étaient en pleine conversation, assis devant le grand bassin dans le parc du Retiro, Alba s'était mise à pâlir, des perles de sueur affleurant sur son front. En voulant saisir son sac qui traînait à ses pieds, elle s'était effondrée, il avait tenté de la retenir, mais elle lui avait glissé entre les mains et s'était affalée, telle une poupée désarticulée.

Alors il renouvelle son appel, toujours sans réponse, puis il téléphone à sa sœur, la supplie de se précipiter chez Alba. Par chance, Cordelia est en route pour livrer un colis. À la voix de son frère, elle comprend que même si Alba s'est simplement endormie devant son écran, « ça nous arrive à tous », dit-elle pour le rassurer, elle doit prendre sa demande au sérieux. Jamais elle ne l'a senti aussi alarmé, si fragile. Elle pile, fait pivoter son vélo autour de la roue avant, change de braquet et se met à pédaler à toute vitesse.

Rockingham, à gauche dans Granite, elle coupe à travers le terrain de baseball, emprunte Brookline à contresens pour rejoindre plus vite le rond-point, elle slalome entre les voitures sur la rampe qui grimpe vers le pont, traverse la rivière Charles, virage sec sur Mountfort, un taxi la klaxonne, elle lui répond d'un doigt d'honneur, poursuit sa course folle, slalome à nouveau sur Beacon, se penche en bifurquant dans St Mary's Street. Elle pense que son frère est fou, non, plutôt qu'il va finir par la rendre dingue, à condition qu'elle ne se tue pas avant à vélo. Heureusement, Cordelia est une coursière aguerrie. Monmouth Street, elle appuie sur les freins, contrôle sa glissade, pile net devant un réverbère, enchaîne sa roue et se précipite dans le petit immeuble. Elle grimpe les étages, sonne, tambourine sur la porte 2C. Elle a toujours Diego dans son oreillette, cet appel va lui coûter une fortune.

— Tu es certain qu'elle est là ?

— Entre ! hurle-t-il.

Mais comment ?

Elle frappe avec insistance, appelle à l'aide, un voisin sort sur le palier, il est grand et costaud, Cordelia lui ordonne d'enfoncer la porte, l'homme recule, se jette de toutes ses forces avant de gémir en se frottant l'épaule.

— *Bueno, hasta aqui hemos llegado*, soupire Cordelia. Elle fait signe au voisin de se pousser, prend son élan avant de décocher un magistral coup de pied sur la serrure. Le chambranle se disloque. Cordelia entre dans le studio et souffle à son frère qu'elle va le rappeler.

Alba est par terre, en position fœtale, les bras repliés sous le ventre. Cordelia la retourne délicatement et la découvre si pâle qu'elle a du mal à contenir ses larmes ; mais la poitrine d'Alba se soulève, faiblement. Cordelia la serre dans ses bras, l'appelle, la secoue pour la réveiller. Le voisin est resté tétanisé sur le pas de la porte, Cordelia lui crie d'appeler les secours, d'abord en espagnol puis en anglais.

Elle berce Alba. Le son d'une sirène résonne au loin. Elle la supplie d'ouvrir les yeux, lui caresse le visage, s'effraie de la froideur de son front. La sirène se tait, elle entend les urgentistes grimper l'escalier. Ils entrent et la repoussent sans ménagement. Cordelia leur dit qu'Alba est diabétique. Ce ne sont pas des médecins, seulement des auxiliaires. L'un d'eux repère la trousse sur la table, prie Cordelia de la lui remettre, l'ouvre, s'empare du testeur, pique le doigt d'Alba. Ses traits se figent en lisant la mesure. Maintenant, le temps est compté.

Alba sort de chez elle sanglée sur un brancard. Cordelia l'accompagne dans l'ambulance. Le corps brinquebale sur la civière, deux grosses ceintures orange empêchent Alba de verser sur le côté. Le hurlement de la sirène pétrifie Cordelia. Elle s'accroche du mieux qu'elle le peut, son cœur bat trop fort, elle cherche le regard de l'ambulancier, il a les yeux rivés sur le moniteur bardé de fils reliés à la poitrine d'Alba.

Ils entrent dans le sas des urgences ; Alba est conduite au pas de course dans un long couloir, deux portes s'ouvrent.

Une infirmière explique à Cordelia qu'elle n'ira pas plus loin, on viendra la chercher.

Alors elle attend, erre d'une banquette à l'autre dans cette salle aux murs bleu-gris. Elle trouve enfin la force de prendre son portable, Diego l'a appelée cent fois. Elle tâche de le rassurer, ça va aller, elle en est sûre, non les médecins ne sont pas encore venus la voir. Elle ira s'informer, c'est promis. Elle restera là le temps qu'il faut, jusqu'à ce qu'elle puisse lui passer Alba, elle attendra la nuit entière si nécessaire, elle le lui promet aussi. Sa grande sœur a toujours tenu ses promesses. Tout ira bien, ajoute-t-elle avant de raccrocher.

*

Diego ne regarde plus de films, il a fermé la porte dérobée sur les studios de cinéma. Il a eu trente ans cette année et tient avec deux copains un bistrot réputé dans le vieux centre de Madrid. C'est un homme intelligent qui s'est fait tout seul ou presque. Les livres sont devenus ses plus fidèles compagnons, les héros des romans l'ont ramené vers le monde des vivants. Affable, il sait se fondre dans n'importe quel environnement et pourtant, c'est aujourd'hui un solitaire, éperdu de liberté. Son père était linotypiste et sa mère sage-femme. Le couple s'est séparé peu après sa naissance. À l'école, Diego se vantait d'avoir deux chambres, et deux fois plus de jouets que ses copains. Son père s'amusait que ses deux enfants aient choisi d'étudier l'informatique, la discipline qui a fait disparaître son métier.

Chaque dimanche, Diego se rend au cimetière, il s'assied sur la tombe d'Alba et lui lit le récit de sa semaine qu'il a écrit dans une lettre.

À la fin de ses études, Cordelia n'est pas rentrée à Madrid. Elle a quitté Boston pour s'installer à Londres. Avec Diego, ils continuent de s'écrire chaque jour, des messages cryptés. Elle est résolue à tenir la promesse faite à son frère. La mort d'Alba a changé leurs vies, depuis cinq ans déjà...

*

En juin 2015, Cordelia sacrifia ses économies pour prendre l'avion en compagnie du père et de la mère d'Alba qui avaient fait le voyage pour la rapatrier. Diego l'attendait à l'aéroport. Ils se rendirent tous ensemble au funérarium.

Le jour de l'enterrement, elle attendit le moment où elle pourrait tout raconter à son frère. Ce dimanche soir qu'elle n'oublierait jamais, lorsque, la mine défaite, le médecin l'avait rejointe dans la salle d'attente. Il lui avait demandé si elle était un membre de la famille, elle avait menti en prétendant être la belle-sœur d'Alba. « Ce n'était qu'un demi-mensonge, murmura-t-elle à Diego, je le serais devenue... » Elle se tut. Il prit sa main et la serra très fort, trop fort, mais elle ne broncha pas. Le cortège passait devant la tombe, les gens se recueillaient, jetaient une rose avant d'aller saluer les parents d'Alba. Diego se tenait à l'écart, sa sœur à côté de lui. « Alba n'avait pas oublié sa piqûre », lui révéla Cordelia. Le médecin lui avait expliqué que des cas de ce genre, il en voyait de plus en plus souvent. Et comme elle ne comprenait pas, le toubib avait sorti de la poche de sa blouse un flacon d'insuline qu'il avait exposé à la lumière de la fenêtre. « Elle est coupée, avait-il confié. Parfois à moitié, parfois jusqu'au quart. » Cordelia ne comprenait toujours pas. « Les malades qui n'ont pas d'argent en viennent à la diluer », avait ajouté le médecin à voix basse. « Les labos ont multiplié le prix de la dose par trois, rien que cette année, et les assurances en profitent pour ne pas rembourser en faisant traîner les dossiers. Il faut avoir les moyens de suivre son traitement, et les étudiants... encore plus les étrangers... bref, c'est un drame sordide », avait-il dit en soupirant. Il avait tapoté l'épaule de Cordelia pour la réconforter et s'était éclipsé.

Des pelletées de terre fraîche recouvrirent le cercueil d'Alba, Cordelia hésitait encore, mais quand elle eut fini de tout raconter à son frère, elle le vit serrer les dents avec une expression qu'elle ne lui connaissait pas.

Sur le chemin vers la sortie du cimetière, il passa son bras autour de ses épaules et elle ressentit quelque chose d'étrange, comme si Diego était soudain devenu son grand frère, comme si son petit frère était resté à jamais assis sur la tombe d'Alba, « 1991-2015 ».

Il lui demanda calmement qui étaient ces « ils » qui avaient augmenté le prix de l'insuline.

Diego est un homme d'honneur.

BOSTON

PARC DU RETIRO, MADRID

7.

Juin 2020, à Londres et à Madrid

Séparés par des milliers de kilomètres, chacun devant son écran, Cordelia et Diego unissaient leurs talents pour pénétrer les serveurs d'une société pharmaceutique située en Angleterre. Un hack de cette envergure couronnait de longs mois d'enquête et devait se dérouler selon un plan précis.

Dans ce genre de bataille, les coups sont portés par des lignes de code dont l'efficacité repose sur la façon dont elles sont implantées. Il existe quantité de méthodes pour qu'un hackeur arrive à ses fins, mais toutes se résument finalement à deux modes opératoires : agir en force sur plusieurs fronts pour semer la panique dans les défenses de l'adversaire, ou progresser sans éveiller de soupçons, autrement dit, atteindre la salle des coffres sans déclencher la moindre alarme. Cordelia et Diego avaient choisi cette approche et ils savaient comment mettre toutes les chances de leur côté.

Il y a toujours au sein d'une grande entreprise un employé zélé prêt à répondre à toute heure à un mail urgent adressé par son supérieur, un mail contenant un document qu'il doit étudier sans délai. La technique est d'une simplicité désarmante, la pièce jointe au mail recèle un minuscule programme qui se diffuse dans le système informatique comme un virus dans un organisme vivant. Tant que les défenses ne le détectent pas, le système immunitaire ne se réveille pas. Le virus poursuit sa course, choisissant les organes où il se propagera. Quand il est prêt à passer à l'attaque, celle-ci est foudroyante. Le malin génie de la grippe est un modèle du genre.

Un mois plus tôt, Cordelia avait réussi à se procurer l'organigramme d'une succursale anglaise du groupe Talovi. Pour cela, elle s'était rendue un matin à Gilford, une petite ville située à une trentaine de miles du centre de Londres.

Elle avait garé sa voiture dans un parking public, pris dans le coffre un casque de cycliste et son blouson de coursier, souvenirs de sa vie à Boston, elle avait ajouté à sa tenue des lunettes de soleil, pour empêcher toute identification par les caméras de surveillance. Puis elle s'était présentée à l'accueil d'un complexe de bureaux modernes. Elle avait annoncé à la réceptionniste que le destinataire du pli qu'elle portait devait signer lui-même le récépissé. Mais sur le registre de la réceptionniste, personne ne répondait au nom qu'elle avait communiqué. Mastiquant un chewing-gum, Cordelia avait poussé un long soupir, de ceux qui font comprendre à votre interlocuteur qu'il vous fait perdre votre temps.

— Vous pourriez vérifier dans votre bazar, avait-elle insisté en désignant l'écran qui apparaissait derrière le comptoir.

Ce que l'hôtesse s'empressa de faire, moins pour rendre service à Cordelia que pour se soustraire à la vision déplaisante de sa mastication. Dès qu'elle eut pianoté sur le clavier le code d'accès de son terminal, Cordelia activa discrètement son téléphone portable dans la poche de son blouson. Pour le succès de l'opération, la distance entre les deux appareils ne devait pas dépasser un mètre. Cordelia aurait voulu poser son smartphone sur l'ordinateur de l'hôtesse qu'elle ne s'y serait pas mieux prise. Les services informatiques considèrent toujours que les attaques surgiront de l'extérieur, protéger le terminal dans le hall n'est donc pas une priorité. Le temps que la préposée s'évertue à trouver le destinataire du pli, Cordelia avait aspiré le répertoire entier de la filiale anglaise de Talovi.

— Désolée, je ne trouve personne de ce nom, avait à son tour soupiré l'hôtesse.

— Tant pis pour eux, s'était exclamée Cordelia, ils paieront deux fois la course !

Et elle était repartie avec son enveloppe en kraft renfermant un catalogue de vente de matériel médical par correspondance – on n'est jamais trop prudent.

La deuxième phase du plan nécessita plus de temps. Cordelia et Diego se répartirent la liste des salariés de la filiale anglaise des laboratoires Talovi et menèrent de pair leurs recherches, épluchant méthodiquement la Toile pour dénicher un candidat idoine : un cadre supérieur, prolixe sur les réseaux sociaux. L'un de ceux ou celles qui, à grand renfort de photographies et commentaires, adorent montrer que leur vie est plus belle que la vôtre ou leur façon de penser plus pertinente. Diego trouva le profil idéal et il ne fallut que deux nuits de travail à Cordelia pour mettre la main sur le nom de son supérieur hiérarchique.

La phase trois consista à craquer le mot de passe de l'adresse mail que leur proie avait rendue publique sur son profil LinkedIn. Cordelia s'y attela sans grande difficulté.

Edward Beauchamps, responsable de la créa au service marketing, offrait sa vie en pâture. Photos de ses enfants et de son épouse, prises à leurs dates anniversaires, prénoms tagués, photos des repas du dimanche géolocalisées dans leur résidence secondaire, sans oublier l'Aston Martin, garée devant sa maison, avec numéro de la rue et plaque d'immatriculation apparents.

La quatrième et dernière étape consista à placer le courriel piégé. Pour contrefaire la pièce jointe, Diego avait simplement reproduit un rapport d'activité publié deux mois plus tôt par le laboratoire.

Une heure plus tard, Cordelia adressait un deuxième mail à Beauchamps, le priant de ne pas tenir compte du premier qui avait été émis par erreur.

Le mal était fait, Beauchamps avait ouvert le rapport et le virus se propageait.

Depuis lors, Cordelia et Diego pouvaient lire tous les courriers échangés sur les serveurs de Talovi et le responsable des services informatiques n'y voyait que du feu.

Frère et sœur ne s'intéressaient qu'à une seule activité du laboratoire : la commercialisation des médicaments de la classe thérapeutique insuline, indispensables à la survie des patients diabétiques et dont les prix avaient augmenté de mille pour cent au cours des quinze dernières années. Une augmentation que rien ne pouvait justifier. Comble du cynisme, la découverte de l'insuline remontait à presque cent ans, et ses auteurs en avaient cédé les droits pour un dollar symbolique afin que tous les malades bénéficient du traitement. Pourtant, le flacon se vendait 300 dollars aux États-Unis. Un patient diabétique en utilisait en moyenne trois par mois, quatre pour certains. Et s'il n'existait pas d'alternative générique meilleur marché, c'était parce que les laboratoires modifiaient régulièrement leurs formules pour renouveler leurs brevets et empêcher que leur produit, dont dépendait la survie de dizaines de milliers d'hommes, femmes et enfants, ne tombe dans le domaine public.

Cordelia avait découvert tout cela au cours des mois suivant l'enterrement d'Alba. De retour à Boston, chaque fois qu'elle roulait à vélo, elle revivait la course folle de ce dimanche après-midi qui ne cessait de la hanter. Elle s'était investie dans une enquête qui allait occuper l'essentiel de son temps libre durant les trois années à venir. Chaque week-end, elle se rendait dans les hôpitaux de Boston et de sa banlieue pour y recueillir les témoignages d'infirmières, d'urgentistes ou de patients. Chaque soir de la semaine, elle passait des heures devant son écran, à la recherche de dossiers médicaux, d'articles ou de rapports statistiques sur la mortalité liée au diabète.

De mois en mois, elle découvrait l'ampleur du scandale et ses dégâts en vies humaines. Le médecin qui avait fermé les yeux d'Alba n'avait en rien exagéré, les États-Unis comptaient des centaines de cas identiques, et d'année en année le nombre de décès ne cessait d'augmenter. Toujours pour la même raison, des patients jeunes et moins jeunes se trouvaient dans l'incapacité d'acheter leur traitement, y compris ceux qui avaient une assurance médicale, tant les laboratoires faisaient grimper les prix.

Cordelia orienta alors son enquête sur la façon dont l'insuline était commercialisée et trouva au sein du personnel d'une société de distribution de produits pharmaceutiques un commercial en mal de compagnie qu'elle réussit à faire parler après l'avoir enivré un soir au comptoir d'un bar.

À la sixième tequila, elle apprit que quatre sociétés se partageaient ce juteux marché mondial. L'insuline rapportait à elle seule 15 millions de dollars par jour aux laboratoires Talovi, soit 5,5 milliards de dollars en gains chaque année.

Douze mois durant lesquels elle pédalait sans compter pour gagner à peine de quoi poursuivre ses études et survivre à Boston.

Le commercial, ne reculant plus devant aucune confidence, admit que les labos s'arrangeaient entre eux sur les prix, sous le regard complice des compagnies d'assurances, des distributeurs et courtiers en pharmacie. Tout le monde tirait profit du système. Il était bien placé pour le savoir, avait-il avoué pour soulager sa conscience. Au lendemain de cette soirée, qui coûta à Cordelia une migraine inoubliable, son enquête prit un nouveau tournant. Pour prouver que le système était corrompu, dénoncer les ententes illicites et faire traduire en justice ceux qui en tiraient les ficelles, il lui fallait encore obtenir des preuves irréfutables. Ce qui était loin d'être acquis.

Si Cordelia n'était pas rentrée à Madrid, ses études achevées, c'est qu'elle avait obtenu un poste d'analyste de données dans une société informatique londonienne. Deux ans plus tard, elle était promue ingénieure réseaux, obtenant alors les moyens techniques dont elle avait besoin pour parvenir à ses fins, et que justice soit faite. Depuis, elle menait une vie en apparence normale, bien qu'il lui fût toujours très difficile de définir la normalité, dans un pays où six familles se partageaient autant de richesses que le reste de la population.

Chaque fois que le découragement la gagnait, elle ouvrait un cahier dans lequel elle avait collé une photographie découpée dans un magazine people italien. On y voyait le président de Talovi, en tenue d'été, portable à l'oreille, regardant, l'air attendri depuis le pont supérieur de son yacht, sa femme et ses enfants qui pilotaient des Jet-Ski dans la rade de Portofino. En vis-à-vis, elle avait collé une photo de Diego et Alba, un selfie pris sur un banc dans le parc du Retiro.

*

Deux années de recherches, de filatures et de préparation n'avaient pas encore permis à Diego et Cordelia d'atteindre le but tant escompté, venger Alba en faisant payer ceux qui étaient responsables de sa mort. Ils espéraient que l'attaque informatique de la filiale du géant pharmaceutique allait enfin changer la donne.

La semaine qui suivit leur intrusion dans les serveurs, ils isolèrent parmi des milliers de mails ceux qui contenaient les mots-clés qui les intéressaient. Après un mois de travail assidu, n'ayant rien trouvé qui leur permette d'incriminer quiconque, Diego finit par soupçonner que les tractations illicites se menaient en marge des réseaux informatiques. Autant dire une impasse pour des hackeurs et l'anéantissement de tous leurs efforts… si la chance ne les avait pas aiguillés.

Au vu des risques encourus, les activités criminelles des laboratoires ne pouvaient être évoquées qu'aux plus hauts sommets des hiérarchies. Frère et sœur se concentrèrent alors sur trois ordinateurs, ceux du directeur général, du directeur financier et du directeur commercial.

Un petit miracle se produisit quand le directeur financier, ayant oublié chez lui le chargeur de son smartphone, commit l'imprudence de le brancher à son ordinateur portable. Lorsque la connexion apparut sur son écran, Cordelia ressentit l'émotion d'un cambrioleur qui, après deux mois passés à creuser un tunnel, donne un dernier un coup de pioche et voit s'écrouler le mur de la salle des coffres. Sa satisfaction fut telle qu'elle ne s'interrogea même pas sur l'ouverture providentielle de cette fenêtre sur son écran. Et ce qu'elle découvrit la combla au-delà de toute espérance : un agenda personnel, ayant plus de valeur à ses yeux qu'une rivière de diamants.

Diego et elle avaient consacré tant de temps à épier cet homme qu'il leur semblait mieux le connaître qu'un proche.

Ils avaient épluché ses courriers, ses rendez-vous, n'avaient rien manqué de ce que postait son épouse sur Instagram et FriendsNet, savaient quand elle s'offrait une soirée entre copines alors que son mari travaillait tard, quand la famille partait en week-end dans leur maison de campagne du Kent, sans compter la mine de renseignements obtenus grâce à la domotique dont leur résidence principale était équipée. Visiophone à la porte d'entrée, caméras dans les parties communes, chez les Sheldon même les ampoules étaient connectées. Diego pouvait les suivre de pièce en pièce. Il était si facile de hacker ces systèmes que Cordelia en venait à se demander si les gens ne feraient pas mieux de carrément laisser la clé de leur domicile dans la serrure pour faciliter la tâche aux cambrioleurs. Outre un nombre important de détails sur la vie privée de Sheldon, la géolocalisation de son smartphone et l'usage de sa carte de crédit les informaient en temps réel sur ses déplacements. La palme du renseignement revenait sans conteste aux bornes Alexa. Celle qui trônait sur une étagère de la cuisine mit Cordelia sur la piste. À la table du petit déjeuner, Mme Sheldon avait demandé à son mari s'il l'accompagnerait à la réunion des parents d'élèves, le jeudi suivant à midi. Sheldon s'était excusé, il avait un rendez-vous important ce jour-là, avec un visiteur venant de l'étranger, impossible de le déplacer. Piquée par la curiosité, Cordelia afficha l'agenda de l'ordinateur de Sheldon sur son écran, rien n'était inscrit au surlendemain à midi. Elle étudia l'agenda de son smartphone et y trouva le mot « Paddington », noté au jour et à l'heure dits ; cette anomalie l'intrigua. Elle remonta dans le temps, et constata que le même mot, « Paddington », apparaissait le premier jeudi de chaque trimestre, toujours dans le téléphone de Sheldon, jamais sur son ordinateur de bureau. Elle étendit ses recherches aux trois dernières années et constata que l'anomalie était systématique.

Cordelia se connecta à sa messagerie sécurisée pour partager ses conclusions avec Diego. Les bandits en col blanc étaient assez prudents pour n'échanger aucun message par téléphone et encore moins par courriel. Son père, ironisant un jour sur la vacuité du monde virtuel où elle passait bien trop de temps à son goût, lui avait rappelé de ne jamais négliger le pouvoir d'une connexion humaine. Une leçon qu'elle n'avait pas oubliée. Conclusion : les dirigeants des laboratoires s'accordaient sur les prix de l'insuline en se rencontrant.

— Si c'est le cas, on est foutus, déplora Diego.

— Non, pas si on les prend en flagrant délit ! répondit Cordelia et j'ai peut-être une idée ; assez culottée, mais elle vaut la peine d'y réfléchir.

À peine eut-elle envoyé ce message à Diego qu'une autre fenêtre s'ouvrit sur son écran.

À quel genre d'opération culottée penses-tu ?

Cordelia fut piquée au vif. Un autre membre du Groupe 9 s'était joint à la conversation, mais lequel ? Ekaterina se serait annoncée ; Maya aurait commencé par dire bonjour. Vitalik, qui avait appris les langues étrangères dans des lexiques pour touristes, coutumier des mots écorchés et des fautes de syntaxe, aurait écrit « Quelle manigance as-tu dans ton esprit ? » ; Janice, dans son style fleuri, aurait tapé « À quoi vous jouez ? », ou plutôt « Dans quel merdier allez-vous encore vous fourrer ? ». Une question aussi condescendante ne pouvait venir que de Mateo.

— Cela fait longtemps que tu es là ? demanda-t-elle.

— Je viens tout juste de me connecter, je cherchais à te joindre.

— Tu es chez toi ?

— En déplacement, répondit-il.

— Reste en ligne, je t'e-maile quelque chose.

Dans un courriel crypté, Cordelia lui envoya les éléments les plus compromettants du dossier. Le temps de parcourir quelques pages, Mateo avait deviné ce qu'elle avait en tête.

— Je vous déconseille fortement d'aller sur le terrain sans y être parfaitement préparés. Vous risquez de secouer la fourmilière et de ruiner tout ce que vous avez accompli jusque-là. Si les responsables qui sont compromis suspectent quoi que ce soit, ils chercheront l'origine de la fuite et passeront leurs systèmes informatiques au peigne fin. Tes actions m'ont toujours inspiré le plus grand respect, comme celles de Diego d'ailleurs, mais agir derrière un écran et aller au contact sont deux choses différentes. Ne sous-estimez pas la puissance des multinationales, surtout quand il s'agit de protéger leurs dirigeants. Ils mettront tout en œuvre pour identifier ceux qui veulent s'attaquer à eux, et ils ne lésineront pas sur les moyens.

Cordelia ne répondit pas tout de suite. Sauf quand ils opéraient ensemble, Mateo ne s'était jamais permis de s'immiscer dans ses plans. Elle s'étonna encore plus qu'il lui suggère de renoncer. Elle attendait que Diego vienne à la rescousse, mais il ne se manifesta pas.

— Assez tergiversé, que d'autres membres de la bande se joignent à nous ! s'emporta-t-elle. En nombre, nous réussirons. Le rendez-vous aura lieu dans la gare de Paddington.

— Paddington, c'est immense, reprit calmement Mateo, et tu espères obtenir quoi ? L'enjeu de ta mission est bien trop vague pour risquer de réunir...

Cordelia ne lui laissa pas le temps d'achever sa phrase.

— Dénoncer des hommes dont la cupidité a entraîné la mort de milliers de personnes te paraît un enjeu trop vague ? Alors nous n'avons pas la même vision du Groupe, s'insurgea-t-elle. Qu'est-ce que tu proposes ? Que chacun mène ses petits projets dans son coin, pour ne surtout pas risquer de se faire repérer ?

— Ce n'est ni ce que j'ai dit ni ce que je pense, protesta Mateo.

Mateo et Cordelia avaient tous les deux raison. Agir en nombre augmentait le risque d'exposer le Groupe, mais prévenir la mort d'autres Alba était une parfaite illustration de sa raison d'être. Mateo connaissait Diego et Cordelia depuis suffisamment longtemps pour savoir que rien ne les ferait renoncer. Il leur suggéra d'aller faire un tour sur le Darknet, la face cachée de l'Internet où, entre autres, les hackeurs de tous genres et tous pays échangent des services contre paiements en cryptomonnaie. Ils y trouveraient peut-être quelqu'un ayant déjà piraté les caméras de la gare de Paddington. Restait à négocier le prix pour lequel il leur en céderait l'accès. Dans ce genre de transaction on ne vous posait aucune question mais le danger à utiliser des lignes de code écrites par un tiers était qu'il en profite pour vous pirater à son tour. Accéder au réseau de surveillance de Paddington Station en moins de vingt-quatre heures demandait d'accepter certains compromis.

— Cordelia n'a pas tort, intervint Diego. Si d'autres membres de l'équipe se joignent à nous, nous augmenterons nos chances de repérer la cible. Ça vaut le coup, ajouta-t-il.

— Admettons que cela fonctionne ; et ensuite ? demanda Mateo.

— À plusieurs, nous aurons assez d'yeux pour couvrir toute la gare, répondit-elle.

— À condition de pouvoir contrôler les caméras, insista Mateo.

— Je me rendrai à Paddington, vous me guiderez par téléphone et je suivrai Sheldon jusqu'à le prendre en flagrant délit.

— En flagrant délit de quoi ? Un échange de bouts de papier ? Un peu mince pour faire éclater ton scandale.

— Faux ! Si je réussis à prendre une photo de deux dirigeants de laboratoires pharmaceutiques en train de discuter incognito dans une gare alors qu'ils sont concurrents, nous aurons une preuve de leur complicité.

— Pourquoi ont-ils choisi Paddington, Londres ne manque pas d'endroits où se fondre dans la foule ? interrogea Diego.

Les écrans restèrent muets, Mateo et Cordelia réfléchissaient à la question.

— Où vont les trains qui partent de cette gare ? demanda-t-il ensuite.

— J'ai trouvé ! pianota-t-elle. La question n'est pas où ils vont, mais d'où ils viennent. Comme l'Heathrow Express qui relie l'aéroport à la gare en vingt minutes. Son contact doit arriver des États-Unis. Pour s'accorder sur les prix, rien de plus discret, il n'y a pas de caméra dans les voitures.

Durant l'heure qui suivit, les trois amis élaborèrent un plan d'action. Hasardeux selon Diego, dangereux aux yeux de Mateo, mais aucun d'eux n'aurait réussi à faire reculer Cordelia.

— Au fait, pourquoi cherchais-tu à me joindre ? demanda Cordelia à Mateo.

— Ekaterina aura besoin de nous dans les prochains jours, mais puisque tu vas faire appel à ses services, elle t'en parlera elle-même.

Sur ce dernier échange, tard dans la soirée, la communication cessa.

À Madrid, Diego quitta son bureau. Il descendit l'escalier en colimaçon qui menait au restaurant, traversa le clair-obscur des cuisines où les brûleurs vacillaient encore sur les pianos et entendit un brouhaha émanant de la salle. Il poussa les portes battantes : sa brigade était réunie autour du bar. Il passa derrière le comptoir, se servit un verre de mezcal et se joignit à la fête.

À Londres, Cordelia posa son ordinateur portable sur l'oreiller à côté d'elle et éteignit la lampe de chevet. L'orage grondait, la pluie fouettait les carreaux, un éclair illumina le ciel. Elle se blottit sous sa couette et tenta de faire le vide dans sa tête.

À Oslo, depuis la fenêtre de sa chambre d'hôtel, Mateo observait la rue en contrebas. Les lumières de la terrasse du Café du Théâtre s'éteignirent. Ekaterina était trop occupée pour qu'il la sollicite. Maya n'avait toujours pas donné de nouvelles, ce qui l'inquiétait de plus en plus. Il hésita, puis renonça à prévenir les autres membres du groupe.

— *Si ce n'était celle-là, alors quel genre d'opération aurait convaincu Mateo de réunir le Groupe ?*

— Mais ils œuvraient déjà ensemble ! Seulement, ils ne le savaient pas encore. Chacun visait dans ses hacks le même type de cibles : ceux qui abusaient outrageusement de leur pouvoir…

— *« Ils » ?… Pour vous c'était différent ?*

— J'aurai dû répondre « nous ». Mais j'ai compris en premier vers où nos actions convergeaient, ce qu'il nous en coûterait d'aller au bout du véritable projet qui nous unissait : anéantir l'Hydre, un monstre à plusieurs têtes.

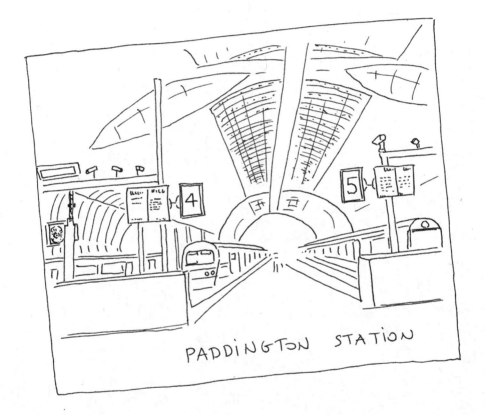

PADDINGTON STATION

8.

Le deuxième jour, à Oslo

Ekaterina avait consacré sa nuit à percer les secrets de la puce que Mateo lui avait confiée. Ce qu'elle découvrit au lever du jour l'éclaira sur les raisons qui avaient poussé l'homme de main de Baron à dégainer son arme en pleine rue : une conversation terrifiante. Il n'était que 4 heures du matin, mais elle envoya quand même un message à Mateo, pour avancer leur rendez-vous. Impossible, compte tenu des circonstances, d'attendre l'après-midi comme prévu.

Mateo, qui avait du mal à s'acclimater aux nuits d'été norvégiennes, ne dormait que d'un œil. Il lut le message et, tout aussi inquiet de sa teneur, changea le lieu de la rencontre, considérant que le centre-ville était pour quelques jours encore un terrain miné. Il suggéra Sandvika, le magasin Ikea leur offrirait une couverture parfaite, Ekaterina pourrait s'y rendre en bus. Mais elle n'avait pas le temps de s'adonner à un jeu de piste et le pria de la rejoindre à la fac, avant le début des cours.

Ils se retrouvèrent à 7 h 30 sur le parking de l'université.

Ekaterina le fit monter à bord de sa vieille Lada. Le compteur kilométrique était bloqué depuis longtemps, hormis ce défaut, l'habitacle qui sentait le propre et les skaïs luisants de cire témoignaient du soin que l'enseignante portait à son automobile.

Les traits chiffonnés après une nuit trop courte, Mateo accepta volontiers le gobelet de café qu'elle lui tendit.

— Qu'as-tu trouvé ? demanda-t-il.

Ekaterina sortit un dictaphone de sa poche et le posa sur la console entre leurs sièges.

— Je préfère que tu l'apprennes à la source, tu ne m'aurais pas crue. Tu distingueras la voix de Vickersen de celle de Baron grâce à leurs accents.

Elle appuya sur la touche « play ». Mateo entendit un grésillement et la conversation débuta.

« *Ravi de vous voir* », c'était la voix nasillarde de Baron.

« *Bienvenue chez nous* », celle, haut perchée, du politicien à la tête du parti nationaliste.

« *Vous êtes prêts ?* »

On entendait un bruit de vaisselle, une tasse que l'on repose sur sa soucoupe.

« *Nous sommes fin prêts, dès que nous serons passés à l'action, il vous suffira de...*

— *Êtes-vous certain de la fiabilité de vos hommes ?* interrompit Baron sur un ton insistant.

— *J'ai toute confiance en eux, nous ne les avons pas choisis par hasard. Ils sont aussi déterminés que nous à en finir avec la situation actuelle,* affirmait Vickersen.

— *Je me moque de leurs états d'âme, est-ce qu'ils ont ou non l'envergure de mener une telle opération à son terme ? »*

Ekaterina invita Mateo à se pencher vers le dictaphone pour qu'il ne perdre pas un mot de la suite.

« Ils sont prêts à se sacrifier, est-ce que cela vous suffit comme garantie ?

— *Si le plan est exécuté à la lettre, je ne vois pas de raison d'en arriver là ; tout au contraire, d'ici quarante-huit heures vos hommes seront traités en héros. »*

Baron avait ricané.

Un crissement insupportable fit grimacer Mateo. Baron avait la manie de frictionner ses joues eczémateuses et mal rasées. Il poursuivit, d'une voix plus impérieuse :

« Et nos coupables ?

— *Ils sont en lieu sûr »*, répondit Vickersen.

Un silence. Mateo reconnu le cliquetis d'un clavier de smartphone ; le son était numérique, celui produit par un BlackBerry aurait été mécanique, c'était donc Vickersen qui avait déverrouillé son appareil. Un bruissement de tissu. Le politicien montrait à Baron ce qu'il avait affiché sur son écran.

« Effacez la tout de suite, vous êtes inconscient de garder ça dans votre portable ! s'insurgea Baron.

— *Pour vos yeux seulement,* répondit Vickersen d'un ton affable qui trahissait son plaisir.

— *Donnez-moi votre téléphone, monsieur. »*

Une troisième voix, au fort accent américain, avait interrompu la conversation. Le garde du corps venait d'entrer en scène. Le son de l'enregistrement devint plus sourd, Mateo perçut un claquement, des bruits de fond, puis plus rien. Ce devait être le moment où Ekaterina avait pris la fuite, il connaissait la suite.

Elle rangea l'enregistreur dans sa poche. Il demeura silencieux.

— De quoi parlent-ils ? finit-il par demander.

Ekaterina attrapa sa sacoche sur le siège arrière de la Lada et en retira un dossier qu'elle posa sur ses genoux.

— Si Baron ne l'avait pas traité d'inconscient, je n'aurais jamais trouvé, dit-elle. Mais je me suis doutée que Vickersen était si sûr de lui qu'il ne craignait plus d'être imprudent. Il connecte fréquemment son smartphone à son ordinateur. J'ai tracé l'adresse IP et l'ai logée à son bureau. Je te fais grâce des détails, j'y ai consacré le restant de ma courte nuit.

Elle sortit alors du dossier une photo imprimée chez elle. Mateo y vit deux hommes ligotés à leur chaise. Leurs visages portaient les stigmates de coups violents. La couleur de leur peau ne laissait planer aucun doute, ce n'étaient pas des collaborateurs de Vickersen.

— Voilà les « coupables » dont parlait cette enflure de Baron, lâcha Ekaterina.

— Coupables de quoi ? questionna Mateo.

— À ce moment de mes recherches, c'était encore flou, alors j'ai continué à fouiller son ordinateur. Une heure plus tard, j'ai découvert ça, dit-elle en sortant une autre feuille du dossier.

Elle lui tendit une photo aérienne où apparaissaient de nombreux bâtiments, un itinéraire tracé au feutre et trois croix à l'encre rouge. L'une marquait une petite bâtisse chapeautée d'une toiture en V inversé, une autre était tracée sur un immeuble longiligne dont la façade paraissait incurvée, la troisième signalait un édifice plus modeste et de forme carrée.

— Tu sais à quoi cela correspond ? demanda Mateo.

— Tu le vois au grain, c'est un agrandissement, juste un morceau de plan, du coup difficile de le savoir. Je connais bien ma ville, mais j'ai l'habitude d'y circuler dans les rues, pas dans les nuages. Il pourrait s'agir d'une cité en banlieue, d'une zone administrative, j'ai fait quelques tentatives de superposition avec des images satellites disponibles sur la Toile, mais Oslo et sa périphérie forment un vaste territoire, j'ai avancé à tâtons sans rien trouver de concluant.

— Une banque ? Ils ont peut-être l'intention de faire un braquage pour renflouer leurs caisses ?

— En quoi cela ferait des hommes de Vickersen des héros en « quarante-huit heures » ?

— Le crime parfait, suggéra Mateo. Ils piquent l'argent et livrent aux autorités deux faux coupables battus à mort.

— Tu chauffes, mais attaquer trois banques d'affilée, a fortiori dans un périmètre aussi restreint, est peu probable, même pour des cambrioleurs de génie. Et puis les voies d'accès qui apparaissent sur ce plan ne ressemblent pas à des rues, on dirait plutôt des allées. Sans compter que les billets neufs sont facilement traçables. Ils n'auraient jamais le temps de recycler leur butin avant les élections qui ont lieu dans deux semaines. Il s'agit d'une action bien plus grave.

— Quel genre d'action ?

— La tuerie d'Utøya a provoqué un séisme dans le pays et mis à mal les mouvances d'extrême droite qui cherchent depuis à se refaire une réputation. Alors, imagine que les deux types que l'on voit sur la photo, deux hommes au teint basané, soient responsables d'un nouveau massacre. Maintenant, suppose que ceux qui les arrêtent, après avoir été contraints de les tabasser à mort, soient des sympathisants de Vickersen, voire des encartés au parti de la Nation... Qui ramasse le gros lot ? Le sang des victimes viendrait gonfler le flot des électeurs votant pour les ultranationalistes.

— Tu crois vraiment Vickersen capable d'aller jusque-là pour remporter les élections ? demanda Mateo.

Ekaterina marqua un temps avant de poursuivre :

— Tu comprends maintenant pourquoi l'homme de main de Baron a sorti son flingue. J'en viens même à me demander ce qui l'a retenu de me tirer dessus. Je t'avoue que je n'ai pas beaucoup dormi, moi non plus.

— Tu as trouvé où et quand aurait lieu cette attaque ?

— J'ai déjà trouvé pas mal de choses, je crois, fit remarquer Ekaterina. Je vais envoyer tout ça à la section antiterroriste.

— Envoyer quoi ? rétorqua Mateo. Un croquis non légendé et la photo de deux mecs amochés, en prétendant que le chef d'un parti politique reconnu, associé à un haut conseiller américain, s'apprête à organiser une tuerie pour faire le plein dans les urnes ? Qui nous croirait ? Au mieux, Vickersen sera interrogé... et relâché faute d'éléments tangibles. Et à peine sorti du commissariat, il criera au scandale, au complot politique... et bénéficiera de toute l'attention des médias.

114

— Sans aucun mort à la clé, ça vaut quand même le coup, non ?

— Sauf que nous ne pouvons partager tes découvertes que de façon anonyme, et des accusations anonymes ne seront pas prises au sérieux, sans compter la possibilité que Vickersen ait des soutiens dans la police. Comme à chaque fois, ils s'en prendront aux lanceurs d'alerte, en l'occurrence nous. Commençons par réunir des preuves, trouver où et quand ils agiront, et nous verrons ensuite.

— D'accord, réfléchissons. Ce sera forcément à la faveur de la nuit ; en plein jour, les vrais coupables ne passeraient pas inaperçus. Baron a dit que les hommes de Vickersen deviendraient des héros dans quarante-huit heures, leur conversation date d'hier matin, le coup aura donc lieu ce soir.

— Ce qui nous laisse très peu de temps pour découvrir où, conclut Mateo.

— Je suis en retard, ça ne m'arrive jamais et mes étudiants doivent s'inquiéter dans l'amphithéâtre. Mes cours se terminent à 14 heures. Je t'ai imprimé des plans de la ville et de sa banlieue, des photos satellites aussi ; étudie tout ça à fond, je m'y mettrai de mon côté dès que je serai sortie. On refait un point vers 16 heures, avant si l'un de nous a un indice.

En descendant de la Lada, Mateo prit Ekaterina dans ses bras pour lui dire au revoir. Un geste inattendu qui la surprit, mais qui ne lui déplut pas.

Puis elle gagna le bâtiment où elle enseignait, tandis que Mateo se dirigeait vers sa moto.

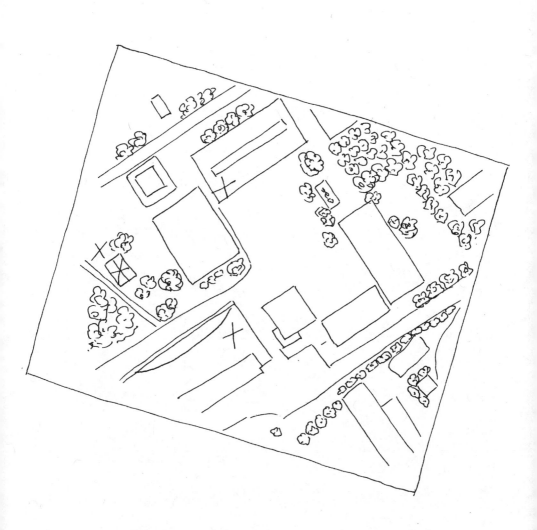

9.

Le deuxième jour, à Madrid

La négociation fut ardue, mais Diego avait fini par s'entendre avec un Black Hat dont il ne connaîtrait jamais l'identité et qui ne saurait jamais rien de la sienne. Le vendeur appartenait au groupe PT82.

Afin de prouver la validité de sa marchandise, il avait permis à Diego d'accéder au réseau de caméras de la gare de Paddington. Pour lui en céder les codes, il réclamait 20 000 dollars, payables en cryptomonnaie, une somme dont ni lui ni sa sœur ne disposaient. Diego avait alors proposé de lui louer la connexion contre un montant plus raisonnable, avec à la clé la promesse de ne pas en profiter pour essayer de remonter à la source. Le Groupe 9 était assez réputé dans le milieu pour que sa parole suffise. Après d'âpres tractations menées durant la nuit, acheteur et vendeur étaient tombés d'accord : deux heures de connexion aux caméras pour 1 000 dollars. Les protocoles informatiques furent échangés et, une fois l'argent transféré dans un portefeuille électronique, Diego obtint l'accès à une porte dérobée dans les ordinateurs du PC de sécurité de la gare.

— *Qu'est-ce que le groupe PT82 ?*

— Nos adversaires ! Une émanation de la Ferme, une vaste organisation de désinformation financée par Moscou dont le but est de semer la discorde en Europe et aux États-Unis.

— *Par quels moyens ?*

— En employant une armée de trolls. Le groupe PT82 a été identifié dans quatre actions majeures : une campagne sur FriendsNet appelant à la sécession du Texas – aussi absurde que cela paraisse, les ralliements furent nombreux ; un faux compte Black Lives Matter où ils postaient, toujours sur FriendsNet, des montages vidéo d'arrestations policières à la sortie des urnes pour terroriser les électeurs noirs américains et les faire renoncer à aller voter ; une campagne d'intox accusant Hillary Clinton d'être à la solde de puissances étrangères ; enfin, une campagne d'incitation à la haine, pour fédérer les membres de la droite dure conservatrice, leur laissant croire que les minorités latino, hispaniques, juives et arabes complotaient pour prendre le contrôle du pays. En tout, 500 publications qui ont été vues plus de 340 millions de fois.

— *FriendsNet savait que l'on utilisait son réseau pour s'attaquer aussi frontalement à la démocratie ?*

— Évidemment.

— *Et ils n'ont rien fait pour l'empêcher ?*

— Au contraire, le trafic leur rapportait beaucoup d'argent.

— *Pourquoi cette collaboration avec PT82 alors que vos objectifs sont radicalement opposés ?*

— Cela peut vous paraître étrange, mais la réponse est dans une forme d'intérêt mutuel. Les hackers de PT82 supposaient que nous allions compromettre des intérêts occidentaux, en l'occurrence les labos pharmaceutiques, alors ils étaient disposés, moyennant paiement, à nous donner un coup de main. Et nous, nous visions le long terme ; la fin justifie parfois de marcher en zone rouge, même si ce n'est pas de gaieté de cœur.

∽

Le deuxième jour, à Londres et à Madrid

11 h 15, le directeur financier quitta les bureaux du laboratoire. Grâce au mouchard placé dans son téléphone portable, Diego pouvait le suivre à la trace et l'espionnait depuis qu'il était sorti de son domicile, tôt ce matin. Il avertit Cordelia. Elle aussi quitta son lieu de travail pour s'engouffrer dans les profondeurs du métro londonien. Elle rejoignit la surface à Paddington Station et attendit sous la grande horloge. Elle portait un jean et un pull-over léger dont la capuche reposait sur ses épaules, des écouteurs enfoncés dans les oreilles et un sac fourre-tout sur les genoux, une jeune femme semblable à des centaines d'autres. 11 h 40, le taxi de Sheldon se rapprochait de la gare, Diego se tenait devant son écran depuis le

petit bureau de son restaurant. L'opération avait commencé, l'accès aux caméras de surveillance fonctionnait, mais pour l'instant il était seul à en user, aucun autre membre du groupe n'avait répondu à l'appel.

Le même jour, à Oslo

Mateo avait regagné sa chambre d'hôtel. Quelque chose lui échappait : pourquoi Vickersen était-il allé chercher les services d'un conseiller américain ? Il ne manquait pas d'hommes dans ses rangs pour organiser des actions violentes, alors qu'est-ce qui justifiait le voyage de Baron à Oslo ? Quand bien même il eût été l'instigateur de ce qui ressemblait à une tentative de coup d'État, pourquoi prendre le risque de se rendre en Norvège ?

Mateo s'arrêta net. La raison, il venait de la formuler. La tuerie n'était que le préambule à une opération de plus grande envergure, savamment orchestrée. Semer le chaos, distiller la haine, c'était précisément la besogne dont Baron s'était fait une spécialité. Aussitôt le massacre commis, le conseiller mettrait son appareil de communication en branle. Ses troupes se chargeraient d'inonder les réseaux sociaux de fausses informations.

Entre autres activités, Baron dirigeait une revue d'extrême droite qui propageait des théories complotistes depuis plusieurs années auprès de centaines de millions d'utilisateurs de FriendsNet. Et pour cela, il disposait d'une main-d'œuvre pléthorique et gratuite, autant d'adeptes qui publiaient quotidiennement des photos et reportages truqués d'agressions, de viols ou exactions en tous genres prétendument commis par des immigrés qui n'auraient jamais dû franchir les frontières. Aussitôt après la tuerie, des milliers de messages fuseraient sur les réseaux, pour dénoncer le laxisme du gouvernement devant une invasion galopante, avec cette fois de vraies images et témoignages d'horreurs à l'appui. De quoi porter aux nues les sympathisants de Vickersen qui auraient interpellé les coupables. Les chaînes d'information en continu ne manqueraient pas d'attiser la psychose en relayant en boucle les mêmes images d'épouvante. Terroriser la population était le moyen le plus efficace pour donner force et voix aux mouvances populistes. Deux semaines plus tard, le parti de Vickersen remporterait les élections. Un coup d'État, ni vu ni connu.

Mateo se demanda si Ekaterina n'avait pas eu raison tout à l'heure en voulant s'en remettre aux autorités, pourquoi ne pas prendre de court Baron et révéler le complot ? Il suffirait de publier sur Internet la photo des deux types tabassés et d'annoncer que d'ici vingt-quatre heures, ils seraient retrouvés morts, accusés d'avoir perpétré une tuerie, ce qui, vu leur état, était évidemment impossible. De quoi jeter un sérieux discrédit sur le discours que tiendrait Vickersen après le massacre, de quoi hélas aussi amplifier la confusion, sans certitude que le public finisse par y voir clair. Et cela mettrait Baron sur ses gardes, le ferait douter que la prétendue journaliste qui avait perturbé sa conversation matinale au Café du Théâtre n'en avait qu'après Vickersen. S'il se sentait visé, il disparaîtrait, attendrait que l'orage passe et recommencerait plus tard ailleurs.

Mateo préférait jouer la carte du long terme : détruire l'entreprise de Baron une fois pour toutes, ce qui exigeait d'être patient tout en trouvant très vite le moyen de prévenir le drame qui devait se produire le soir même. Il se remit à étudier les plans de la ville et les photos satellites.

Le même jour, à Londres

Cordelia ne tenait plus en place, elle se leva, fit quelques pas, et retourna s'asseoir sous la grande horloge. Diego, depuis Madrid, lui parlait dans son oreillette, il la sentait si nerveuse qu'il se garda de lui avouer qu'il était son seul soutien.

— Détends-toi, tu vas finir par attirer l'attention, tu respires tellement fort que j'ai l'impression que tu es à côté de moi.

— Je fais ce que je peux ! J'aimerais te voir à ma place.

— J'ai trouvé des informations passionnantes sur ta gare. La reine Victoria a été le premier monarque régnant à voyager à bord d'un train, qu'elle emprunta en 1842 depuis Paddington. Elle a tellement aimé ce voyage qu'elle a définitivement adopté le chemin de fer pour se rendre à son château de Windsor.

— Diego, je t'adore, mais là tu m'emmerdes avec Wikipédia, j'essaie de me concentrer, préviens-moi quand l'un de vous aura repéré Sheldon.

— T'inquiète, il est en route. Tiens, un autre truc fascinant et qui concerne un de tes groupes préférés. Tu m'as tellement saoulé avec Supertramp pendant notre adolescence... Figure-toi que le fond sonore de la chanson *Rudy*

124

a été enregistré à Paddington ; souviens-toi, on entend derrière la musique une voix annoncer que le train de 19 h 45 pour Bristol partira du quai numéro 2, avec arrêts à Reading, Didcot, Swindon…

— Tu as bientôt fini ! râla Cordelia.

De toute évidence, non, puisqu'elle entendit son frère fredonner :

Rudy's on a train to nowhere, halfway down the line
He don't want to get there, but he needs time
He ain't sophisticated, nor well educated
After all the hours he wasted, still he needs time…

Cela la fit doucement sourire et elle finit par entonner avec lui la suite du refrain :

He needs time, he needs time for living.

Mais Diego s'arrêta soudain de chanter.

— Qu'est-ce qui se passe ? demanda Cordelia.

— La partie commence. D'après le GPS, son taxi est sur Eastbourne Terrace, il va se faire déposer devant l'entrée latérale. Ça y est, je l'aperçois sur le premier écran, gabardine, casquette marron, une mallette en cuir à la main. Il entre dans la galerie marchande, ne bouge pas, il vient droit vers toi.

— Seul ? s'enquit Cordelia.

— On ne peut plus seul, tu l'auras dans ton collimateur d'ici, attends… il fait demi-tour.

— Comment ça ?

— Tu veux que je t'explique ce qu'est un demi-tour ?

— Impossible qu'il m'ait repérée, je n'ai pas bougé.

— Calme-toi ! soupire Diego. Il va juste aux toilettes.

Cordelia jura dans sa langue natale. Elle n'avait pas pensé que l'échange d'informations pouvait avoir lieu dans un autre endroit évidemment dépourvu de caméras, les toilettes ! Elle se leva.

— Qu'est-ce que tu fiches ? s'inquiéta Diego, tu ne comptes tout de même pas le rejoindre chez les hommes ?

Cordelia examina la vitrine de la boutique Burberry, elle considéra un imperméable, elle pourrait cacher sa chevelure sous sa capuche et se faire passer pour un homme, mais elle se ravisa, faute de temps. Elle se rapprocha. Elle espérait surprendre les deux hommes quand ils ressortiraient. Même en ordre séparé, une photo de l'un puis de l'autre serait éloquente. Il était fort improbable que les dirigeants de deux laboratoires concurrents se retrouvent au même moment dans les toilettes d'une gare, distante pour l'un de milliers de kilomètres de son lieu de travail.

— Tu as un visuel sur la porte ?

— Dans un monde civilisé, on pourrait aspirer à un certain respect de la vie privée. Je te vois aussi nettement que si tu passais à la télévision, je ne m'en lasse pas d'ailleurs, s'amusa-t-il.

— Reste attentif, Diego, supplia Cordelia. Et débrouille-toi pour enregistrer tous ceux qui sortent de là.

Cordelia avait consacré tant de temps, employé tant d'efforts pour coincer un jour un type comme Sheldon qu'elle ne pouvait se contenter de probabilités, ni d'un enregistrement de mauvaise qualité et encore moins d'un échec. Elle prit son smartphone d'une main et posa l'autre sur la porte des toilettes.

— Cordelia ! supplia Diego. Ne fais pas ça.

— Je profite de l'effet de surprise, je shoote une photo et je repars en courant.

— Tu vas tout foutre en l'air ! Il y a un banc à ta droite, va t'asseoir, fais semblant de consulter ton smartphone et sois patiente.

Dans son oreillette, Cordelia entendit la chanson de Supertramp, cette fois interprétée par le groupe.

— Tu es vraiment un grand malade, Diego.

Il coupa la musique. Sheldon venait de réapparaître sur son écran, fermant le bouton de son veston et passant juste devant Cordelia.

— C'est la minute de vérité, souffla Diego, soit il quitte la gare, soit il... Bingo, il se dirige vers les quais. J'avais raison, il était allé...

— C'est bon, j'ai compris. Je vais le suivre à distance et toi, ne le perds pas de vue.

— Deux trains partent vers Heathrow, le premier dans cinq minutes, le suivant un quart d'heure après, j'espère qu'il prendra celui-là.

— Pourquoi ? demanda Cordelia, en pressant le pas.

— Parce que tu n'as pas encore acheté de billet.

Cordelia craignait de perdre Sheldon dans la foule. Elle devait maintenir une distance suffisante avec lui pour ne pas se faire repérer, tout en le gardant à l'œil.

— Surveille-le ! dit-elle à Diego en se ruant sur une borne.

Elle fouilla ses poches à la recherche de sa carte de crédit, acheta un aller-retour et repartit sans délai vers la salle des pas perdus.

— Il est cent mètres devant toi, cria Diego, quai 13, celui de gauche, départ dans quatre-vingt-dix secondes.

Cordelia se rua sur le quai, une sonnerie retentit, les portes se fermèrent, elle s'élança sur le marchepied de la première voiture et réussit à s'engouffrer dans le train qui s'ébranlait.

— Tu as disparu de mes écrans, ma sœur. Tu ne peux compter que sur tes yeux désormais.

— Je t'ai toujours à l'oreille. Et les autres, où sont-ils ? grommela Cordelia en avançant vers la voiture suivante.

— Il vaut mieux qu'une seule voix te guide, reste concentrée sur ce que tu as à faire.

Cordelia remonta le convoi, presque vide. Une vingtaine de passagers occupaient les trois voitures qu'elle avait déjà parcourues. L'Heathrow Express roulait à vive allure, un paysage de banlieue défilait derrière les vitres, Londres était déjà loin. Cordelia franchit un nouveau sas, contempla la moquette et les sièges pourpres, difficile de faire plus mauvais goût, pensa-t-elle.

Voiture 4, toujours pas de Sheldon. Un contrôleur croisé en chemin lui indiqua que la *business executive* se trouvait deux voitures plus loin. Comment n'y avait-elle pas pensé en prenant son billet ? Exécutif, un terme qui allait comme un gant à Sheldon, le genre d'homme à refuser de voyager en classe économique, même pour un trajet de quinze minutes. Elle accéléra le pas et trouva le directeur financier assis en voiture 6. La moquette beigeasse et les sièges marron justifiaient sûrement le prix de la place.

Sheldon était seul, sa mallette en cuir posée sur le siège à côté de lui. Cordelia fut prise d'un doute.

— Où est son contact ? s'inquiéta-t-elle à haute voix.

L'Heathrow Express arriverait à destination dans dix minutes au plus.

— Deux possibilités, suggéra Diego. La rencontre a lieu dans le terminal, ce qui contredit ta théorie des caméras, ou, plus logique, pendant le trajet retour. À quelle heure reviendront-ils vers Londres ? J'espère que tu ne devras pas patienter trop longtemps.

— Tu peux consulter les horaires d'arrivée des vols en provenance des États-Unis ?

— Tu peux être plus précise ?

— Si ma mémoire est bonne, les laboratoires Rova sont en Pennsylvanie, le siège de Gibartis à New York, mais les deux plus gros labos qui vendent de l'insuline sont dans le New Jersey et l'Indiana.

Elle entendit Diego pianoter sur son clavier.

— Le vol de Philadelphie s'est posé à 10 heures ce matin, celui de Newark arrivera dans une demi-heure, un autre de JFK une heure plus tard, je ne vois aucun vol en provenance d'Indianapolis. De toute façon, les passagers sortent tous par la même porte au T3.

— Sheldon ne prendra pas le risque d'accueillir son contact à la porte.

— Pas sûr, répondit Diego, ces gens se sentent tellement invulnérables.

— Pas tant que tu le crois, sinon pourquoi se donneraient-ils tout ce mal pour dissimuler leurs magouilles ?

Cordelia préféra migrer vers la voiture voisine avant que le contrôleur ne lui réclame son billet. Inutile de se faire remarquer en devant s'acquitter d'une amende.

L'Heathrow Express ralentit enfin en entrant dans la gare souterraine de l'aéroport. La rame desservit d'abord les terminaux 3 et 4. Sheldon descendit à cet arrêt.

Elle le suivit sur le quai, se glissa dans le même ascenseur que lui, veillant à se placer dans son dos. Dès que les portes de la cabine s'ouvrirent, elle sortit et le précéda dans le long corridor qui menait au terminal 3, puis ralentit afin qu'il la dépasse.

Sheldon s'arrêta au milieu de la halle marchande, regarda sa montre et s'installa au comptoir d'un bar-restaurant situé au centre de l'aérogare.

Le sol en marbre miroitait dans la lumière de juin qui traversait les grandes baies vitrées. Tant de luxe dans un bâtiment dont la construction avait dû coûter des milliards. Entre ce lieu où les gens ne faisaient que passer et le centre de Londres s'étendaient des banlieues qui se paupérisaient faute de moyens pour les entretenir, banlieues qu'un train express traversait à toute vitesse pour qu'on ne les voie pas. Cordelia consulta négligemment un menu posé sur l'une des tables autour du bar où Sheldon était assis. Caviar, saumon fumé, les prix affichés étaient bien au-dessus de ses moyens. Alors elle traîna chez un marchand de journaux, fit semblant d'admirer la vitrine d'un magasin de vêtements, sans jamais perdre de vue sa proie qui déjeunait tranquillement. Elle était convaincue que la rencontre aurait lieu à ce bar. Diego avait raison, leur sentiment d'impunité était tel qu'ils se fichaient éperdument des caméras.

Elle s'adossa à une colonne. Un poste d'observation idéal, entre Sheldon et le sas d'où sortaient les passagers.

Les portes du contrôle des douanes s'ouvrirent. Un jeune homme agita un bouquet, des chauffeurs brandissaient leurs pancartes, une mère se précipita vers sa fille, qui l'attendait hissée sur les épaules de son père. Et au milieu de cette pagaille apparut un homme qui marchait d'un pas ferme et ne cherchait aucun visage.

Les cheveux courts, une moustache, il était vêtu d'un costume élégant et avait pour seul bagage un attaché-case. Cordelia se déplaça en même temps que lui, s'arrangeant pour rester à sa hauteur, longeant les vitrines des commerces tandis que l'homme progressait vers le bar. Sheldon avait posé sa mallette en cuir sur la chaise à droite de celle qu'il occupait, toutes les autres étaient prises. L'homme à la moustache n'était plus qu'à quelques mètres. Sheldon se leva et fit un discret mouvement de la tête. Cordelia suivit son regard et repéra un autre comptoir, accolé à la baie vitrée qui surplombait le tarmac. Elle comprit la raison de ce choix : au moment de l'échange, ils seraient de dos, impossible de les photographier. Pas question d'échouer si près du but ni de décevoir Diego, même si elle savait que son frère ne lui en ferait jamais le reproche. Sheldon s'était écarté du bar pour ajuster son veston et resserrer le nœud de sa cravate avant d'aller rejoindre son contact. Cordelia ne le quittait pas des yeux.

Sans savoir quel instinct la poussait, elle s'avança, passa derrière lui, attrapa la poignée de la mallette en cuir et s'éloigna avec un sang-froid remarquable.

Elle regarda fixement la sortie du terminal – elle avait soixante mètres à parcourir –, plaqua la mallette contre son ventre et continua sa progression, sans se hâter. Cinquante mètres, elle percevait l'agitation derrière elle. Quarante mètres, elle entendit Sheldon crier au voleur. Trente mètres, trois policiers foncèrent sur elle. Vingt mètres, ils la croisèrent et la dépassèrent. Dix mètres.

— C'est quoi ces hurlements ? s'inquiéta son frère.

— Pas maintenant, chuchota-t-elle.

Elle avait atteint le trottoir. Une femme descendit d'un taxi, elle s'engouffra à sa place. Le chauffeur se retourna, et s'excusa, la prise en charge était interdite à cet endroit. Avenant, il lui indiqua la station au bout du quai. Cordelia improvisa, raconta qu'elle était enceinte et ne se sentait pas très bien, elle devait se rendre chez son médecin au plus vite, à Canary Wharf. Le chauffeur l'observa. Son ventre n'était pas bien rond, mais il était vrai qu'elle avait une sale mine, son front ruisselait et son visage était tout pâle. OK, soupira-t-il. Il la pria de s'installer le plus confortablement possible, d'attacher sa ceinture et de ne pas accoucher dans sa voiture. Le taxi démarra, Cordelia regarda par la lunette arrière, des flics avaient envahi le trottoir. Mais la meute rétrécissait alors que le terminal s'éloignait.

150 livres sterling pour rejoindre Londres, le prix de sa fuite. La circulation était fluide, une aubaine, dit le chauffeur pour la rassurer. De temps à autre, il lui adressait un regard

dans le rétroviseur. Un homme sympathique. Depuis qu'ils étaient sur l'autoroute, il lui demandait régulièrement si tout allait bien, lui posait des questions pour l'encourager : « Garçon ou fille ? » « Le prénom est déjà choisi ? » « Et que fait le papa ? » Cordelia n'aimait pas mentir, mais elle s'en sortait bien et se prêta même sans déplaisir à ce petit numéro d'improvisation. Cinq mois, son ventre était toujours aussi plat, se lamenta-t-elle, le toubib prétendait que c'était sa morphologie qui voulait cela. Une fille, renchérit-elle, Carmen, en souvenir de sa grand-mère qu'elle aimait tant. « Une attention qui la touchera jusqu'au ciel, assura le chauffeur, et allumera une bonne étoile qui veillera sur la petite. »

Cordelia avait toujours cru en sa bonne étoile. Si elle avait un jour une fille, elle lui devrait quelques explications sur le choix de son prénom.

— Alors comme ça, c'est ta morphologie qui explique ton ventre plat ? Tu n'as vraiment peur de rien, chuchota Diego. Tu m'expliques ce qui s'est passé ? enchaîna-t-il.

— Tout va bien, murmura-t-elle.

— Mais oui tout va bien, répondit le chauffeur.

En vingt ans de carrière, il avait toujours mené ses passagers à bon port. Dix minutes à peine et ils y seraient.

Cordelia s'excusa, elle devait passer un appel, et coupa l'interphone qui permettait de communiquer au travers de la vitre de séparation.

— Difficile de te parler avant, expliqua-t-elle à son frère. Sheldon connaissait les lieux mieux que moi ; je ne pouvais pas les photographier… mais je les ai tout de même surpris.

— Qu'est-ce que tu as fait ?

— J'ai volé la mallette de Sheldon.

Diego resta muet, puis demanda à sa sœur si elle était devenue folle. Sheldon porterait plainte, la police examinerait les enregistrements des caméras de surveillance du terminal. Cordelia serait identifiée en quelques heures, une journée au plus.

— Adorable, soupira-t-elle, alors j'ai bien fait de mettre cet horrible sweat à capuche… Tu me prends pour qui !

Elle regarda enfin ce que contenait la mallette : deux enveloppes, une grande, et une petite qu'elle ouvrit en premier.

— Qu'est-ce que tu as trouvé ? demanda Diego.

Cordelia ne répondit pas, mais en comptant 50 000 livres sterling en grosses coupures, elle devina que Sheldon n'irait pas voir la police. Pour couvrir leurs agissements, les responsables étaient encore plus prudents que ne l'avait supposé Diego. Non seulement ils n'échangeaient pas par mails mais ils s'abstenaient aussi de se rencontrer. Sheldon n'avait pas rendez-vous avec un dirigeant comme lui, seulement avec un messager, grassement rétribué pour convoyer des informations. Elle avait volé la mallette sur un coup de tête, parce qu'elle n'arrivait pas à trouver un angle pour prendre une photo, et elle sourit en y pensant, car si photo il y avait eu, elle n'aurait rien prouvé. Sheldon ne se cachait pas des caméras, il s'en moquait. Personne n'aurait pu relier son contact à un laboratoire concurrent.

Mais lequel s'apprêtait à remettre à l'autre des documents si compromettants qu'ils devaient être transmis en personne et acheminés par avion ? La réponse devait se trouver dans la deuxième enveloppe... ou pas !

Cordelia la décacheta, fébrile.

En parcourant les feuillets qu'elle contenait, elle sourit davantage.

— Alors, qu'est-ce qu'il y a dans cette mallette ? s'impatienta Diego.

— Deux trois trucs que je dois étudier, ne t'inquiète pas, je te rappelle en fin d'après-midi, promit-elle alors que le taxi se garait devant Canary Wharf.

Et elle raccrocha.

Cordelia tendit deux billets de 100 livres au chauffeur et refusa la monnaie qu'il lui rendait.

Elle attendit que le Black Cab s'éloigne, puis s'engouffra dans le métro.

La ligne Jubilee était directe jusqu'à West Hampstead. De là, elle pourrait se rendre à pied chez elle, à Camden.

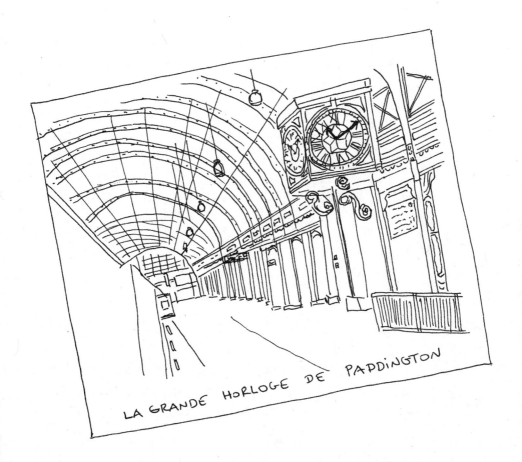

LA GRANDE HORLOGE DE PADDINGTON

10.

Le deuxième jour, à Oslo

Sans interrompre son exposé, Ekaterina jeta un coup d'œil à la pendule murale de l'amphithéâtre. Il restait un quart d'heure avant la fin de son cours. Un cours qu'elle pouvait réciter à la virgule près, mais aujourd'hui elle n'avait pas le cœur à enseigner. Elle avait songé à mettre ses étudiants à contribution, leur distribuer à chacun une copie du croquis en leur demandant d'identifier l'endroit auquel il correspondait. Mais pour cela, elle aurait dû expliquer pourquoi elle leur assignait un travail qui s'apparentait à un jeu au lieu de leur prodiguer l'enseignement qu'ils attendaient. *In fine*, elle aurait pris le risque de trop en révéler sur ses activités. La grande aiguille sauta de moins le quart à moins dix, la vieille horloge avançait par à-coups de cinq minutes. Soudain, Ekaterina se tut. Suffisamment longtemps pour que ses élèves s'en étonnent. Une gêne s'installa, se manifestant d'abord par des échanges de regards, puis dans un murmure, interrompu par une jeune

139

femme au premier rang qui demanda d'une voix espiègle :
« Ça va, madame ? »

Ekaterina inspira longuement et, pour la première fois de
sa carrière, elle s'écarta de son cours pour interpeller ses élèves.

— Hier, dit-elle, devant une assemblée dix fois plus nom-
breuse que celle-ci, le président des États-Unis s'est adressé à
des étudiants. Oui, soupira-t-elle, de nos jours, les politiciens
viennent faire campagne jusque dans les universités. Après
tout, pourquoi pas. Le dirigeant de la plus grande nation
du monde libre a exposé son programme. Ériger un mur de
béton et d'acier à la frontière mexicaine au lieu de construire
des écoles et des hôpitaux, interdire l'avortement, renvoyer
les demandeurs d'asile chez eux, des criminels selon lui. Rail-
lant la science, il s'est moqué du réchauffement climatique.
Le président a conclu sa diatribe exubérante en un précepte,
« L'Amérique d'abord », pensée profonde qui peut se résumer
ainsi : faire fi du sort des autres et de celui de la planète pour
ne penser qu'à soi. Le plus incroyable ne réside pas dans les
énormités qu'il profère, mais dans le fait que les étudiants
l'ont acclamé et se sont rués pour obtenir l'autographe d'un
homme qui se targue de pouvoir abattre un passant en plein
jour sur la Cinquième Avenue sans voir sa cote de popularité
en être affectée. Ce président a été condamné par la Chambre
des représentants pour crime d'abus de pouvoir et de corruption. Ce qui m'intéresse aujourd'hui, puisqu'il s'adressait
à des jeunes gens d'une moyenne d'âge équivalente à celle
de la brillante assemblée à laquelle je m'adresse ici même,
est de comprendre ce qui peut conduire des esprits, encore
vierges de tout combat, à adhérer à ce déni d'humanité. En

d'autres termes, comment la haine a-t-elle pu déjà emporter cette jeunesse ?

Ekaterina observa ses étudiants, guettant le premier qui se risquerait à lui répondre.

La jeune femme qui s'était inquiétée du silence prolongé de son professeur se leva et suggéra :

— Le patriotisme ?

— Non, répondit avec fermeté Ekaterina. Le patriotisme est l'amour de son pays ; la détestation des autres nations, c'est le nationalisme.

— L'endoctrinement ? proposa un étudiant au troisième rang.

— L'endoctrinement est une résultante, pas une cause. Mais nous pourrions formuler le problème autrement : pourquoi ces étudiants adhèrent à la doctrine qui leur est proposée alors que celle-ci défie les plus élémentaires valeurs humaines ?

Une troisième étudiante se leva, toisa l'amphithéâtre et annonça froidement :

— La réponse est simple : le besoin d'appartenance. Seul, on se sent faible et vulnérable, le groupe nous apporte force et raison d'être.

Ekaterina lui demanda de préciser sa pensée.

— La meute, répondit son voisin. Ces étudiants formaient une meute, vociférante et terrifiante pour quiconque aurait voulu s'y soustraire. Pour exister, la meute doit avoir un ennemi dont elle fera sa proie. Les nazis avaient désigné les juifs, à grand renfort de propagande et de désinformation, comme responsables de tous les maux de l'Allemagne, et fédérèrent ainsi le peuple en l'abreuvant de haine. Le président des États-Unis use des mêmes méthodes, fédérant les laissés-pour-compte, les extrémistes, les fondamentalistes religieux, les oligarques, tous ceux qui bénéficient de ses faveurs.

L'horloge, sonnant midi, interrompit l'étudiant. Ekaterina ramassa ses feuilles, le cours était terminé. L'assemblée se dispersa dans un brouhaha qui la laissa songeuse. Combien de ses élèves adhéraient aux idées des courants populistes qui ne cessaient de grandir, combien d'entre eux s'apprêtaient à les rejoindre pour se sentir unis et forts dans leurs mouvances haineuses ?

En sortant de l'amphi, Ekaterina alla s'installer sur les marches ombragées, au pied de la fontaine. Elle consacra son heure de déjeuner à tenter d'imaginer où l'attaque aurait lieu et comment la contrecarrer. Chaque année, elle inaugurait ses cours en insistant sur le rôle de la méthode dans tout processus d'apprentissage.

Appliquant ce principe à ses propres réflexions, elle avait comparé le croquis volé dans le portable de Vickersen avec les plans aériens de la ville qu'elle avait méthodiquement quadrillés. Sans rien trouver jusque-là.

Elle aperçut deux de ses étudiants sortir de la cafétéria. Magnus et Andrea étaient inséparables et personne n'arrivait à savoir s'ils étaient en couple ou juste amis. Ils la saluèrent tout en poursuivant leur chemin vers la bibliothèque. Après une seconde d'hésitation, Ekaterina siffla dans ses doigts, assez fort pour qu'ils se retournent, interloqués, et finissent par comprendre qu'elle les invitait à la rejoindre.

Elle posa sa main sur les marches, les priant de venir s'asseoir à ses côtés.

— Pourquoi nous avoir parlé ainsi tout à l'heure ? demanda Magnus.

— Je n'en sais rien, mentit Ekaterina. Je vous ai choqués ?

— Oui, et je crois que vous devez poursuivre dans cette voie. Quelle était la bonne réponse ? demanda Andrea.

— Hum, maugréa Ekaterina, qui avait d'autres préoccupations en tête. La comparaison avec l'endoctrinement des nazis était tentante, mais pas opportune. Le président des États-Unis n'en est pas encore là. Il s'est érigé en héros de sa propre dramaturgie et a fait de la vie politique américaine une sorte de fiction dont il est la star. Il attise les frustrations et les mue en colères qui le servent. Une partie de la population se sent désormais libre de tout interdit moral et l'idolâtre pour cela. Mais si son narcissisme et son manque total d'empathie ont pour effet de le rendre fort à l'intérieur des frontières, le rôle de l'Amérique dans le monde s'est affaibli.

Et, avant qu'Andrea ou Magnus ne lui posent une autre question – qui ne risque rien n'a rien –, elle leur tendit les photos.

— Cela vous dit quelque chose ?

Les deux étudiants se penchèrent sur la feuille.

— Rassurez-vous, ce n'est pas un test, je vous demande juste un coup de main, précisa Ekaterina.

Magnus échangea un regard complice avec Andrea et releva la tête, amusé.

— Ne dis rien, Andrea, je suis certain que c'est un test.

— Mais non, s'insurgea Ekaterina, je vous l'assure.

— Eh bien l'image n'est pas de grande qualité, répondit Andrea mais la courbe de ce bâtiment ressemble à la forme

143

incurvée de la façade de notre bibliothèque, et le petit carré avec son toit pointu pourrait bien être la maison du parlement des étudiants – en tout cas, la position correspond.

— Et le rectangle, à droite, c'est forcément le Bunnpriss, notre centre commercial, conclut Magnus satisfait. Bon, alors, où est le piège ?

Ekaterina se leva et regarda autour d'elle. Comment avait-elle pu faire abstraction à ce point de la personnalité de son adversaire, de son amertume et de ses rancœurs, et ne pas avoir compris plus tôt que cette université où il avait étudié était le temple de cette diversité qu'il avait toujours haïe ? Pourtant, ils avaient bénéficié du même enseignement, fréquenté les mêmes amphis, un détail qu'elle s'était bien gardée de partager avec Mateo. S'il avait appris qu'elle avait croisé Vickersen au cours de ses études, qu'ils s'étaient affrontés dans des discussions envenimées au parlement des étudiants, sa paranoïa se serait démultipliée. Vickersen avait préparé son attaque avec une méthode implacable. Les trois bâtiments marqués d'une croix sur le croquis avaient en commun d'être ouverts et fréquentés jusque tard dans la nuit. Les allées qui les reliaient étaient quasi désertes après 22 heures, ce qui permettrait aux assassins de s'introduire dans la place sans être repérés et de se mouvoir rapidement d'un lieu à l'autre pour perpétrer leur tuerie. Enfin, que ce soit en salle de lecture à la bibliothèque, au parlement des étudiants ou dans le centre commercial du campus, les assaillants provoqueraient un véritable carnage. Mais la méthode Vickersen ne s'arrêtait pas là. En fauchant la jeunesse, l'attaque provoquerait une onde de choc sans précédent dans le pays, ralliant des courants de pensée que d'ordinaire tout oppose.

Un séisme qui entraînerait bel et bien un raz-de-marée d'images, témoignages d'horreur sur la Toile, en une des journaux, sur les écrans de télévision. La population serait bouleversée, puis révoltée, toutes générations confondues. Qui alors s'aventurerait à mettre en garde contre les amalgames, à défendre la communauté des présumés assaillants... des immigrés, des clandestins que les vaillants sympathisants de Vickersen auraient stoppés dans leur folie meurtrière ?

Ekaterina redoublait de rage que Vickersen ait choisi de s'en prendre à ses étudiants. Jeune professeure (il lui semblait toujours étrange qu'on l'appelle « madame »), elle ne s'en sentait pas moins responsable de l'avenir de ses élèves. Désormais doublement. Magnus et Andrea furent frappés par son expression de colère, presque de panique. Ekaterina reprit ses esprits lorsque Magnus l'interrogea. Elle s'efforça de retrouver son calme.

— Que signifie ce croquis ?

— Je me demande si l'administration n'est pas en train de nous préparer l'un de ses coups fourrés dont elle a l'habitude, improvisa-t-elle.

— De quel genre ? intervint Andrea.

— Réduire la bibliothèque pour créer de nouvelles salles de cours ou confisquer le bâtiment du parlement des étudiants qu'ils pourraient reloger hors de l'enceinte du campus. Mais il est trop tôt pour tirer des conclusions définitives, ce document n'aurait pas dû tomber entre mes mains. Je vous promets de vous tenir au courant ; en attendant, je compte sur votre discrétion absolue. Et cette fois il s'agit bien d'un test... dont dépendront vos résultats de fin d'année. C'est clair ?

Les deux étudiants acquiescèrent, prenant très au sérieux l'injonction de leur professeure. Ekaterina s'en voulait d'avoir usé d'une menace, mais les circonstances l'exigeaient. Elle ramassa ses affaires, expliqua qu'elle était pressée, remercia néanmoins Magnus et Andrea pour leur aide et courut vers le parking.

Dans sa Lada, elle appela Mateo, priant pour qu'il décroche.

— Je n'ai rien trouvé, avoua-t-il.

— Moi si, tu n'as pas idée de l'ampleur de ce qui se trame. Rendez-vous en bas de chez moi dans dix minutes.

Elle coupa la communication et poussa un hurlement rageur en tapant sur son volant. Un automobiliste, arrêté à sa hauteur au feu rouge, la dévisagea, stupéfait, et leva le pouce en l'air, pour lui demander si tout allait bien. Ekaterina lui répondit d'un doigt d'honneur et démarra en trombe.

Son portable, posé sur le fauteuil, sonna. Un bref coup d'œil pour constater que l'appel émanait d'un numéro masqué.

— Qu'est-ce que tu veux ? demanda-t-elle.

— Ton adresse, répondit Mateo d'une voix posée.

Ekaterina la lui donna, puis franchit deux carrefours au feu orange, manquant de percuter un cycliste en se rabattant brusquement après un dépassement hasardeux. Elle leva le pied, ce n'était pas le moment de se faire arrêter par la police.

Dès qu'elle serait chez elle, elle s'attaquerait à l'ordinateur de Vickersen et de ses collaborateurs, elle trouverait bien quelque chose de probant. À condition de travailler avec méthode, pensa-t-elle. Pour commencer, répertorier les adresses de tous les destinataires des mails échangés au cours des dernières semaines, décoder les messages et identifier les membres qui composaient la cellule terroriste. Elle attrapa son portable et rappela Mateo.

— Tu te rapproches ?

— Aussi vite que je le peux sans me tuer à moto.

— Vickersen est le cerveau, mais il n'agit pas seul. Il faut cerner sa garde rapprochée, trouver qui sont ses lieutenants, et identifier les types qui vont commettre l'attentat. Chercher aussi qui leur a procuré des armes. Entre les transferts de fonds, les livraisons de matériel, c'est impossible qu'ils n'aient pas laissé de traces.

— Et les deux types de la photo ? Vickersen ne les retient sûrement pas en otages chez lui. En espérant qu'ils soient encore en vie, c'est d'abord eux que nous devrions retrouver, non ? On ne se volatilise pas comme ça. Leurs proches doivent les rechercher, et puis si nous arrivions à savoir qui ils sont…

— Pas le temps. Vickersen ne les a pas choisis par hasard. Ce sont sûrement des clandestins, alors zéro chance qu'un proche se rende à la police pour lancer un avis de recherche. Mais peut-être qu'un mail ou un message nous renseignera sur le lieu de leur captivité.

— OK, je serai là dans quelques minutes.

Mateo raccrocha. Ekaterina fixait la route, la peur au ventre. Il y avait tant de pistes possibles et il leur restait si peu de temps avant que la nuit tombe.

— *Puisqu'elle était si inquiète, pourquoi ne pas aller directement voir la police ?*

— Ekaterina était décidée en ultime recours à avertir la sécurité du campus, quitte à se griller. Sauver des vies justifiait à ses yeux qu'elle se sacrifie, en avouant que, derrière l'enseignante, se cachait cette hackeuse recherchée par plusieurs agences de renseignement et gouvernements étrangers. Et si les flics mettaient sa parole en doute, si un croquis et une photo ne suffisaient pas à les convaincre, elle irait jusqu'à relater quelques-uns de ses exploits. Ceux qu'elle avait accomplis seule, car elle n'aurait jamais risqué de compromettre les autres membres du Groupe.

— *Quels exploits ?*

— Le hack de la Deutsche Bank, par exemple. Elle avait révélé une impressionnante opération de corruption et de blanchiment d'argent… Mais le scandale étant maintenant de notoriété publique, elle écarta cette idée, elle aurait du mal à prouver qu'elle était à la source des fuites. Alors elle songea à en révéler un autre, encore confidentiel… fruit d'un hack dans les serveurs d'une compagnie minière. Des hauts fonctionnaires brésiliens avaient touché des pots-de-vin pour autoriser la construction hasardeuse d'un barrage qui s'était rompu l'an dernier, coûtant la vie à deux cents habitants du village de Brumadinho. Mais à ce moment de l'histoire, elle espérait encore protéger son anonymat en trouvant un autre moyen d'empêcher Vickersen d'arriver à ses fins.

Ekaterina se gara sur le parking ; elle attrapa son cartable et sortit de sa voiture. Mateo l'attendait au pied de l'immeuble.

— Ça risque de te changer du grand hôtel, dit-elle en entrant dans le hall. Et encore, tu as de la chance, l'ascenseur fonctionne aujourd'hui.

Les odeurs rances de la cage d'escalier, le carrelage ébréché du hall, les portes de la cabine griffées de coups de clés, ravivèrent en Mateo le souvenir de ses années de jeunesse après son arrivée dans la banlieue de Milan.

Ekaterina appuya sur le bouton du quatorzième étage.

— Le penthouse tout de même, souligna-t-il d'une voix goguenarde.

— Tu peux ricaner, ça m'est égal ; la vue est belle depuis mon nid, je m'y plais. C'est comment chez toi ?

— Loin, très loin, enfoui dans mes souvenirs, répondit-il, laconique.

Un silence s'installa. Ekaterina se positionna face à la porte. Mateo en profita pour l'observer de dos ; il lui trouvait un port de tête élégant.

— La cible de Vickersen, c'est mon université, lâcha-t-elle en sortant sur le palier.

Elle tourna la clé de son studio et le fit entrer.

— Comment le sais-tu ?

— L'image correspond à trois bâtiments du campus. J'ai compris toute l'ampleur de son projet, diabolique et tragique. Et nous n'avons que quelques heures pour l'empêcher d'agir.

Mateo prit son ordinateur dans sa sacoche. Ekaterina lui communiqua les codes de son réseau sécurisé et ils s'attelèrent à la tâche.

Deux heures durant, ils passèrent au crible les disques durs de Vickersen, réussirent à s'introduire dans les ordinateurs de deux de ses collaborateurs, accédèrent aux caméras de surveillance de son appartement, qui faisait office de bureau et de QG du parti de la Nation, mais ils ne trouvèrent rien de concluant, sinon la photo des deux hommes amochés, qu'Ekaterina possédait déjà.

Elle repoussa sa chaise et se rendit à la fenêtre. L'été était si beau...

— Ce que nous cherchons doit être protégé par un pare-feu sacrément solide. Nous n'y arriverons jamais à temps, conclut Ekaterina.

Mateo restait étrangement calme, ce qui l'agaçait... et la rassurait à la fois.

— Appelons les autres à l'aide, proposa-t-elle.

— Ne compte ni sur Diego ni sur Cordelia, ils sont occupés.

— Occupés à quoi ? Qu'est-ce qu'il y a de plus important ? Encore une fois, tu sembles en savoir beaucoup sur chacun de nous, ajouta-t-elle, amère.

— Arrête avec tes allusions, ils m'ont contacté ce matin, c'est eux qui avaient besoin de nous.

— Pourquoi tu ne m'en as pas parlé ?

— T'en parler quand ? Pendant tes cours ? Bon, Janice est particulièrement douée pour attaquer les pare-feux, je vais tenter de la joindre, si elle veut bien me répondre...

— Ça, je sais comment m'y prendre, répondit Ekaterina.

150

Elle retourna à son clavier et tapa des lignes de code qui ouvrirent une fenêtre noire sur son écran.

À des milliers de kilomètres, une fenêtre identique apparut sur l'écran d'une journaliste, dans le bureau qu'elle occupait à Tel-Aviv au siège du quotidien *Haaretz*.

LE PARLEMENT DES ÉTUDIANTS

11.

Le deuxième jour, à Tel-Aviv

Janice travaillait à la rédaction d'un article qu'elle avait promis depuis deux jours à son rédacteur en chef. Efron était le dernier dans le métier à bien vouloir lui commander encore des piges. En voyant une fenêtre noire apparaître sur son écran, elle releva son stylo. Ce canal de communication n'avait pas été utilisé depuis des lustres. Elle répondit par un message codé afin de vérifier qui cherchait à la contacter. Un autre code s'afficha en retour et Janice reconnut la signature d'Ekaterina.

— Ravie de te lire, mais pourquoi es-tu passée par ce vieux machin ? écrivit-elle.

— Parce que ce forum est justement si vieux que plus personne n'y fait attention. Et puis c'était surtout pour piquer ta curiosité et que tu me répondes tout de suite.

— Bien joué.

— J'ai besoin de toi, urgemment, confia Ekaterina.

— Qu'est-ce que tu entends par urgemment ?

Ekaterina lui décrivit les projets de Vickersen.

— Ça ne m'étonne pas, répondit Janice. Les mouvances d'extrême droite ressurgissent partout, et elles semblent plus disposées que jamais à passer à l'acte. La semaine dernière, nous avons communiqué aux Américains la cache d'une cellule néonazie, leurs membres surarmés étaient à deux doigts de passer à l'action. Nous avons évité une tuerie dans une mosquée.

— Nous ? Tu travailles pour le Mossad maintenant ? demanda Ekaterina.

— Non, c'est juste une façon de parler, mais on leur a filé le tuyau. Je vais t'aider, enfin, si je peux.

Ekaterina lui transmit les adresses IP dont elle disposait et Janice lui demanda de préciser ce qu'elle devait chercher en particulier.

— Leurs documents comptables, des comptes rendus de réunions, des virements anormaux, leur matériel de propagande, tout ce qui pourrait être relié à leur opération. Le seul moyen de les arrêter à temps est de trouver des preuves et de les balancer avant qu'ils ne passent à l'acte. Si Vickersen se sait exposé, il devra tout stopper.

— Pourquoi ne pas révéler ce que tu sais déjà ?

— J'y ai pensé, mais avec la quantité de fake news qui circulent sur la Toile, sans un truc concret, personne ne me prendra au sérieux. Vickersen nous accusera de chercher à le compromettre. Le parti nationaliste criera au complot, cela ne préviendra rien et ne fera que rajouter au chaos.

Une deuxième fenêtre s'ouvrit sur l'écran de Janice.

156

— D'autant qu'en alertant la presse, nous attirerons l'attention sur nous. Les services de renseignement norvégiens seront sur les dents pour identifier les lanceurs d'alerte, intervint Mateo.

— C'est toi, Mateo ? Remarque, avec ce genre d'inquiétude je ne vois pas qui cela pourrait être d'autre…, s'amusa Janice.

— C'est directement à Vickersen qu'il faut tout balancer, mais en ayant en main des éléments assez compromettants pour lui faire peur, enchaîna-t-il.

— Si des étudiants se font massacrer ce soir, je ne me pardonnerai jamais d'avoir refusé de prendre des risques, quels qu'ils soient, affirma Ekaterina.

— Ne bougez pas, je vois quelque chose, tapa promptement Janice.

Elle envoya une copie de son écran à ses deux complices.

— Une porte, toute petite et sacrément verrouillée, mais elle est là, dans ce sous-registre. Sans doute le résidu d'un vieux programme qui a été désinstallé. On va coordonner notre attaque, ce n'est pas le procédé le plus discret, mais puisqu'on a le feu au cul… À mon signal, on entre en force.

Les trois membres du groupe n'ignoraient pas qu'une telle manœuvre réveillerait instantanément les défenses du système informatique de Vickersen. Aussitôt dans la place, ils devraient recopier à l'aveugle le contenu des disques durs, prélever un maximum d'informations avant que les accès ne se referment. ils feraient le tri plus tard.

— Attendez ! tapa Janice. Votre Vickersen est un membre important du gouvernement ?

— Il en rêve, mais heureusement pas encore, répondit Ekaterina, pourquoi ?

— Parce que le niveau de sécurité que j'observe, là, n'est pas commun, il est même anormalement sophistiqué. Je ne connais que les gouvernements ou les géants de la Tech pour bénéficier de ce type de protections. Une muraille aussi solide n'est pas à la portée du public, d'un responsable politique, ni même d'une grosse entreprise. Changement de plan ! Si on y va de front, non seulement nous activerons leurs alarmes, mais nous allons nous faire harponner. Laissez-moi agir seule. Je n'ai encore jamais attaqué une telle muraille, j'ai besoin au moins d'une heure pour l'étudier, peut-être deux. En attendant, n'intervenez surtout pas, je vais chercher un moyen de contourner leurs défenses, mais dans des délais aussi courts je ne vous promets rien.

Ekaterina échangea un regard résigné avec Mateo. Ils ne pouvaient que s'en remettre aux talents de Janice.

La communication fut coupée.

— Comment Vickersen a pu s'offrir un système de protection aussi perfectionné ? s'étonna Mateo.

— La question est plutôt qui l'a mis à sa disposition.

— Baron ? J'en doute. Même ses sites de désinformation ne sont pas aussi bien sécurisés. S'il disposait de ce genre de moyens, je n'aurais pas pu implanter mon mouchard dans son téléphone.

Ekaterina réfléchissait. Au moins, pour la première fois de la journée, elle avait l'esprit occupé autrement qu'à imaginer la tuerie de ce soir.

— Un intranet ! s'exclama-t-elle. Un réseau caché dans le réseau. Le stratagème parfait pour duper des hackers comme nous. Le coffre-fort est derrière le tableau, là où s'on attend à le trouver, mais le butin est à l'abri d'un double fond. Les cambrioleurs se donnent un mal fou pour percer la serrure et n'emportent que les quelques billets laissés pour les leurrer. Comment les fabricants de coffres-forts n'ont-ils pas pensé à cette astuce ?

— Ils l'ont peut-être fait. Si tu as raison, il faudra aider Janice à trouver l'accès à ton compartiment secret, répondit Mateo. En attendant, remontre-moi le croquis et décris-moi l'intérieur des bâtiments ciblés.

— Le parlement des étudiants est un chalet en bois situé à l'entrée du campus, soupira Ekaterina. Les jeunes s'y retrouvent pour débattre des textes régissant la vie de l'université, les budgets, les programmes d'enseignement. C'est vraiment tout petit comme endroit, il suffirait d'un cocktail Molotov balancé sur la porte et le bâtiment s'embraserait sans que personne ne puisse en sortir.

— Et la bibliothèque ?

— Trois millions d'ouvrages répartis sur deux niveaux, deux salles de lecture immenses, une cafétéria au rez-de-chaussée, elle aussi ouverte tard le soir. Quant au centre commercial, la plus grande partie est en sous-sol. Accessible par des escalators qui ne sont pas très larges, pas assez pour s'enfuir en cas de panique générale. Il y a un fast-food, un salon de coiffure, la partie basse d'une supérette, tous ces commerces ferment relativement tôt, sauf le club de gym au fond du couloir, un vrai cul-de-sac.

— Puisque tu connais ces lieux mieux que les assaillants, mets-toi dans leur peau, par où commencerais-tu ?

— Je suis incapable de me mettre dans leur peau, même une minute, répondit-elle la voix tremblante.

Mateo se rendit compte qu'Ekaterina était plus affectée qu'il ne l'avait supposé, il lui prit la main.

— S'il te plaît, fais un effort, c'est important, insista-t-il, d'une voix calme.

Elle ferma les yeux et inspira profondément.

— J'attaquerais d'abord la salle de sport. Mon commando serait assuré de ne pas être entendu depuis l'extérieur. La bibliothèque se trouverait ensuite sur ma route – elle fronça les sourcils avant de poursuivre –, mais sa façade est en verre et, de nuit, des coups de feu attireraient l'attention dans les allées avoisinantes – elle inspira à nouveau –, alors j'opterais pour le parlement des étudiants en deuxième. Je te l'ai dit, il suffirait d'une bouteille d'essence pour enflammer le chalet comme un fétu de paille, et puis il est assez isolé. L'incendie déclencherait l'alerte mais les secours arriveraient par là – elle désigna la caserne des pompiers sur le croquis – et ne croiseraient pas la route du commando en chemin vers la bibliothèque. Oui, dit-elle, c'est bien la bibliothèque que j'attaquerais en dernier, c'est là que se trouve le plus grand nombre de voies pour repartir. Et à moto, je rejoindrais l'autoroute sans rencontrer la moindre opposition.

Mains dans le dos, Mateo fit les cent pas dans la pièce, avant de revenir à la table basse où Ekaterina avait posé le croquis.

— Ça ne colle pas, enfin pas tout à fait, dit-il. Les hommes de Vickersen devront prétendre qu'ils ont arrêté les terroristes présumés dans leur fuite. Pour que ce soit crédible, il faut que les deux types de la photo soient dans les parages. À mon avis, ils les retiendront à proximité pendant que se déroulera le massacre.

— Mais où ? s'interrogea Ekaterina en se penchant sur le croquis.

— Probablement ligotés et bâillonnés à l'arrière d'une voiture ou d'une camionnette garée entre la bibliothèque et le chemin qu'empruntera le véritable commando dans sa fuite. Profitant de la panique générale, ils iront les récupérer, les abattront, s'ils ne l'ont pas fait avant de passer à l'action, leur mettront des armes en main et les abandonneront dans une allée. Les vrais criminels se transformeront en héros pour les avoir descendus.

— Tu as raison, le vrai commando ne cherchera pas à quitter les lieux. Au contraire, ils auront tout intérêt à rester près de leurs proies... À cet endroit, là ! s'exclama Ekaterina en pointant du doigt une ruelle. Blindenverjen longe un petit terrain arboré juste en face du parlement des étudiants, c'est le seul point à la croisée des trois cibles. Si, pour une raison ou une autre, ils ne réussissaient pas à les frapper toutes, leur position resterait stratégiquement favorable. En cette saison, le feuillage est dense, ils pourront agir à couvert et sortir du sous-bois pour déclencher l'alerte après y avoir abandonné les corps.

Cette conversation avait mis Ekaterina profondément mal à l'aise, comme si elle venait de vivre l'attaque.

— Admettons que nous ayons compris leur mode opératoire, cela nous sert à quoi ? demanda-t-elle.

— En ultime recours, à se confronter à eux ?

— Se confronter à des hommes armés ? Tu dis n'importe quoi.

Ekaterina consulta sa montre, deux heures s'étaient écoulées et aucune nouvelle de Janice.

— Elle non plus n'y arrivera pas, soupira-t-elle en quittant son écran.

Elle attrapa ses clés sur la desserte de l'entrée, prit son cartable et adressa un regard désolé à Mateo.

— Où vas-tu ?

— Je te fais confiance, tu ne fouilles pas dans mes affaires, OK ? Si tu as soif, sers-toi dans le frigo.

Sur ces mots, Ekaterina claqua la porte du studio.

Mateo se rendit à la fenêtre, d'où il la vit sortir de l'immeuble et courir vers sa Lada. Il se rua sur son ordinateur, étudia rapidement le plan d'Oslo et rangea son matériel dans sa sacoche avant de quitter à son tour le studio. Il dévala l'escalier, traversa le parking et enfourcha sa moto.

*

Ekaterina suivait l'itinéraire qu'elle empruntait les matins où elle était en retard. Pied au plancher sur la route FV161, elle rétrograda au moment d'aborder le rond-point et, aussitôt qu'elle l'eut franchi, elle fonça à nouveau.

Le soleil déclinait déjà dans le ciel. La nuit tomberait dans trois heures, peut-être un peu plus. Elle avait pris sa décision, elle ne laisserait pas Vickersen passer à l'action.

12.

Le deuxième soir, à Tel-Aviv

Janice s'était installée dans la salle de documentation. Plus prudent que de travailler depuis son poste mais pas l'endroit le plus sûr pour mener une attaque informatique. Dans les délais impartis, elle n'avait pas le choix.

Elle avait vite cerné le leurre deviné par Ekaterina et s'efforçait de percer la deuxième ligne de défense des serveurs de Vickersen. Franchir la première sans être repérée avait déjà été un exploit. Elle avait dépassé l'horaire prévu, mais si elle n'avait pas circonscrit le problème dans toute sa dimension, elle n'y serait jamais arrivée. Elle avait commencé par pénétrer les organes les moins protégés du réseau, s'attaquant aux appareils connectés du domicile de Vickersen. Pas de borne Alexa, la partie aurait été trop facile, mais des caméras de surveillance dans chaque pièce. Vickersen ne devait pas accorder une grande confiance à ses collaborateurs. Grâce à ces caméras, elle pouvait voir le poste de travail du secrétaire général. Lorsque le numéro deux du parti de la Nation se connecta à son ordinateur, découvrir son mot de passe fut aussi simple que de lire le mail qu'il rédigeait. Janice ouvrit la fenêtre de la bibliothèque avant d'allumer une cigarette et retourna s'asseoir pour réfléchir.

— *Qui est Janice ?*

— Une jeune femme à l'allure vaillante. Difficile de se prononcer sur son âge, plus ou moins la trentaine. Sa chevelure bouclée et imposante, ses yeux bleu cobalt et son menton bien dessiné donnent à son visage une expression déterminée. Ses gestes vifs témoignent d'une énergie inépuisable, il émane d'elle un parfum de journées menées au pas de course, de tension permanente, et pourtant, lorsqu'elle s'adresse à vous, sa voix rauque est étrangement apaisante. Née de l'amour entre un diplomate israélien et une artiste peintre hollandaise, Janice n'a pas eu une enfance dissolue, elle n'a jamais consommé de drogues ; en revanche, elle a développé très tôt un penchant marqué pour les hommes. Janice vit ce besoin d'amour comme un remède à un mal dont elle souffre depuis son plus jeune âge : une aversion pour la violence, si forte qu'elle la croit codée dans ses gênes.

— *À ce point ?*

— Alors qu'elle était adolescente, un professeur d'histoire attentif, intrigué de déceler chez son élève un malaise évident quand il en venait à parler de conflits, lui donna pour sujet de devoir : « Représentez la violence par un champ lexical. »

Sur sa copie, Janice n'écrivit qu'un mot : Oppression. Les conversations qui se tenaient dans le bureau de son père où, enfant, elle aimait se cacher, n'avaient pas été sans conséquences sur la façon dont elle avait imaginé très tôt, trop tôt, le monde dans lequel elle allait grandir. Ironie du sort, elle avait partagé sa chambre à l'université avec une activiste. Gloria était une révoltée, notamment contre la gent masculine et son penchant hégémonique. Ce qui les amena très vite à diverger sur la façon d'agir pour changer le monde. Janice aimait trop les garçons pour se confronter à eux à longueur de journée. Comme Martin Luther King, son idole, elle était convaincue que la haine se combattait avec de l'amour. D'ailleurs, les hommes dans son lit se montraient prêts à toutes les concessions, tandis que ceux qui se frottaient à Gloria affichaient bien plus de résistance. Janice était consciente que sa vitalité sexuelle n'avait pas valeur d'exemple, mais Gloria se battait pour la liberté des femmes et sa liberté à elle était d'agir comme bon lui semblait. Pour autant, Janice avait appris pas mal de choses en écoutant sa camarade, à commencer par les vertus de l'activisme. Il y a ceux qui pensent à ce qu'il serait bon de faire, et ceux qui agissent. Sa conscience sociale avait aussi connu un éveil précoce, et son appétit de changement se révélait peu commun au sein de la jeunesse à laquelle elle appartenait. À dix ans elle avait déjà compris qu'écouter la parole des politiques était une source d'ennuis terrible et une perte de temps. Pour Janice, les politiciens étaient à la société ce que les marabouts sont à la médecine. On avait beau la taxer de naïveté, elle n'en prenait jamais ombrage. Jusqu'à preuve du contraire, quand il y a le feu, ce n'est pas en suggérant de l'arroser qu'on l'éteindra, mais en prenant un seau et en se bougeant les fesses.

Voilà pourquoi Janice était elle aussi devenue activiste, déterminée mais toujours tolérante, ce qui lui conférait une originalité rare. Prouver qu'ensemble on pouvait construire au lieu de détruire lui paraissait être la façon la plus efficace de mener son combat. Pour cela, Janice avait appris à coder, parce que les hommes confient tous leurs secrets aux ordinateurs, y compris leurs mensonges et leurs turpitudes. Dans ce monde où tout tourne à cent à l'heure, sauf la justice, confondre les auteurs du mal avait pour elle une valeur sociétale incontestable et la loi confortait sa conviction : *Dans les cas de crime flagrant [...] toute personne a qualité pour en appréhender l'auteur et le conduire devant l'officier de police judiciaire le plus proche.* Mais la police n'est pas toujours disposée à vous écouter, surtout quand vous êtes une jeune hackeuse.

Sur les conseils de sa mère, Janice avait embrassé une carrière de journaliste d'investigation. Un métier périlleux où vos ennemis se comptent en plus grand nombre que vos amis. Quelques années plus tard, alors qu'elle menait une enquête visant un milliardaire anglais aussi malfaisant que puissant, on lui tendit un piège. Janice, qui abusait un peu trop de ses talents informatiques pour se procurer des preuves, était tombée dedans. Il lui en coûta sa réputation, et son travail. Sans emploi, mais résolue à poursuivre son combat, elle répondit à l'invitation à s'associer à une joyeuse bande de hackeurs qui partageaient ses valeurs et ses intentions.

Aujourd'hui, parallèlement à ses activités au sein du Groupe, Janice travaille en free-lance pour le quotidien *Haaretz*.

— *Comment a-t-elle convaincu le rédacteur en chef de croire en sa probité ?*

— Bien que grillée dans son milieu, Janice ne manque pas d'atouts. Séductrice, manipulatrice, elle a son franc-parler, un talent particulier pour délier les langues ainsi qu'une résistance hors norme à la fatigue.

Aussi brillante hackeuse fût-elle, percer la forteresse du parti de Vickersen relevait d'un défi inédit pour Janice. Et, bien que la vie et la mort en fussent l'enjeu, elle en ressentait une certaine excitation.

Naviguer dans l'ordinateur du numéro deux du parti de la Nation exigeait une grande prudence. À l'intérieur d'un musée, les pièces les plus précieuses sont équipées de leurs propres alarmes. Janice se promena de répertoire en répertoire, cherchant d'abord à observer la structure du réseau. Elle découvrit une architecture remarquablement bien conçue et songea que les commanditaires d'un système aussi sophistiqué avaient eux-mêmes dû faire appel aux services d'un White Hat de très haut niveau. Le défier était fort tentant, mais Janice avait appris, à ses dépens, à ravaler son orgueil. Pour commencer, elle se contenta de recopier dix dossiers, guettant une riposte qui ne vint pas. Deux cigarettes plus tard, elle s'attelait à les décrypter. Lorsqu'elle parvint à déverrouiller le premier, son contenu la laissa sans voix.

Un mail, daté de février, demandait la confirmation d'un virement de 100 000 livres sterling. En se penchant sur l'adresse du destinataire, elle avait reconnu le logo d'un établissement financier qu'elle aurait aimé ne jamais revoir.

Au cours de la fameuse enquête qui avait mis un frein à sa carrière, elle avait pénétré les systèmes informatiques de cette banque domiciliée sur l'île de Jersey, paradis fiscal, et qui comptait parmi ses gros clients le malfaisant et puissant milliardaire anglais Ayrton Cash. Une coïncidence était peu probable. Que venait faire ce démon dans les affaires de Vickersen ? se demanda-t-elle. Le businessman anglais avait largement contribué au succès du Brexit, finançant de vastes campagnes de désinformation, au point de s'être vu célébré comme « grand argentier du divorce »… dont il avait aussi été le grand bénéficiaire. Ayrton n'avait pas agi par conviction patriotique mais pour en retirer des profits considérables.

Un deuxième courriel attira l'attention de Janice. Daté du mois de janvier, il confirmait la tenue d'un entretien téléphonique entre Robert Berdoch, magnat de la presse populiste anglo-saxonne, Stefan Baron, Vickersen, et enfin Vladik Libidof, un oligarque russe qui s'était offert le quotidien anglais *Morning News*, et un passeport de Sa Majesté en prime.

Janice comprit que cette découverte allait l'entraîner bien au-delà de la tâche que lui avaient confiée Mateo et Ekaterina.

Elle attrapa une petite fiole de whisky dans son sac, grilla une autre cigarette et se replongea dans son écran.

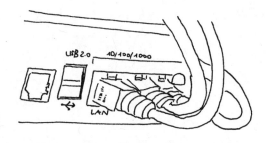

13.

Le deuxième soir, à Oslo

Ekaterina arrêta sa voiture devant le poste de la sûreté de l'université. Elle connaissait tous les policiers qui travaillaient dans cette annexe. Chaque année, à quelques jours de la rentrée, les enseignants étaient conviés à une matinée d'information sur la sécurité du campus. Leur chef s'appelait Olav. La cinquantaine, ventripotent, c'était un gars à l'allure rudimentaire, trop têtu à son goût, mais un bon bougre quand on savait s'y prendre avec lui. Voilà longtemps qu'il ne la verbalisait plus lorsqu'elle garait sa Lada à cheval sur deux places et il avait ranimé plusieurs fois sa batterie quand le froid de l'hiver l'avait mise à mal. Ekaterina espérait qu'il la croirait sur parole. Elle vérifia que la photographie des deux hommes se trouvait bien dans son cartable, répéta mentalement le discours qu'elle allait lui tenir en se promettant de garder son calme. On toqua à sa vitre, elle sursauta. C'était Mateo, qui lui fit signe de rester dans sa voiture.

Ekaterina l'observa contourner la Lada. Il avait de l'allure, c'était indiscutable. Autant que sa voix, elle appréciait son regard attentif quand il l'écoutait. Une contradiction la piqua : elle était furieuse qu'il l'ait suivie et troublée qu'il lise en elle au point d'avoir anticipé ce qu'elle allait faire. Mateo prit place sur le siège passager, referma la portière et la fixa avec l'un de ces petits sourires affectés qui peuvent vous donner des envies de meurtre.

— Qu'est-ce que tu fais là ? lui lança-t-elle.

— Tu sais au moins à qui tu vas te livrer ?

— Si tu parles d'Olav, c'est un brave type, il n'a pas inventé le bouton à quatre trous, mais…

— Son nom de famille ? demanda Mateo en prenant son portable dans sa sacoche.

Ekaterina le regarda, perplexe.

— C'est bon, soupira-t-il après avoir pianoté sur l'ordinateur, Olav Berg, chef de la police de l'université.

Mateo continuait de taper sur le clavier.

— C'est un petit algorithme que j'ai mis au point, enchaîna-t-il en tournant l'écran vers elle, je me connecte à son profil sur FriendsNet, je recopie les photos, messages, commentaires, likes… bref… et j'insère tout dans mon programme.

— Et ensuite ? demanda-t-elle, curieuse.

— L'algorithme vérifie si un autre profil contient suffisamment de données similaires pour laisser soupçonner que les deux comptes appartiennent à la même personne.

Un silence de plomb régnait dans la Lada pendant que le programme opérait. Lorsqu'il aboutit, Mateo posa son ordinateur sur les genoux d'Ekaterina.

— Ton chef de la police a un pseudo, et vu ce qu'il poste sur sa page, c'est un sympathisant du parti de la Nation. Il ne t'est pas venu à l'idée que Vickersen ait des complices dans la place ? Maintenant, si tu as toujours envie de te confier à ce brave Olav…

— On t'a déjà dit à quel point tu pouvais être exaspérant parfois ?

— Heureusement que tu as précisé « parfois », répondit Mateo, impassible.

Ekaterina ferma les yeux.

— Comment as-tu deviné ? demanda-t-elle.

— Je n'ai rien deviné, j'ai vérifié. Je n'ai aucune légitimité pour te donner des leçons, mais je t'en prie, tâche d'être plus prudente.

Ekaterina poussa un long soupir et se cala dans son siège. Découragée, elle posa la tête sur l'épaule de Mateo.

— Qu'est-ce qu'on fait maintenant ? Je ne me suis jamais sentie aussi seule.

— On t'a déjà dit que tu pouvais être désobligeante ?

— Tu as oublié de préciser « parfois ».

Mateo ne voyait pas d'autre solution pour prévenir l'attaque que d'arrêter eux-mêmes les assaillants. Ekaterina le suivit vers le sous-bois à la recherche de la camionnette.

Elle arriva à la tombée du soir. Trois hommes en descendirent. Mateo et Ekaterina n'avaient pas envisagé que les assauts puissent être simultanés et ils n'avaient plus le temps d'élaborer un autre plan. S'ils voulaient sauver les étudiants, il fallait agir maintenant. Ekaterina se rua vers la bibliothèque pour les faire évacuer. Elle entra hors d'haleine dans la grande salle, hurlant à tous de fuir sur-le-champ. Les étudiants la prirent pour une folle et ricanèrent. Quand elle voulut les repousser vers les portes, un solide gaillard s'interposa, pensant qu'elle était ivre, et lui rappela que le silence était de rigueur en ce lieu.

Mateo, lui, était resté près de la camionnette pour surveiller les trois hommes. Il consulta son smartphone, inquiet, et se trouva pris de court lorsqu'ils se dispersèrent. S'il réussissait à en immobiliser au moins un, il sauverait nombre de vies, quitte à y perdre la sienne. Il est des moments où le courage s'impose sans prévenir et nous donne la force d'accomplir ce que l'on croyait impossible. Les trois hommes n'étaient qu'à quelques dizaines de mètres les uns des autres, s'éloignant au pas d'un promeneur pour n'éveiller aucun soupçon. Lequel d'entre eux arrêter dans sa course sanglante ? Mateo choisit celui qui avançait vers la bibliothèque, Ekaterina s'y trouvait et elle lui était déjà plus précieuse qu'il ne voulait se l'avouer. Il s'apprêtait à bondir sur l'homme quand ce dernier s'immobilisa, et sortit un téléphone de sa poche pour répondre à un appel. Il raccrocha presque aussitôt, puis il siffla trois fois dans ses doigts en faisant signe à ses comparses de retourner vers la camionnette. Mateo les vit grimper à bord et repartir comme ils étaient venus.

Il demeura quelques instants dans l'allée, immobile, le cœur battant à tout rompre. Jamais il n'avait eu aussi peur. Retrouvant ses esprits, il se précipita à la rencontre d'Ekaterina.

Elle déambulait sur le parvis, dans un état second, barrant avec force cris l'accès aux étudiants qui voulaient se rendre en salle de lecture. Elle avait l'air possédée. Mateo repéra trois policiers du campus qui marchaient vers elle. Il la prit par la main et l'entraîna d'un pas rapide vers le parking. Arrivé devant sa moto, alors qu'elle tremblait de tout son corps, il l'enserra de ses bras.

— Le cauchemar est fini, lui dit-il.

Ekaterina releva la tête, hagarde.

— Qu'est-ce que tu as fait ?

— Rien... je ne comprends pas, ils ont renoncé au dernier moment, répondit-il.

Il lui tendit son casque, mais elle refusa de le mettre.

— Besoin de grand air, dit-elle en enfourchant la moto et elle le supplia de rouler aussi vite qu'il le pouvait.

Mateo démarra et l'emmena dans la nuit.

— *Que s'est-il passé pour que les hommes de Vickersen renoncent ?*

— Un évènement, arrivé à point nommé. Quelques instants avant le début de l'attaque, Knut Thorek, secrétaire général et numéro deux du parti de Vickersen, reçut par mail une menace explicite. L'expéditeur lui accordait deux minutes pour annuler l'opération avant d'envoyer à la presse la pièce jointe à son courriel. Thorek s'empressa de l'ouvrir, découvrant la photo des deux hommes retenus en otages, posée sur une édition du journal du matin pour attester de la date. Il devint pâle comme un linge. Sur l'écran, à côté de l'image des deux victimes que ses sbires retenaient prisonniers, un

chronomètre décomptait les secondes, 120, 119, 118, 117...
Vickersen n'était pas dans ses appartements, le politicien se
pavanait dans un restaurant en vogue d'Oslo, pour y être vu
par le plus grand nombre de témoins possible. Aucune chance
de le joindre avant l'échéance de l'ultimatum. Alors que le
chronomètre affichait « 60 secondes », le numéro deux du
parti décida de rappeler ses hommes, et de mettre fin à la
mission en cours. Il confirma cet ordre en envoyant par retour
de courriel à l'émetteur anonyme une autre photo, celle des
deux hommes, en piteux état mais apparemment libres. Le
chronomètre s'arrêta à « 5 secondes ». Le secrétaire général
ferma la porte de son bureau, ivre de rage, et envoya un
message à Baron pour le prévenir que l'opération Nation forte
était compromise. Baron appela sans délai le responsable de
sa sécurité et demanda que l'on prépare son avion privé. Deux
heures plus tard, il s'envolait vers Londres.

Le deuxième soir, à Tel-Aviv

Janice continuait sa progression dans le réseau informatique
de Vickersen avec d'infinies précautions, recopiant tout ce
qu'elle y trouvait. La coupure brutale des serveurs l'arrêta net.
Les caméras de surveillance avaient également disparu de son
écran, juste après que le secrétaire général avait reçu un mail
de menace. Janice pensa que ses amis n'y étaient pas allés de
main morte. Un coup risqué à son goût, mais en lisant, un peu

plus tard, un texto de Mateo l'informant que l'attaque avait été annulée, elle en conclut que la fin avait justifié les moyens.

— *Ce n'était pas Janice qui avait envoyé ces documents ?*

— Non, et peu importait ce quiproquo. Ce qui comptait, c'est qu'elle soit résolue à poursuivre ses recherches ; elle était loin d'avoir trouvé la réponse à trois questions essentielles : Comment ce petit parti politique d'ultradroite avait-il pu s'offrir un tel niveau de protection ? Pour quelles raisons avait-il été mis en place ? Et que venaient faire trois millardaires, dont deux magnats de la presse, dans cette affaire ? D'autant plus que Janice n'était pas la seule à avoir mis la main sur des informations scandaleuses. L'Hydre gagnait du terrain et Janice, Mateo ou Ekaterina, pas plus que Diego, Cordelia, Maya ou leurs comparses en Ukraine, ne pouvaient envisager que leurs actions les préparent au combat.

14.

Le deuxième soir, à Londres

Cordelia était assise en tailleur au milieu de son salon, penchée sur les listings trouvés dans la mallette en cuir de Sheldon. Si son grand-père avait été encore de ce monde, il lui aurait passé un sacré savon pour avoir commis un vol... et l'aurait félicitée dès qu'elle lui en aurait expliqué la raison. Antonio était un homme libre, républicain de la première heure, un révolté permanent à qui on ne la faisait pas. Il aurait été fier de voir sa petite-fille compulser les pages d'un dossier explosif, recouper les informations, prendre des notes à toute vitesse, stupéfaite de ce qu'elle découvrait.

Une fois n'était pas coutume, il faisait un temps splendide à Londres, le soleil tiédissait les briques du 60, Oval Road, un ancien entrepôt du quartier de Camden reconverti en immeuble d'habitation.

Les effluves du canal remontaient jusqu'aux fenêtres ouvertes du loft trop grand pour Cordelia. Elle y vivait seule, mais l'espace était *le* luxe auquel elle ne savait pas résister. Elle rêvait d'une maison avec un chat, une cheminée qui embaume le parfum du bois brûlé, un jardin où aller se dorer quand la chaleur du jour redevient supportable, une grande cuisine et des fenêtres ombragées par des bougainvilliers massifs. Une vieille maison comme celle de Cordoba où, enfant, elle passait ses vacances.

Le soleil disparaissait derrière l'immeuble de l'autre côté du canal. Cordelia relisait ses notes, elle n'arrivait toujours pas à se représenter l'ampleur de ses découvertes, consternantes, effrayantes aussi. Elle se souvenait des soirs où elle demandait à son grand-père pourquoi la peur se manifeste la nuit. Antonio lui répondait qu'elle était là dans la journée, seulement voilée par la lumière. Il lui avait appris à s'en faire une alliée, une raison de se battre. Ces souvenirs d'enfance lui rappelaient à quel point Diego lui manquait. Son frère, son alter ego, tout ce qu'il lui restait de famille. Son contraire aussi, si calme et si solide. Elle détestait cette solitude qui la suivait comme une ombre. Autre leçon de son grand-père : ceux qui recherchent la vérité doivent renoncer à la compagnie des autres. Antonio déclarait qu'elle était une enfant prometteuse, sans pour autant lui dire ce qu'elle devait promettre. Peut-être venger Alba. Comment imaginer alors à quel point ce serment l'engagerait ? Mais à quoi bon, si c'était pour ne jamais voir Diego ? Il l'avait rappelée tout à l'heure ; trop affairée à son travail, elle n'avait pas décroché, elle s'en voulait, il devait s'inquiéter.

Cordelia releva la tête, inspira profondément. Son regard revint vers les listings ; la rage et la révolte n'étaient plus de mise, le temps de la vengeance était venu ; elle était désormais résolue à se dédier entièrement à cette mission. Plus seulement pour Alba mais aussi pour tous ceux qui étaient morts, victimes de la cupidité d'une poignée d'hommes et de femmes qui ne pensaient qu'à s'enrichir. Autant de noms qui apparaissaient sous ses yeux.

Elle rédigea un mail à son employeur pour l'informer qu'une obligation familiale la forçait à s'absenter huit jours. Elle traiterait ses dossiers à distance. Cette décision serait sans conséquence, sa hiérarchie l'appréciait, elle leur était indispensable. Puis elle envoya un autre mail à Diego. Pour le prévenir qu'elle avait trouvé les preuves irréfutables d'agissements criminels et que les manipulations des labos allaient au-delà de tout ce qu'ils imaginaient. Elle s'interrompit et, sur un coup de tête, se connecta à un site de voyages. Le dernier vol vers Madrid décollait à 20 h 25, en se dépêchant elle pourrait presque attraper celui de 19 heures.

Elle ramassa ses feuilles, saisit son ordinateur portable, remplit un sac de vêtements pour la semaine.

Ce départ inopiné ferait une heureuse… Penny Rose.

Penny Rose était une fille au cœur et au corps cabossés qui traînait dans le quartier depuis toujours. Elle gagnait sa vie en jouant de la guitare sur les terrasses des restaurants du canal, toujours prête à rendre service en débardant les marchandises contre un peu de monnaie. Cordelia l'avait rencontrée un soir, grelottante sur un banc. Elle lui avait offert un manteau, un peu d'argent, et, plus précieux encore, une présence, une écoute. Un hiver où le froid rendait la rue invivable, elle lui avait ouvert sa porte. Cordelia était comme ça. Penny Rose avait squatté le canapé, le temps que les températures rede-viennent clémentes, et s'en était allée, laissant derrière elle un petit ours en porcelaine et un mot de remerciement. Penny Rose n'avait pas le sou, mais elle avait sa fierté et sa liberté. Depuis, Cordelia lui confiait des petites tâches pour justi-fier les 20 livres qu'elle lui donnait chaque semaine ; arroser ses plantes, réceptionner un paquet, en poster un. Pour cela, Cordelia et Penny Rose partageaient une cachette, derrière une brique descellée dans la cour de l'immeuble.

Cordelia y laissa un mot, ses clés et le billet de 20 livres. Elle lui demandait de prendre soin de ses plantes et surtout de bien se servir dans le frigo car elle ne rentrerait pas avant huit jours.

Coup de chance, à peine sur le trottoir, elle repéra un taxi.

Sur la M5, elle avait l'impression de revivre ! À quoi bon avoir pris tant de risques, si elle ne pouvait pas partager sa victoire avec Diego ?

Elle effaça le mail qu'elle lui rédigeait plus tôt pour en taper un autre, plus concis :

> *J'espère que la cuisine de ton restaurant*
> *sera encore ouverte à minuit, j'ai déjà faim.*
> *Ta sœur.*

La deuxième nuit, à Oslo

Ils roulaient depuis près d'une heure. Ekaterina faisait corps avec la moto, se laissait aller dans les virages, elle avait même lâché la taille de Mateo pour se tenir aux barres sur les côtés de la selle.

Ils abandonnèrent la E18, qui longeait le bord de mer, à la hauteur du port de plaisance, et bifurquèrent sur Flipstadveien. Ekaterina ne cherchait pas à savoir où il la conduisait. Pas plus qu'elle ne cherchait comment elle se justifierait quand le recteur la convoquerait. Elle ne se faisait guère d'illusions, son comportement à la bibliothèque aurait fait le tour du campus et nourrirait les conversations des étudiants et des professeurs. Ça aussi, elle s'en fichait, éperdument. De quelque façon que ce soit, elle était sûre d'avoir joué un rôle dans l'arrêt des projets de Vickersen. Qu'importait si au lieu d'une médaille pour avoir risqué sa vie, on lui collait un blâme, ou une mise à pied. Elle connaissait la vérité, Mateo aussi, et c'était tout ce qui comptait.

C'était la première fois qu'elle faisait de la moto. La vitesse la grisait, même si elle devinait que Mateo ne roulait pas aussi vite qu'il aurait aimé, parce qu'elle avait refusé de porter un casque. Elle se sentait bien, presque trop. Entre eux brillait une intelligence qu'elle percevait chaque fois qu'il la regardait.

La moto ralentit sur Tjuvholmen et s'arrêta devant un restaurant de fruits de mer. Mateo abaissa la béquille, mit un pied à terre, et lui tendit la main.

— Tu as faim ? demanda-t-il.

Ekaterina le regarda. Silencieuse, elle fit un pas vers lui et l'embrassa.

— J'ai plus envie de toi que d'un homard, lui murmura-t-elle à l'oreille.

Elle l'entraîna par la main. Le néon bleu vif d'un hôtel se reflétait sur les eaux calmes du port d'Oslo. Elle trouva que le nom de l'établissement leur allait bien : The Thief. Ekaterina avait une envie folle de voler un peu de bonheur.

La deuxième nuit, à Madrid

L'avion venait de se poser sur la piste de l'aéroport de Madrid Barajas. Cordelia était de retour au pays, un sentiment qui l'enivrait. Dès que les panonceaux lumineux s'éteignirent, elle attrapa son sac dans le compartiment à bagages et se leva. Elle avait pris une place en business pour sortir parmi les premiers de la cabine. Elle remonta la passerelle d'un pas pressé. Si la circulation n'était pas trop dense, elle retrouverait Diego dans une heure au plus, ce qui lui paraissait encore beaucoup trop long. Elle se précipita dans le terminal, un sifflement l'arrêta en pleine course. Son visage s'illumina. Combien de fois avait-elle rappelé à son frère qu'on ne siffle pas les filles ! Elle se retourna et se jeta dans ses bras.

— Mais comment tu as su, Chiquito ?

Ce surnom dont elle l'affublait depuis leur enfance et qu'il détestait.

— Pas très compliqué, j'ai regardé les horaires, tu étais forcément sur ce vol, ou le suivant.

— Laisse-moi te regarder. Ça te va bien ce sweat à capuche, tu as maigri ?

— Je ne crois pas, mais toi, tu as une mine de papier mâché.

— J'ai surtout une faim de loup, je t'avais prévenu.

— À cette heure-là, le restaurant est fermé, s'excusa Diego en prenant sa sœur par les épaules. Mais ne t'inquiète pas, je t'ai préparé quelque chose.

L'autoroute était dégagée, Cordelia regardait tantôt par le pare-brise, tantôt par la vitre, avec les yeux d'une enfant émerveillée.

— Madrid n'a pas tant changé, on dirait que tu la découvres, s'amusa son frère.

— Tu sais depuis combien de temps je ne suis pas venue ?

Diego ne répondit pas, ils savaient tous deux que la dernière visite de Cordelia remontait aux obsèques d'Alba.

— Si, Madrid a beaucoup changé... Dans cet accoutrement et avec cette barbe, mon frère ressemble à un rappeur, je te reconnais à peine. Tu as quelqu'un dans ta vie, Chiquito ?

— Oui. Et je préférerais que tu ne m'appelles pas Chiquito en sa présence.

— Alors, c'est sérieux ? s'exclama Cordelia en se tournant vers lui.

— Peut-être, il est encore trop tôt pour le dire.

— Mais sûrement pas trop tôt pour me la présenter.

— Si nous avons le temps, en fonction de la durée de ton séjour.

— Une semaine au moins. J'ai tellement de choses à te raconter. Et j'exige de rencontrer ta conquête... à moins que ce ne soit elle qui t'ait conquise, ce qui me la rendrait moins sympathique.

— Tu es toujours aussi folle.

— Bien sûr que je suis folle, tu ne m'as encore rien dit. Je veux tout savoir. Comment vous êtes-vous connus ? Elle ne travaille pas dans ton restaurant, j'espère ? On ne doit jamais mélanger le travail et l'amour.

— Mais ce que tu es devenue bavarde ! Tu sais que j'ai une vie en dehors du restaurant ?

— Voilà qui serait une autre nouveauté madrilène.

— Et toi, tu as quelqu'un ? demanda Diego.

— Chiquito, ne commence pas ce petit jeu avec moi, tu parles d'abord et moi ensuite.

Diego sourit malicieusement en garant sa voiture le long du trottoir.

— Tu mourais de faim, non ? Dînons et je me mettrai à table ensuite, dit-il en se penchant pour lui ouvrir la portière.

Cordelia emplit ses poumons de l'air du soir, heureuse de renouer avec sa ville. Diego s'arrêta devant la devanture du restaurant, tourna la clé et céda le passage à sa sœur.

Elle fut époustouflée en découvrant la salle. Silencieuse, elle admira les photographies de Masats accrochées aux murs, les tables dressées de somptueux couverts sur des nappes blanches immaculées, les banquettes en cuir, le damier du sol en marbre, et elle eut bien du mal à masquer son émotion.

— Chiquito, je croyais que tu tenais une bodega, pas un endroit aussi beau. Mais comment as-tu fait ?

— Si tu l'avais su, tu serais venue goûter plus tôt à ma cuisine ? railla-t-il en lui montrant la place qu'il leur avait réservée. Mon chef t'a concocté quelques-unes de nos spécialités. Attends-moi un instant, je reviens.

Diego réapparut une bouteille à la main ; il avait passé une veste blanche brodée au nom de son établissement : Alba.

Cordelia ne dit rien. Un ange passa et elle s'extasia devant la bouteille qu'il débouchait.

— Tu as un truc à m'annoncer ?

188

— La présence de ma sœur en ces lieux est en soi un évènement.

Le vin coulait, Diego lui servit un repas de reine. Calamars d'Andalousie, pincho de tortilla, asperges d'Aranjuez, Cordelia se régalait et ne cessait de le questionner sur sa petite amie ; il enchaînait les allers-retours vers les fourneaux pour ne pas lui répondre.

— Avec tout ça sur les bras, tu arrives encore à coder ? demanda-t-elle au moment du dessert.

— En temps normal, beaucoup de gens travaillent ici. Ma brigade compte une bonne trentaine de personnes.

Cordelia écarquilla les yeux.

— Et tu arrives à payer tout ce monde ?

— Tu vas enfin me dire pourquoi tu es venue ? Je ne t'ai jamais vue autant boire, et surtout, aussi vite.

— J'avais soif ! Donne-moi au moins son prénom, dis-moi à quoi elle ressemble et si elle est généreuse avec toi.

— Elle s'appelle Flores et elle est négociante en spiritueux.

— Eh bien, dit Cordelia, un œil sur la bouteille dont il ne restait plus qu'un fond, elle sait te faire dépenser de l'argent !

— OK, si tu le prends comme ça on change de sujet.

— Et comme tu es susceptible... c'est qu'elle te plaît beaucoup ! Quel âge ?

Diego sortit son portefeuille de la poche arrière de son pantalon.

— Mais non ! s'écria Cordelia. Ne me dis pas que tu as une photo d'elle dans ton portefeuille !

Elle observa la photographie avec une moue ostensible.

— Elle a un petit côté Penélope Cruz et comme tu n'es pas Javier Bardem, je reconnais que tu as fait fort, mon frère. Elle est sublime. C'est quoi son défaut ?

Diego n'était pas insensible au compliment de sa sœur.

— Bon, arrête avec ça. Qu'est-ce qu'il y avait dans cette mallette ?

Cordelia sortit une enveloppe en kraft de son sac et la posa sur la table.

— Tout est là, dit-elle. Les preuves sont si accablantes que je ne sais pas par où commencer. Il va falloir que nous décidions tous les deux de ce que nous voulons en faire.

Diego parcourut les feuillets. Des pages de tableurs où s'alignaient en colonnes des noms de médicaments, les tarifs auxquels ils étaient vendus en pharmacie. Lamivudine, pour le traitement de l'hépatite chronique et du HIV ; Zidovudine, pour la séropositivité ; Budésonide, pour l'asthme ; la liste n'en finissait plus, antibiotiques, anticancéreux, antidépresseurs, contraceptifs. La troisième colonne contenait des dates, permettant d'établir que les laboratoires pharmaceutiques s'accordaient depuis des années pour gonfler artificiellement les prix, et pas seulement de l'insuline, mais d'une centaine de produits, afin d'en tirer des profits qui s'élevaient à des centaines de millions de dollars, mettant par ces pratiques un grand nombre de remèdes hors de portée des patients les plus démunis.

— Cette fois, nous les tenons pour de bon, annonça fièrement Cordelia.

Diego ne se réjouit pas autant qu'elle ; la mine renfrognée, il reposa les documents sur la table.

— Tu as bien fait de quitter Londres, lâcha-t-il, les traits fermés.

— Qu'est-ce qui te prend ? Je pensais que tu allais sauter de joie.

— Tu te rends compte de ce que ça représente ? Tu as conscience que ceux à qui tu as volé ces listings ne reculeront devant rien pour les récupérer ?

— J'ai pris mes précautions.

— Tu es ma sœur aînée et pourtant, avec les années qui passent, j'ai l'impression d'être le seul adulte. Tu sais à quel point ces groupes sont puissants, et ils disposent de relations tout aussi puissantes ; à l'heure qu'il est, les enregistrements des caméras de surveillance d'Heathrow ont dû être scrutés à la loupe et les logiciels de reconnaissance faciale ont dû tourner à plein régime pour identifier le voleur. Ils savent qui tu es, où tu travailles, et où tu habites. C'est hallucinant que tu sois à ce point inconsciente du danger !

— Tu me sous-estimes, répondit sèchement Cordelia. Je t'ai dit que j'avais pris mes précautions, qu'est-ce que tu crois ?

— Le contraire, justement. Parce que tu n'étais pas préparée, comme nous étions préparés pour toutes nos attaques depuis…

— La mort d'Alba. Dis-le, à moins que Flores te l'aie déjà fait oublier… Pardon, c'était nul, j'ai trop bu, et ce n'est vraiment pas ce que je pense.

— Si nous n'avions pas improvisé, poursuivit Diego, impassible, nous aurions appris où les caméras étaient implantées, comme celles planquées derrière les grilles d'aération, les miroirs, les panneaux publicitaires, dans les boutiques. Il est humainement impossible de passer inaperçu dans un aéroport, sauf après

191

une préparation méticuleuse. Et encore, il aurait suffi d'une petite erreur pour que tu sois repérée. Tu le sais bien, quand même ! Il y en a des centaines dans le terminal 3, sur les trottoirs, dans les parkings, les bars et restaurants, les salles d'attente, les aires de repos, tu veux que je continue ou tu vois enfin le pétrin dans lequel tu t'es fourrée en volant cette mallette ?

Cordelia but son verre d'un trait, avant d'essuyer ses lèvres d'un revers de la main.

— OK, imaginons qu'ils m'aient filmée. Quelle est la suite de ton scénario catastrophe ?

— La police doit être en train de fouiller ton appartement, si ce n'est pas déjà fait.

— Tu as vu ce que révèlent les documents que tu as sous les yeux, ça m'étonnerait qu'ils fassent appel à la police pour les récupérer.

— OK. À *leur* police, si tu préfères. Des mercenaires qui ne prendront pas de gants. Demain, ils se présenteront à ton bureau, établiront le lien avec ton métier, avec le matériel auquel tu as accès ; tu seras grillée auprès de tes employeurs ; essaie de te connecter à ton poste de travail dans la matinée, et tu verras si mon scénario est catastrophique ou simplement réaliste. Maintenant, concentre-toi. Ont-ils un moyen de savoir que tu as un frère à Madrid ?

— Je poste le minimum requis sur les réseaux sociaux pour ne pas éveiller de soupçons, quelques photos idiotes comme la plupart des gens. Des couchers de soleil bien nazes, deux trois chiens et chats qui font le plein de likes… mais jamais rien de compromettant, tu le sais bien. Et au boulot, on ne vous demande pas votre pedigree. Les familles anglaises sont

si dysfonctionnelles que les DRH ont renoncé depuis longtemps à s'intéresser à vos parents, encore moins à vos frères
et sœurs. Quant à nos appels et messages, on est toujours
passés par des canaux sécurisés, donc, non, je ne pense pas
qu'ils puissent se douter que tu es mon frère.

— Ils doivent déjà savoir que tu es partie en Espagne, ton
départ leur laissera croire que tu avais prévu ta fuite.

— Mais je n'avais rien prévu ! Et certainement pas de
voler cette mallette.

— Tu t'en es débarrassée, j'espère ? s'alarma Diego.

L'air confus de Cordelia ne le rassura pas.

— Nous devons assurer nos arrières. S'ils la trouvent, ta
culpabilité sera établie.

— Mais merde, enfin, tu mets tout à l'envers, c'est moi
qui ai les preuves de leur culpabilité !

— De la façon dont tu t'es procuré ces preuves, elles ne
seront pas recevables par un tribunal.

— Tu es juriste maintenant ? s'insurgea Cordelia.

Il lui lança un regard consterné.

— Bien… Résumons la situation, les caméras ont révélé
ton identité, la mallette, que tu es bien celle qu'ils recherchent
et ton billet d'avion, la destination de ta fuite…

— Je ne me suis pas enfuie, bordel, je suis venue te voir !
cria Cordelia.

Leurs regards se rencontrèrent. Diego se pencha en avant
et posa lourdement les coudes sur la table, tel un patriarche
qui veut affirmer son autorité.

— Ils chercheront à savoir pourquoi Madrid. Ils suppo-
seront que tu as un complice, quelqu'un ou une organisation

pour laquelle tu travailles. Aidés de contacts haut placés, et ils en ont, ils te traceront jusqu'ici. Tu as semé des poussières dès que tu es arrivée dans le terminal. Heureusement que je portais ce sweat à capuche. Maintenant, laisse-moi réfléchir.

— À quoi ?

— À la façon de te protéger. Sur l'autoroute, tu m'as fait remarquer que j'avais oublié d'allumer mes phares, n'est-ce pas ?

— Et alors ?

— Alors ils étaient aussi éteints quand nous sommes sortis du parking. Comme il est sombre, au pire ils reconnaîtront le modèle mais ils ne liront pas la plaque d'immatriculation. Le vieux Madrid n'est pas encore sous surveillance. Ils perdront notre trace au tournant de la Calle de Miguel Ángel, peut-être même avant. Cela nous donne un peu de temps ; j'irai planquer la voiture dans un garage demain matin et nous nous déplacerons à moto.

— Tu as une moto ?

— J'en aurai une demain.

Diego se leva, ramassa les assiettes et pria Cordelia de lui donner un coup de main.

— Et Penélope, tu lui fais aussi débarrasser le couvert ?

— Elle s'appelle Flores, tu ferais mieux de te le rappeler si tu veux que je te la présente, et Flores ne vole pas de mallette dans les aéroports !

— Eh bien tu dois drôlement t'emmerder avec elle ! persifla Cordelia en s'emparant des verres.

LE CANAL DE CAMDEN

15.

Le troisième jour, à Oslo

Ekaterina ouvrit les yeux, le réveil affichait 4 h 05 du matin, Oslo sortait déjà de la nuit. Elle tourna la tête et regarda Mateo dans son sommeil. Son visage lui semblait différent, tourmenté. À quoi rêvait-il ? Cette nuit, dans ses bras, elle avait eu peur, pas de lui, mais qu'il devine son émotion, peur du lendemain et des jours qui suivraient. Elle se glissa hors des draps, et s'entoura d'une serviette. Sans faire de bruit, elle entrouvrit la baie vitrée pour se faufiler sur le balcon.

Appuyée à la balustrade, elle regarda les voiliers miroiter sur les flots dans la lumière argentée de l'aube. Elle eut envie de fumer, même s'il était encore très tôt, ou tard, pour quelqu'un qui avait peu dormi.

— J'aime le son des bômes et des haubans, murmura-t-elle, en entendant des pas dans son dos. Certains soirs, il m'arrive de venir traîner sur ces quais pour les entendre claquer dans le vent. Le monde est si calme par ici.

Elle gardait les yeux rivés sur les embarcations, et lui l'observait en silence. Elle lui tendit sa cigarette qu'il refusa poliment, rajusta la serviette, et tira une longue bouffée.

— Tu repars à Milan ?

— J'ai grandi à Milan, mais je vis et travaille à Rome.

— Tu ne m'as toujours rien dit de ton travail.

— Il y a dix ans, j'ai développé une application et créé une entreprise.

— C'est drôle, je t'imaginais dans l'art, galeriste, ou marchand, enfin quelque chose dans le genre.

— C'est l'Italie qui te fait penser cela ?

— Plutôt ton vieux copain lithographe dans son imprimerie.

— Tu aurais préféré que je sois galeriste ou marchand d'art ?

— Qu'est-ce que ça change de toute façon, nos chemins vont bientôt se séparer... C'est quoi cette application ?

— Une erreur de jeunesse.

— Pourquoi ? demanda-t-elle en se retournant.

— L'idée était simple, bien que très originale pour l'époque : permettre à des amis de se localiser facilement, découvrir par exemple que l'on était dans le même quartier et se retrouver pour partager une séance au cinéma, boire un café, voir une expo...

— En quoi était-ce une erreur ?

— L'erreur, ce n'était pas l'application, mais de l'avoir vendue, et ma société avec, à un grand groupe.

— À qui l'as-tu cédée ?

— À FriendsNet.

— Précurseur et homme d'affaires fortuné. Heureusement que j'ignorais ça hier, j'en aurais perdu mes moyens, ironisa Ekaterina.

— Un an après la cession, j'ai découvert des anomalies dans le programme, qui n'existaient pas avant que nous intégrions le géant californien. Des lignes de code avaient été ajoutées. J'ai cherché leur utilité et j'ai fini par trouver : collecter les données personnelles des utilisateurs, à leur insu.

— Parce que vous ne faisiez pas ce genre de chose ?

— Bien sûr que non. Notre modèle économique était sain, il reposait sur des abonnements, pas sur des vols. Jamais nous n'aurions accepté de faire commerce de l'intimité des gens et encore moins de leurs opinions. Au contraire, c'est nous qui leur fournissions des informations.

— Quel genre d'informations ?

— Les programmes des spectacles, les restaurants, les concerts, les fêtes, exactement comme un journal de quartier dont les pages s'ouvraient au fur et à mesure qu'ils se déplaçaient dans la ville.

— Et ça a fonctionné ?

— Assez pour qu'on nous rachète. Hélas, pour de mauvaises raisons. J'ai été aveuglé, flatté par la somme qui nous était offerte. Bien trop importante au regard de la valeur de notre entreprise.

— Ils devaient avoir de bonnes raisons de la payer ce prix, non ?

— Nos usagers ont entre quinze et trente ans, l'exploitation des données de cette tranche d'âge rapporte de l'or. Je me suis comporté comme un agriculteur qui vend sa terre une fortune parce qu'elle recèle du pétrole, feignant d'ignorer que les puits de forage détruiront tout ce pour quoi il a œuvré. Je ne sais pas si mon image est très claire.

— Disons qu'elle est très imagée, rit Ekaterina. Mais compte tenu de ce qui se passe aujourd'hui, tu n'as pas de raison de culpabiliser.

— Si, j'ai contribué à édifier un système qui me révolte.

— Je vois... et de repenti tu es devenu hackeur ? s'amusa Ekaterina.

— Peut-être, mais pas seulement pour les hacks que tu connais.

Elle fronça les sourcils.

— Je vais te confier un secret que je n'ai jamais révélé, pas même à mes plus proches collaborateurs. Tu parlais de précurseurs, nous l'avons été en matière de géolocalisation ; FriendsNet a intégré nos programmes dans les siens pour épier et manipuler les jeunes. Quand je l'ai compris, j'ai placé des chevaux de Troie dans mon application pour les dénoncer un jour.

Ekaterina jeta sa cigarette au loin, dubitative.

— Tu veux me faire avaler que tu as réussi à entrer dans les serveurs de FriendsNet ?

— Il n'est pas de citadelle imprenable, tous les systèmes ont une faille. La trouver n'est qu'une question de préparation et de timing.

Ekaterina n'était toujours pas convaincue. La sécurité informatique du géant californien comptait parmi les plus perfectionnées du monde.

— Crois ce que tu veux, mais garde cela pour toi.

— Puisque nous en sommes aux confidences, où étais-tu avant de débarquer à Milan ?

— Je suis né à Nâm Pô, un village du nord du Vietnam, à dix kilomètres à vol d'oiseau de la frontière du Laos. Je n'en garde que de très vagues souvenirs, la lumière verte du soir, les odeurs d'humus dans la forêt, des senteurs de terre, le bois d'une carriole et le visage de mon père. Je n'ai pas très envie de parler de mon enfance, mais je veux bien que tu me racontes la tienne.

— Les odeurs de mon enfance étaient plus contrastées... Des relents d'alcool, la pluie sur les trottoirs, le bois des bancs où il m'arrivait de passer la nuit, la sueur des cavalcades à travers les ruelles pour semer les flics, et puis aussi des souvenirs de belles gueules croisées dans les abris d'hiver. J'ai vu dans ces tanières plus d'esprits libres que dans les beaux quartiers. Sans attache, sans possession, rien ne te retient d'aller où bon te semble, tu comprends ? Sauf que ce n'est pas facile, c'est même très difficile. Parce que chaque jour il faut trouver une raison de s'accrocher. Moi, c'était l'obsession d'être propre qui me faisait tenir debout, j'y avais placé toute ma dignité. Et puis il y a des rencontres qui peuvent changer le cours d'une vie. Appelle ça le destin ou la chance... Une professeure de droit m'a repérée un matin dans le parc de Snippenparken. J'avais douze ans, elle la quarantaine. J'aimais aller regarder les gamins près de l'aire de jeux, les observer sur les balançoires. Peut-être était-ce l'émerveillement de leurs parents quand ils les prenaient dans leurs bras qui me faisait rêver... et enrager à la fois. La prof s'est assise près de moi, sans dire un mot. Elle a sorti un petit sac en papier de sa poche et a tranquillement mangé son croissant. Elle aussi regardait les gosses. Quand tu vis dans la rue, tu développes certains instincts, une aptitude particulière à savoir sur-le-champ si ton voisin est une menace ou pas. Les premiers jours, cette femme faisait comme si je n'existais pas. Mais j'avais repéré son manège et compris qu'elle essayait de m'apprivoiser comme on le fait avec un chien quand on ne sait pas encore s'il a faim ou envie de vous mordre. Elle arrivait chaque matin avec deux viennoiseries dans un sachet qu'elle posait sur le banc. Elle en prenait une, la mangeait à côté de moi et s'en allait tranquillement sans se retourner. J'ai fini par trouver son petit jeu agaçant, et je lui ai demandé pourquoi elle ne me donnait pas l'autre directement. Elle a souri et m'a répondu : « Pour que tu te poses la question et me la poses ensuite. » C'est comme ça qu'on a commencé à parler... Je ne sais pas pourquoi je te raconte ça, moi non plus je n'ai jamais confié cela à personne.

Ekaterina fut touchée par le regard de Mateo, si présent qu'elle y sentit ses propres mots prendre vie. Une porte s'était ouverte, à la croisée des chemins de leurs deux mondes.

— Une nuit, reprit-elle, je me suis fait amocher. Rien de grave, une belle estafilade sur l'avant-bras quand même. En voyant ma plaie le lendemain, elle m'a attrapée par la main et m'a traînée jusqu'à une pharmacie. En ressortant, elle m'a dit qu'un croissant ne suffirait pas, j'avais perdu du sang, je devais reprendre de vraies forces. Nous nous sommes installées à la terrasse du Grand Hôtel, si tu avais vu la tête du serveur quand il a dû me confier un menu. Il faut dire que j'avais piètre allure. La bienveillance de cette femme était évidente mais je restais sur mes gardes et je lui ai demandé ce qu'elle me voulait. Amusée, elle m'a retourné la question du tac au tac. Je n'avais aucune idée de ce que je voulais. J'ai vu le sourire acide de ma mère se poser sur le visage de ma bienfaitrice, et la réponse m'est venue. Ma mère avait coutume de me répéter : «·Née de rien, tu n'es rien et ne seras jamais personne. » J'allais prouver le contraire. Cet instinct dont je t'ai parlé, c'est lui qui m'a poussée à suivre cette femme. Elle m'a conduite au Barnevernet, une institution qui s'occupe d'enfants livrés à eux-mêmes. Ils m'ont rescolarisée, et aidée à me reconstruire. Aujourd'hui, j'enseigne le droit. Ma mère avait raison sur un point, je suis devenue une hors-la-loi, pas pour les raisons qu'elle imaginait, seulement pour rendre un peu de ce qu'on m'a donné. Bon, tu connais presque tout de ma vie, et moi toujours rien de la tienne... Réponds au moins à cette question : tu repars aujourd'hui ?

— Je n'ai pas encore décidé...

— J'ai compris, tu repars aujourd'hui. C'est mieux ainsi. Ne t'inquiète pas, nous ne nous sommes rien promis. Au moins... quand nous échangerons par écrans interposés, je me rappellerai l'odeur de ta peau. Parce que tu sens vraiment bon, Mateo, conclut-elle en retournant dans la chambre.

Il voulut la retenir par la main, mais Ekaterina gagna la salle de bains et ferma la porte derrière elle. Sous ses airs durs, il lui en coûtait de se séparer et elle préférait qu'il s'en aille sans au revoir.

La sagesse dictait à Mateo de ramasser ses affaires, de s'habiller et de quitter la chambre avant qu'il ne soit trop tard, d'obéir à la règle. Mais Ekaterina comptait pour lui. Bien plus qu'elle ne le supposait.

Il la rejoignit. Elle l'accueillit sans un mot.

Après l'amour, ils s'endormirent enlacés sur un lit défait.

Mateo se réveilla le premier. Il se leva à la recherche d'une carte de service d'étage, affamé et impatient de faire monter leurs petits déjeuners. Ekaterina s'étira, et lui demanda de commander tout ce qui se trouvait sur la carte. Elle se retourna, enfouit sa tête sous l'oreiller, pestant contre les jours d'été norvégiens qui commençaient trop tôt et finissaient trop tard. Mateo regarda son portable, et, soudain, sans un mot, il la secoua vivement. Quelque chose de grave était arrivé. Elle se redressa, inquiète, et lui arracha l'appareil des mains.

— *Fy faen !* jura-t-elle dans sa langue.

Une dépêche de la NTB annonçait la mort de Vickersen. Le dirigeant du parti nationaliste avait été « sauvagement poignardé » dans la nuit en rentrant à son domicile. Les meurtriers étaient deux immigrés clandestins, ils auraient tenté de lui dérober son portefeuille. Le chauffeur de Vickersen s'était lancé à leur poursuite. Une rixe avait éclaté, il avait dégainé son arme et les avait abattus en situation de légitime défense. Fin du communiqué.

— La presse va se déchaîner. À deux semaines des élections, tu imagines l'onde de choc qui va secouer mon pays.

— Qui a décidé de la mort de Vickersen et comment a-t-elle été orchestrée en si peu de temps ?

— On s'est plantés. Ils avaient un plan B. L'attaque du campus n'était pour Baron qu'un moyen parmi d'autres d'arriver à ses fins. Deux immigrants assassinent le chef du parti de la Nation, ou comment semer la peur et la colère dans les esprits et faire basculer les votes en faveur de ceux qui font campagne sur le thème de la sécurité. Un parfait timing !

Ekaterina s'empara de la télécommande et alluma la télévision. Mateo s'assit près d'elle au bout du lit. Un bandeau rouge annonçant la nouvelle du meurtre défilait en boucle au bas de l'écran, pendant qu'un journaliste s'efforçait de meubler, ressassant le peu que l'on savait encore des circonstances du drame.

Vêtu d'un imperméable beige et d'un brassard aux couleurs du parti nationaliste, le secrétaire général apparut soudain face aux microphones qui s'agitaient devant lui. Débuta une conférence de presse improvisée dont Ekaterina trouva le texte et le ton étrangement rodés.

— Qu'est-ce qu'il raconte ? demanda Mateo.

Elle s'efforça de lui faire une traduction simultanée :

Les forces vives de la nation ne baisseront pas les bras devant cet odieux attentat, car il ne s'agit pas, comme on vous l'a annoncé, d'un crime ordinaire, mais bien d'un attentat. Le chef de la police vous le confirmera sous peu. Des documents ont été retrouvés sur les barbares qui ont lâchement assassiné notre président, documents qui nous donnent tout lieu de croire qu'ils préparaient d'autres actions. Nous ne nous comporterons pas en victimes, mais agirons en résistants face à ces agressions, face à cette invasion rampante de criminels dont le gouvernement actuel s'est fait le complice. Nous prouverons par la voie des urnes à tous ceux qui veulent anéantir notre société que leurs attaques nous rendent plus forts, plus unis. Ceux qui hier encore doutaient du devoir de chaque Norvégien de remettre notre pays en bon ordre de marche, de faire de la sécurité de nos concitoyens une priorité, comprendront l'urgence à laquelle nous devons répondre. Car la triste actualité nous le prouve, il est bien de notre devoir de protéger notre identité, notre terre, notre culture et nos enfants. En tuant Berg Vickersen, ce sont les fondements de notre démocratie que ces terroristes ont voulu assassiner. Nous ne les laisserons pas faire ! En ce jour de deuil, le parti de la Nation m'a demandé d'assurer la relève. C'est une lourde responsabilité et un honneur que j'accepte... c'est bouleversé mais plus motivé que jamais que je vous annonce ma candidature aux élections. Je vous remercie.

Le secrétaire général, qui était devenu *de facto* numéro un du parti nationaliste, s'en alla. À la mine sombre du début du discours avait succédé l'arrogance d'un homme qui venait de triompher.

— Les nationalistes vont renverser le pouvoir par les urnes, un coup d'État parfait, et je suis certaine que c'est Baron qui a conçu tout ça, ragea Ekaterina. Ils savaient qu'on les avait infiltrés et ils ont annulé l'opération. On s'est fait avoir sur toute la ligne. Les deux hommes ne se trouvaient pas dans leur camionnette. Tu l'as entendu comme moi, ils leur ont fourré des documents dans les poches avant de les tuer. Sûrement le croquis que j'ai trouvé dans le portable de Vickersen. D'ici un jour ou deux, la police annoncera qu'ils préparaient un attentat sur le campus. Vickersen a scellé son sort en fanfaronnant après que je les ai surpris pendant leur petit déjeuner. Sa mort était programmée. Baron a fait alliance avec son secrétaire général. Knut Thorek est un homme posé, encore plus redoutable que ne l'était Vickersen. Je devrais envoyer la photo de ces deux malheureux innocents à la presse et révéler tout ce que nous savons.

— Ça ne servirait à rien, sinon à nous exposer. Personne ne te croira, et même si tu réussissais à intéresser un journaliste, il ne publierait rien sans t'avoir rencontrée, ce qui est inconcevable. Baron est un homme retors et dangereux, tu viens d'en faire la démonstration. Je ne suis pas tranquille à l'idée que tu restes à Oslo, pas après ta course-poursuite avec son garde du corps. Et quoi que tu penses, nous ne nous sommes pas complètement plantés car je suis certain que nous avons contribué à éviter la tuerie.

— Mais au bout du compte, ils ont tout de même gagné la partie et remporteront les élections.

— Au bout du compte… tu as sauvé la vie de nombreux étudiants, et ils n'ont pas encore gagné. Habille-toi, je te raccompagne chez toi, tu prendras tes affaires et nous partirons aussitôt. Tu as un passeport, n'est-ce pas ?

— D'abord on dit « Habille-toi, s'il te plaît », et ensuite un passeport pour aller où ?

— À Londres… s'il te plaît.

— Pourquoi Londres ?

— Baron s'y est rendu.

— Comment le sais-tu ?

Mateo agita son smartphone comme s'il s'agissait d'une baguette magique.

— Je croyais qu'il fallait être à proximité du mouchard pour pouvoir espionner son portable ?

— Pour collecter les données oui, mais la géolocalisation est ma spécialité.

— Je ne peux pas quitter Oslo comme ça, je risque mon poste à la fac.

— Justement, pour éviter de te faire virer, tu vas prendre les devants. Appelle le recteur, excuse-toi pour ton comportement d'hier soir à la bibliothèque, invoque un burn-out et dis-lui qu'il te semble plus sage de t'absenter quelques semaines.

— Vu sous cet angle… il serait même obligé de continuer à me verser mon salaire… et j'éviterais aussi de devoir rendre des comptes à la police du campus. D'accord ! Je t'accompagne à Londres, mais quelques jours seulement.

16.

Le troisième jour, à Madrid

Cordelia s'était préparé un café dans la cuisine. Diego dormait encore. Elle découvrait l'appartement dans les premières lueurs du matin madrilène. Son frère avait tellement changé en quelques années. Lui qu'elle avait connu si désordonné vivait dans un deux-pièces étonnamment organisé. Même la décoration la surprenait, trop féminine pour qu'elle soit de son seul fait. Le bouquet de clématites sur l'étagère de la bibliothèque en témoignait, Flores devait passer bien plus de temps ici qu'il ne le laissait entendre. Elle se jura de tirer cela au clair. En attendant, elle s'installa devant son ordinateur et commença à échafauder les plans de la vengeance qu'elle avait en tête.

— Tu travailles déjà ? demanda Diego, en entrant dans la pièce.

— Tu me diras où sont rangées les affaires de Penélope. Je ne voulais pas enregistrer de valise, alors j'ai renoncé à prendre mon shampoing et mon démaquillant. J'aurai besoin aussi d'un peu de crème pour le visage. C'est dingue comme l'avion vous dessèche la peau, dit-elle d'une voix innocente.

Diego demeura imperturbable.

— Sers-moi une tasse de café, s'il te plaît. Je dois me rendre au Mercado de San Miguel, pour le restaurant. Tu m'attendras ici, c'est plus prudent.

— Hors de question. Je ne suis pas venue te voir à Madrid pour rester cloîtrée chez toi à te servir des cafés. Et puis tu disais toi-même hier que les hommes de Sheldon ne pourraient pas nous retrouver.

Diego était contrarié, mais il savait qu'il ne pourrait pas retenir sa sœur prisonnière. Dès qu'il serait parti, elle n'en ferait qu'à sa guise, et l'idée qu'elle se promène seule en ville l'inquiétait plus encore.

— D'accord, avant nous irons chercher une moto chez Juan, je vais le prévenir.

— Juan ?

— Un copain qui me doit quelques renvois d'ascenseur. Plutôt beau gosse, un peu le genre Bardem, si tu vois ce que je veux dire.

Cordelia leva le pouce en l'air en allant se préparer.

Et elle trouva la trousse de maquillage de Flores, cachée sous la vasque de la salle de bains.

*

Ce n'était pas un mensonge, Juan était bel homme. Et Cordelia n'était pas au bout de ses surprises. Diego s'était rangé devant un grand magasin d'accessoires pour motards

212

dans le Paseo de la Infanta Isabel, en plein centre-ville. Loin du garage miteux au fond d'une impasse obscure qu'elle avait imaginé. Casques et combinaisons en tous genres garnissaient les rayons. Des motos rutilantes trônaient sur des piédestaux dont une splendide Derbi que Cordelia admira.

Juan s'approcha dans son dos et lui demanda si elle avait fait son choix.

— Je n'ai pas l'intention d'acheter, répondit-elle vertement.

— Qui parle d'acheter ? Vous êtes ici chez vous.

— Et séducteur, en plus… Bonjour la lourdeur.

— Cordelia, sois aimable, intervint Diego.

— Mais je suis toujours aimable, dit-elle.

Juan, impassible, les conduisit à l'atelier. Diego lui remit les clés de sa voiture contre celle d'une Guzzi Bobber, dotée d'un puissant V9 et d'une selle pouvant accueillir un passager. Pendant que Cordelia choisissait son casque, Juan ne la quitta pas des yeux. Le moteur de la Guzzi vrombit, elle grimpa derrière son frère, et se retourna pour lancer un baiser à Juan.

La moto remonta la Calle de Atocha. Ils se garèrent sur le parvis du Mercado de San Miguel. À quelques pas de la célèbre Plaza Mayor, la halle centenaire faisait déjà le plein de visiteurs. Diego se fraya un chemin, s'arrêtant chez ses fournisseurs habituels.

Tout le monde semblait le connaître, des commerçants derrière leur stand levaient la main pour le saluer.

— J'ignorais que tu étais une telle célébrité.

— N'importe quoi… Qu'est-ce que tu comptes faire des documents de la mallette ?

— Flores et toi c'est une histoire qui dure, non ?

— Arrête avec elle ! Tu as sauté dans le premier avion pour qu'on réfléchisse ensemble, ou tu as déjà tout décidé et tu es juste venue obtenir mon aval ?

— J'avais vraiment envie de te voir, Chiquito.

— Alors, raconte-moi ce que tu as en tête, dit-il tout en continuant ses achats.

— Tu te souviens du logiciel truqué par Volkswagen pour fourguer des millions de voitures polluantes ? Le Dieselgate.

— Oui, pourquoi ?

— Qu'est-ce qui peut pousser des hommes éduqués, au demeurant respectables, à commercialiser des bagnoles émettant du dioxyde d'azote à des niveaux jusqu'à trente-cinq fois supérieurs à la norme autorisée ?

— Tu es devenue une environnementaliste chevronnée !

— Réponds à ma question.

— Le désir de s'enrichir toujours plus, quels que soient les moyens pour y parvenir, répondit nonchalamment Diego.

Ils avancèrent dans l'allée. Cordelia s'arrêta un instant. Elle avait l'impression d'avoir croisé le même homme à trois reprises. Après tout, rien d'anormal à cela dans l'enceinte d'un marché. Cordelia refusait de s'inquiéter comme son frère. Inquiet, il l'était toujours trop quand il s'agissait d'elle. Une mallette avait été dérobée dans un aéroport, ce n'était pas le crime du siècle. Des vols à la tire, il s'en produisait tous les jours par dizaines dans une grande ville, pas de quoi alimenter son scénario catastrophe. Quant à Sheldon, il aurait toutes les raisons d'étouffer l'affaire, surtout auprès de sa hiérarchie. Quel voleur à la tire irait s'intéresser à des documents indigestes après avoir miraculeusement mis la main sur un énorme magot ? Elle s'était bien gardée de parler des 50 000 livres à Diego, d'abord pour ne pas l'affoler davantage, mais aussi parce que, avec sa droiture excessive, il aurait exigé qu'elle restitue l'argent. Cordelia s'en voulait d'avoir été inconsciente en laissant la mallette chez elle, mais au moins les billets étaient en lieu sûr.

— OK, reprit-elle. Et l'affaire Deep Horizon. Lorsque le groupe BP, rognant sur l'entretien de ses plateformes de forage, a provoqué une marée noire sans précédent dans le golfe du Mexique. Onze morts, 180 000 km² d'océan souillés, des écosystèmes détruits par milliers ainsi que la vie de centaines de pêcheurs et de leurs familles. L'une des plus grandes catastrophes écologiques de l'histoire. La punition ? Une amende de 20 milliards de dollars qualifiée d'historique par le département de la Justice des États-Unis.

— 20 milliards, quand même !

— Tu connais le chiffre d'affaires annuel du géant pétrolier anglais ?

— Non, mais je suis sûr que tu vas me le dire.

— 300 milliards de dollars. L'amende prétendument historique, c'est une piqûre de moustique sur le cul d'une vache. Les multinationales ne risquent presque rien en enfreignant les lois.

— Tu exagères… Volkswagen a écopé d'une amende de 30 milliards, et leur image de marque a été salement écornée, rétorqua Diego en avançant vers un marchand d'épices.

— 20 ou 30 milliards, c'est toujours une piqûre de moustique sur le cul d'une vache.

— Ça va quand même finir par les démanger, tes vaches.

— Tu crois vraiment que leur réputation en a pris un coup ? L'année suivante, le chiffre d'affaires de Volkswagen a connu une croissance à deux chiffres, 250 milliards d'euros. Tu comprends où je veux en venir ?

— Toujours pas.

— Ils provisionnent ces amendes, les mécanismes fiscaux les divisent d'un tiers sinon de moitié. Fais le calcul, tu trouves que la sanction est à la hauteur des crimes qu'ils commettent ? Cette impunité les incite à tout se permettre pour augmenter leurs profits. Pourquoi y renoncer quand on risque au pire de se faire taper sur les doigts ? Ceux qui se sont accordés sur les prix dans l'industrie pharmaceutique en sont le parfait exemple. Les gouvernements savent et ne font rien. Le plus dingue, poursuivit Cordelia, c'est que les lanceurs d'alerte encourent plus de risques que les criminels. Alors, j'ai eu une idée pour venger vraiment Alba. Cette fois, il ne s'agira pas de dénoncer un scandale de plus ou d'attendre un long procès et des pénalités hasardeuses. Cette fois, ce sera bien plus douloureux pour eux.

Le prénom d'Alba avait piqué l'attention de Diego. Il renonça à ses courses et l'entraîna vers la table d'un kiosque à tapas.

— Je t'écoute !

— Nous allons pirater les comptes bancaires des dirigeants de Talovi mouillés dans ce scandale, et saigner ces salauds à blanc. Confisquer leur fortune personnelle et reverser l'argent indûment gagné aux victimes.

Diego releva les sourcils et posa ses mains sur celles de sa sœur.

— Tu sais pourquoi je t'aime autant ? dit-il d'une voix posée. Parce que tu n'as peur de rien. Et moi non plus.

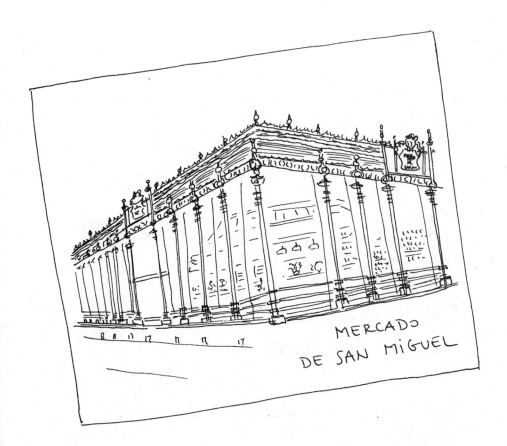

MERCADO
DE SAN MiGUEL

17.

Le troisième jour, à Tel-Aviv

Janice se réveilla la tête lourde et la bouche pâteuse, stigmates d'une résistance à l'alcool mise à rude épreuve et d'une longue nuit penchée sur les dossiers prélevés dans les serveurs du parti de la Nation. Elle se traîna jusqu'à la fenêtre, ouvrit les volets, forcée de plisser les yeux alors que le soleil inondait subitement sa chambre.

— J'espère qu'il valait le coup, entendit-elle crier depuis la pièce voisine.

C'était David, ami, artiste peintre et colocataire de la jolie maison qu'elle occupait en plein cœur du Florentin.

Janice fit un demi-tour et s'allongea sur son lit en poussant un râle d'agonie.

Les doubles portes de sa chambre s'ouvrirent à grand fracas, David entra, royal, et la toisa.

— Mais où étais-tu cette nuit pour te retrouver dans cet état ? Et surtout avec qui ? Tu as eu tort de me lâcher, la soirée était formidable. Nous avons fait la tournée des petits ducs comme disait ton copain français. Paul ? Pierre ? Alain ? J'ai oublié. On a commencé au Satchmo, enchaîné au Hoodna Bar, pour finir à je ne sais quelle heure chez Joz.

— David, je t'en supplie, maugréa Janice, moins de mots, pas de mots du tout serait encore mieux.

— Combien pour que je t'apporte un café ?

— Ce que tu veux, mais en silence.

— Tout ce que je veux ? répéta David, songeur. Des ragots croustillants ! Tiens, à propos, devine avec qui sort Simonetta !

Janice attrapa l'oreiller et le lui lança à la figure.

— Pour que la Diva soit de si bonne humeur, c'est qu'il ne valait pas le coup.

David revint quelques minutes plus tard avec un mug fumant et une assiette de pâtisseries orientales qu'il préparait lui-même.

— Mange, tu as une mine de cadavre ; je ne suis pas sûr qu'on trouve encore du sang dans ton alcool.

Janice se redressa, rouvrit un œil et s'empara du café, remerciant vaguement David en plissant le front.

Il s'approcha pour renifler sa chemise de nuit.

— Ça va pas ou quoi, tu te prends pour un chien ? protesta Janice.

— Bizarre, tu ne sens pas l'homme, tu empestes le tabac, tu as les yeux d'un lapin albinos… Attends, ne me dis pas que tu t'es remise à bosser ?

— Je t'aime, mais tu m'emmerdes, David.

— C'est réciproque, ma chérie. Si tu crois que tu ne m'as pas réveillé, en rentrant à 5 heures… Une nouvelle enquête sulfureuse ? Nous allons bientôt avoir droit à une autre descente de flics ? Bon, je retourne à mon travail, il est tard.

— Quelle heure est-il ? demanda Janice affolée en cherchant son téléphone.

— Je l'ai mis en charge dans l'entrée, annonça David, habitué au désordre de sa colocataire. Je l'ai trouvé par terre, à côté de tes clés ; heureusement, cette fois elles étaient à l'intérieur. Si tu as repris la plume, je veux tout savoir, et en premier qui est dans ton collimateur, aujourd'hui.

— Je n'en sais rien justement, bougonna Janice, pour l'instant je n'ai que des indices.

— C'est pour cela que tu dois m'en parler. Holmes sans Watson n'est qu'un détective raté.

— Tu as raison, il faut que je mange, ça ne va pas du tout.

— Très bien, je vais en cuisine, et toi, essaie de t'arranger un peu, tu as l'air d'un pantin triste dans cette affreuse chemise de nuit. Rejoins-moi au salon quand tu seras présentable.

Janice attendit que David l'ait quittée pour sortir de son lit. Elle se traîna jusqu'à la commode et examina son visage dans le miroir. Sa chevelure était ébouriffée, les cernes alourdissaient ses grands yeux clairs, ses joues n'avaient plus de couleur. Un constat déprimant. Elle passa un long moment sous la douche, enfila un peignoir, noua ses cheveux dans une serviette et se rendit dans le salon.

David l'attendait, assis sur le vieux canapé écru qu'ils avaient chiné dans une brocante ; il applaudit des deux mains en la voyant apparaître.

— Qu'est-ce qu'il y a encore ?

— Passer, en un coup de salle de bains, de sorcière à Esmeralda sur le retour n'est pas à la portée de tout le monde.

Une pique qui lui valut un regard incendiaire. David ne courait pas grand risque, Janice perdait tout esprit de répartie quand elle avait la gueule de bois. Elle s'empara du plateau posé sur la table basse et s'installa dans le fauteuil en face de lui. Pendant qu'elle se régalait d'un somptueux petit déjeuner : omelette, salade, olives, et du labane saupoudré de za'atar comme elle l'aimait, David croisait et décroisait les jambes, la fixant sans relâche. Janice savait qu'il ne la laisserait pas en paix tant qu'elle n'aurait pas rassasié sa curiosité.

— Bon, dit-elle en soupirant, au mois de janvier une réunion téléphonique s'est tenue entre un magnat de la presse résidant à New York, un milliardaire londonien, un oligarque moscovite, un conseiller politique américain en déplacement et le dirigeant du parti nationaliste norvégien. Quel peut être le lien entre toutes ces bonnes gens ? demanda-t-elle.

— Comme dans ces histoires idiotes avec un avion qui s'écrase, on s'en fiche complètement. Ce qui m'amène à te poser une question plus pertinente : en quoi cette réunion éveille-t-elle ton instinct de limier ?

— Elle pourrait avoir pour objet un virement émis depuis une banque off-shore, ajouta Janice.

— C'est d'une banalité, tu n'as pas autre chose ? supplia David en levant les yeux au ciel.

— La banque en question a pour client Ayrton Cash, lâcha-t-elle, certaine de son effet.

222

— Ah ça non, je te l'interdis ! s'insurgea David. Une fois ne t'a pas suffi ? Si tu t'en prends encore à lui, il t'accusera de harcèlement.

— Il a déjà usé et abusé de cet argument.

— Et il a bien failli gagner et te mettre sur la paille ! Comme si nous ne l'étions pas déjà suffisamment, enfin surtout toi. Et puis rien n'empêche ces vautours de bavarder entre eux, je suppose que des intérêts financiers les rapprochent.

— D'accord, mais lesquels, mon cher Watson ?

Touché, coulé. David avait compris ses intentions. Pour le savoir, Janice devrait retracer ce virement jusqu'à sa source, et pour cela hacker les registres électroniques de la banque. Ce qu'elle avait déjà fait dans le passé, mais à quel prix ?

— Attends, tu as bien dit que le dirigeant d'un parti politique norvégien faisait partie de cette joyeuse assemblée ?

Elle opina de la tête. David se contorsionna pour récupérer son téléphone dans la poche de son pantalon.

— J'ai lu quelque chose ce matin sur un évènement qui s'est passé en Norvège, justement.

Il remonta le fil de ses messages, retrouva la dépêche qu'il cherchait et la lui montra fièrement.

— Ce ne serait pas ton homme, par hasard ?

Janice apprit ainsi que Vickersen venait d'être assassiné.

— Oui, c'est bien lui. Mais par hasard, j'en doute fort.

Ce dont Janice ne doutait pas, c'était d'avoir mis le doigt sur une affaire riche en ramifications. Un don du ciel, qui lui offrirait peut-être une revanche et l'occasion de retrouver sa crédibilité.

— Ou une malédiction, rectifia David.

Elle alla récupérer son portable dans l'entrée et envoya un message à Ekaterina. Il était urgent qu'elle partage avec eux ce qu'elle avait appris. Elle leur fixa rendez-vous sur le forum du Web dont les membres du Groupe 9 se servaient pour communiquer. Elle comptait passer sa journée au journal et le réseau informatique n'y était pas assez sécurisé à son goût pour échanger en direct.

— Tu refricotes déjà avec tes copains aux chapeaux blancs ? s'inquiéta David.

Janice éclata de rire en revenant dans le salon.

— Les Grey Hat, imbécile.

— Tu m'expliqueras la différence, s'offusqua-t-il. Bon, que dois-je faire ?

— Rien, tu vas dans ton atelier et tu peins, comme d'habitude.

— Ah ! Je vois… Quand on te demande ce que fait ton ami David dans la vie, toi, tu réponds : rien.

— Ce n'est pas ce que je voulais dire.

— Mais tu l'as dit ! Afremov, Grinberg et Malnovitzer seraient heureux de savoir qu'ils n'ont rien fait, tout comme Rubin et Chagall.

— Bon, David, ça va maintenant.

— Et Yitzhak et Zoya Cherkassky ne font rien non plus ? poursuivit David en haussant le ton.

— OK, tu pourras m'aider dans mon enquête, c'est bon maintenant ?

— Je crois que oui, enfin pour l'instant, rétorqua David, faussement drapé dans sa dignité.

— À une condition. Tu arrêtes de faire ta mère juive. Quelles que soient les décisions que je prendrai, je ne veux aucun appel à la prudence.

— Mère juive... comme tu me flattes. Appelle-moi quand tu auras besoin de mes services ; en attendant, je retourne faire un peu de rien dans mon atelier.

Janice alla se changer, il était déjà tard et elle voulait rejoindre le siège d'*Haaretz* au plus vite pour s'entretenir avec son rédacteur en chef.

Le troisième jour, à Londres

L'avion s'était posé en avance sur l'horaire. Après avoir franchi le contrôle des douanes, Ekaterina voulut prendre les transports en commun pour rejoindre le centre de Londres. Mateo souhaitait faire des recherches sur Internet et préférait pour cela rester en surface. Il l'entraîna vers la station de taxis et indiqua au chauffeur l'adresse d'un hôtel situé dans le quartier de Mayfair.

En entrant dans le hall du Connaught, Ekaterina admira le luxe discret de l'établissement. Mateo s'occupait de récupérer leurs clés auprès de la réception, elle s'étonna qu'on ne lui demande pas de présenter son passeport. Le charme discret de la bourgeoisie anglaise, pensa-t-elle.

— Tu es un habitué de la maison ou ils me prennent pour ta maîtresse ? murmura-t-elle dans l'ascenseur.

— Je pense que tu apprécieras le panorama, se contenta-t-il de répondre en appuyant sur le bouton du dernier étage.

La *junior suite* l'époustoufla. Ekaterina n'avait jamais dormi dans une chambre aussi raffinée. Un bureau et un fauteuil de style Régence meublaient le petit salon ; dans la pièce attenante le lit était si grand qu'elle pouvait s'y allonger dans la largeur, elle se jeta dessus et poussa un soupir de plaisir en s'enfonçant dans le duvet moelleux.

Elle se rendit sur le balcon pour admirer le panorama dont Mateo lui avait parlé. Les toits de Londres s'étageaient devant elle, et elle imagina au loin les quartiers qui l'avaient fait rêver, Westminster et son palais, Primrose Hill et ses antiquaires, Covent Garden et ses théâtres de music-hall, Camden et son marché aux puces.

Le Connaught dominait une place ombragée par deux platanes majestueux. Elle se pencha pour observer le restaurant au pied de l'hôtel. La verrière lui rappela celle de la brasserie d'Oslo, le souvenir d'une matinée épique et de sa première rencontre avec un homme qui l'avait éloignée de sa ville et dormirait auprès d'elle ce soir. Elle se retourna pour le regarder, en silence.

Assis derrière le bureau du petit salon, Mateo pianotait tel un virtuose sur le clavier de son ordinateur portable. Il avait l'expression d'un enfant entièrement absorbé par sa tâche. Elle le laissa à son travail et s'abandonna à la chaleur des rayons du soleil qui rougeoyaient sur la façade en brique.

Un SMS mit fin à ce court moment de répit pourtant bien mérité.

— Janice veut qu'on la retrouve sur le forum dans deux heures, confia-t-elle à Mateo.

— Je sais, elle vient de m'envoyer un mail, elle a trouvé des infos dans les serveurs de Vickersen. En attendant le rendez-vous, tu veux aller te promener ?

— Ou défaire ce grand lit qui nous nargue avec ses oreillers moelleux, et se promener plus tard, mais c'est vraiment dans l'ordre que tu préfères.

Mateo se leva, l'air contrarié.

— Oublie ce que je viens de dire, reprit Ekaterina, vexée.

Il s'approcha et prit ses mains.

— Ce soir, je devrai m'absenter quelques heures. Baron se rend à une soirée officielle au Dorchester, j'ai trouvé le moyen de m'y introduire mais il ne serait pas prudent que tu m'accompagnes. On ne peut pas prendre le risque que son garde du corps te reconnaisse. Je peux demander au concierge de te trouver une place de théâtre et nous nous rejoindrons après le spectacle pour dîner...

Mateo n'eut pas le temps de terminer sa phrase, Ekaterina attrapa sa veste en toile et s'en alla en claquant la porte.

En sortant de l'hôtel, elle traversa la place et bifurqua sur Mount Street. Les commerces de luxe se succédaient. Ekaterina s'arrêta devant une vitrine et poussa la porte du magasin.

Elle se promena dans la boutique, retourna nonchalamment l'étiquette épinglée à l'encolure d'une robe qu'elle trouvait belle et frémit en découvrant son prix.

— Elle est faite pour vous, assura la vendeuse qui s'était approchée d'elle.

— Mais moi je ne suis pas faite pour elle, nous n'avons pas les mêmes moyens.

La vendeuse sourit poliment, décrocha un autre modèle d'un portique et le lui présenta.

— Les soldes commencent demain, si celle-ci vous plaît, nous pourrons nous arranger.

Ekaterina n'avait jamais porté de robe longue, elle n'avait d'ailleurs jamais imaginé en porter une un jour. Elle regarda, cette fois discrètement, l'étiquette et la vendeuse lui chuchota tout aussi discrètement qu'elle la lui céderait à moitié prix.

L'essayer ne coûtait rien, Ekaterina entra dans la cabine.

Elle s'observa dans le miroir en pied, tournant sur elle-même. Londres était la ville des premières fois, premier séjour hors de Norvège, premier voyage à deux, et première fois qu'elle se trouvait jolie.

— Alors ? questionna la vendeuse derrière le rideau.

Ekaterina ne répondit pas, incapable de détacher son regard du miroir. Elle voulait renoncer à une folie qui avalerait son salaire mensuel. Mais elle pensa que sa vie aurait pu s'arrêter la veille sur le campus et qu'elle n'était pas venue jusqu'ici pour jouer les seconds rôles.

La vendeuse passa la tête et afficha un air d'approbation.

— Vous êtes sublime, les chaussures maintenant.

— Quelles chaussures ?

Elle regarda ses pieds et constata que ses sandales n'étaient pas vraiment assorties à cette tenue.

La vendeuse évalua sa pointure d'un coup d'œil et revint avec une paire de ballerines noires.

Un quart d'heure plus tard, Ekaterina remontait Mount Street, avec un grand sac et une mine ravie.

Elle entra dans le Connaught et se précipita vers l'ascenseur. L'impatience grimpait en même temps que la cabine ; au premier étage, elle sortit la boîte du grand sac et en ôta le ruban ; au deuxième, elle se débarrassa de son pantalon et de son tee-shirt ; elle se changea au troisième et, arrivée au dernier palier, elle courut dans le couloir. Devant la porte de la suite, elle défit ses cheveux, inspira profondément et frappa.

Mateo ouvrit et la regarda, ébahi.

— Tu es… méconnaissable !

— C'est un compliment, j'espère ! Et comme je suis méconnaissable, aucun risque que le garde du corps de Baron me reconnaisse, n'est-ce pas ? Je viens à cette soirée !

Elle l'entraîna vers la chambre et lui demanda de l'aider à dégrafer sa robe.

— D'accord, dit-il, tu as gagné. Si tu l'aperçois, arrange-toi pour te tenir à distance.

— Dans quel monde vivent ces gens ? demanda-t-elle.

— Quels gens ?

— Ceux que nous allons côtoyer ce soir, parmi lesquels il faut porter une robe hors de prix pour passer inaperçue ? Que doit-on dire ou ne pas dire dans ce genre de soirée ?

— Tu seras la première étonnée par la banalité de leurs conversations.

Pendant qu'Ekaterina se changeait, Mateo retourna dans le salon pour se connecter au forum, le rendez-vous avec Janice était imminent.

— *Janice, en prêtant main-forte à Mateo et à Ekaterina, découvre que l'homme qui a brisé sa carrière pourrait avoir un lien avec l'attentat qui se tramait à Oslo. C'était une pure coïncidence ?*

— À votre avis ? Je vous l'ai dit, les actions menées par les membres du Groupe convergeaient vers un même dessein.

— *Quelle place y avait Ayrton Cash ?*

— La force du Malin réside dans sa discrétion… proportionnelle à son pouvoir de destruction. L'arrogance est son talon d'Achille, elle lui fait croire qu'il est invincible. Souvenez-vous de Vickersen, c'est sa vanité qui l'a perdu. William Barr, ministre américain de la Justice, corrompu jusqu'à la moelle, déclarait, sourire aux lèvres, à l'un de vos confrères qui l'interrogeait sur sa postérité : « L'Histoire est écrite par les gagnants. » Il se trompait, l'Histoire est écrite par les historiens. Ayrton Cash était de ces hommes qui vivent au-dessus des lois, qui se croient supérieurs… et méprisent leurs adversaires. Une aubaine pour nous. Un hackeur de haut niveau ne recule pas devant la taille d'une forteresse, au contraire, si ses murs sont élevés, c'est qu'elle cache quelque chose d'important. Alors, il cherche obstinément une brèche pour y entrer et la détruire de l'intérieur. L'orgueil d'Ayrton Cash l'a poussé à vouloir anéantir Janice. Grosse erreur : ce faisant, il est devenu notre cheval de Troie.

LA MAISON
DE JANICE

18.

Le troisième jour, entre Londres et Tel-Aviv

— Chapeau pour hier, vous avez été courageux, commença Janice.

— Nous n'avions pas vraiment le choix, répondit Ekaterina.

— J'y ai consacré ma nuit mais j'ai pu remonter jusqu'à la source, reprit Janice.

— Tu as fait vite, constata Ekaterina, qui avait rejoint Mateo au petit bureau de leur suite.

Si le forum assurait l'anonymat le plus complet, la confidentialité des échanges restait toutefois relative. Les membres du Groupe 9 usaient toujours de mots détournés pour ne pas attirer l'attention sur la vraie nature de leurs échanges.

— J'avais déjà escaladé cette paroi. L'eau est opaque, mais pendant la descente j'ai trouvé des choses surprenantes. Le ruisseau traverse des lacs souterrains, se gonfle, de plus en plus pollué, devient une rivière, qui pourrait être l'affluent d'un fleuve.

— Nourri par d'autres rivières polluées ?

— Très probablement, et provenant de sources que je n'ai pas pu identifier.

— Une idée de l'endroit où ce fleuve se déverse ? demanda Ekaterina.

— Aucune, le réseau est plus complexe que tous ceux que j'ai étudiés jusque-là. Il faut le cartographier, sans garantie d'en venir à bout tant les ramifications sont nombreuses. Et de votre côté ?

— Rien que tu ne saches déjà. Nous partons en exploration ce soir.

— OK, chacun travaille de son côté. On se reparle plus tard, tapa Janice.

— Au fait, tu as des nouvelles de Maya ? s'enquit Mateo.

— Pas récemment.

— Si tu en reçois, préviens-moi.

— Pas de problème. Une dernière chose, je peux vous demander où vous êtes ?

Ekaterina et Mateo se regardèrent avant de répondre à Janice.

— Pourquoi ? tapa Mateo.

— Tu as dit que vous partiez en exploration, comme si vous étiez au même endroit, ce qui est impossible, n'est-ce pas ?

— Évidemment, s'empressa-t-il de répondre, avant de se déconnecter.

Janice resta songeuse, devant son écran.

— Prenez-moi pour une imbécile, marmonna-t-elle. J'aimerais bien savoir ce que vous foutez ensemble.

Mais Janice avait des préoccupations plus importantes. Elle avait fait deux découvertes dans les dossiers de Vickersen, un court message contenant un acronyme et le dessin d'une pièce de cavalier de jeu d'échecs. Trop compliqué pour en informer ses amis à mots couverts. Elle s'exerça à le reproduire sur la couverture de son bloc-notes, commençant par dessiner au crayon la couronne en feuilles d'olivier qui entourait la tête du cheval, de profil, bouche ouverte, œil féroce et oreille dressée, et disparaissait sous sa crinière. Janice observa le résultat, apparemment il s'agissait d'un emblème, mais lequel ? Celui d'un club d'échecs, d'un cercle hippique ? Sur le Net, elle trouva quantité de tatouages, de blasons de sociétés équestres ceints d'un cercle ou d'un triangle, mais aucun circonscrit par la forme pentagonale qu'elle avait sous les yeux. Une impasse qui la mena à se concentrer sur le corps du message :

Les ORXNOR sont déployés.

Une autre énigme, et pas des moindres. Son portable vibra dix fois sur le bureau avant qu'elle s'en empare et lise les dix textos de sa meilleure amie avec laquelle elle avait rendez-vous pour un déjeuner calé de longue date et qui l'attendait depuis une demi-heure.

Elle attrapa ses documents, sa veste et son sac, sortit de son bureau et dévala l'escalier, courant vers la rue.

Janice usait rarement des services d'un taxi. Elle avait pour habitude de lever la main et d'attendre qu'un automobiliste veuille bien s'arrêter, puis un autre et un suivant, jusqu'à trouver la bonne âme qui irait dans la même direction qu'elle.

Ce jour-là, la chance ne lui souriait pas. Le restaurant n'était qu'à dix minutes à pied, elle arriva hors d'haleine à la terrasse.

Noa avait passé la commande depuis longtemps et le serveur déposa deux salades sur leur table au moment où Janice s'y installait.

— Pardon, je n'ai pas vu le temps passer.

— Je m'en suis rendu compte, répliqua Noa. Comment va ton cher rédacteur en chef ?

— En réunion, comme toujours, impossible de lui parler, j'espère y arriver d'ici ce soir, je te donnerai de ses nouvelles demain.

Noa avait eu une longue liaison avec Efron. Janice n'avait jamais su lequel des deux y avait mis fin, mais depuis leur séparation, il n'était pas une rencontre avec son amie sans que Noa lui demande de ses nouvelles. Soit parce qu'il lui manquait, soit parce qu'elle avait des remords. Noa était une jeune femme brillante, sa carrière en témoignait. Rayonnante aussi, il émanait d'elle une lumière joyeuse qui vous gagnait dès l'instant où elle s'adressait à vous. Elle était un remède à la morosité, capable de vous insuffler de la force en quelques mots. Douée d'empathie, s'intéressant aux autres avec une sincérité désarmante, toujours prête à rendre service, sans la moindre curiosité déplacée, Noa savait toujours trouver les mots justes, elle vous donnait tout simplement envie d'être heureux. Mais le destin use parfois de tristes détours. Qui aurait pu imaginer qu'un repas partagé sur la terrasse ensoleillée d'un restaurant de Tel-Aviv lui coûterait un jour la vie ?

— Tu aurais une clope ? demanda Janice. Question idiote, tu ne fumes pas. Je ne sais pas comment je me débrouille

236

pour être aussi bordélique, tu n'imagines pas le temps que je perds à chercher mes clés, râla-t-elle en se penchant pour récupérer son sac.

— Tu veux que j'en demande une au serveur ? suggéra Noa.

— Non, elles sont là quelque part au milieu de ce foutoir…

Janice amoncela sur la table un stylo, une brosse à dents, un tube de dentifrice, ses clés, un foulard roulé en boule, un crayon à paupières, une boîte d'aspirine aplatie, un bloc-notes à la couverture griffonnée, deux briquets vides, des écouteurs entortillés au bout d'un fil, et finalement l'étui à cigarettes qu'elle cherchait. Quand elle releva la tête, Noa avait les yeux rivés sur le bloc-notes et lui demanda tout de go où elle avait trouvé ce dessin.

Janice fronça les sourcils tandis que Noa pointait du doigt la tête de cheval qu'elle avait reproduite.

— Tu sais ce que c'est ?

Noa regarda fixement son amie.

— Comment cet écusson est-il arrivé jusqu'à toi ?

— Je te répondrai quand tu me diras de quoi il s'agit.

— Range d'abord ce bazar. Une idée comme ça : au lieu de payer le loyer exorbitant de ta maison, pourquoi ne pas t'installer simplement dans ton sac ? Il a l'air de contenir toute ta vie.

Janice s'empressa d'y remettre tout ce qui encombrait la table et se pencha vers Noa.

— Que représente ce cheval ?

— Tu enquêtes sur quoi, exactement ? chuchota Noa.

— Tu sais que je ne te répondrai pas. Alors ?

— Sans vouloir me mêler de tes affaires, voilà ce que je ferais si j'étais toi.

Noa s'empara du stylo qui avait roulé sous le bord de son assiette et ratura le dessin jusqu'à le faire disparaître entièrement sous l'encre noire.

— À quoi tu joues ? s'insurgea Janice.

— J'aimerais que ce soit un jeu, mais je te jure que ce n'en est pas un. Tu es mon amie, alors écoute-moi bien : même si tu es sur le scoop du siècle, laisse tomber.

La seule fois où Noa lui avait parlé sur un ton aussi autoritaire remontait à l'époque où elles faisaient leurs classes, juste après leur incorporation ; Noa avait intégré les rangs des Bardelas, une unité de combat mixte, mais Janice avait été réformée après un mois d'entraînement à cause d'un problème d'oreille interne. Elle en avait payé les conséquences, le passage dans l'armée constituait un atout majeur dans un CV, en entretien d'embauche on vous demandait toujours quel y avait été votre rôle et il en était souvent de même dans les rendez-vous galants.

— Désolée, ma vieille. Pour être franche, j'ignorais que ce cheval pouvait être aussi important. Mais tu viens de me donner une vraie raison d'en apprendre plus. Avec ou sans ton aide.

Janice ouvrit son bloc-notes et montra le mot qu'elle avait recopié.

— Si tu ne veux rien me dire sur cet écusson, est-ce que tu sais ce que ORXNOR signifie ?

Noa étudia l'acronyme quelques instants et lui rendit son bloc-notes.

— Ce sera sans mon aide, répondit-elle.

Janice se doutait qu'elle ne ferait pas changer Noa d'avis, pourtant elle avait plus d'un tour dans son sac pour délier les langues, même quand il s'agissait de candidats aussi coriaces que son amie.

— OK, dis-moi au moins si cette tête de cheval vient de chez nous.

— Non. Et cette conversation s'arrête là.

— S'il ne vient pas d'Israël, pourquoi autant de mystères ?

— Tu prends un dessert ?

— Les services secrets ?

Noa commanda deux cafés.

— Je te le redemande, en tant qu'amie, oublie. Je suis même prête à te dénicher une info bien gardée. Tiens, si je te mettais sur la piste d'un autre scoop ?

— Quel genre de scoop ? questionna Janice.

— Promets d'abord.

— Tu sais très bien que je ne peux pas faire ça. Mais tu viens de dire un « autre scoop »...

— Passons à un sujet plus marrant, enchaîna Noa. Tu sais avec qui sort Simonetta ?

— Encore ! Mais qu'est-ce que vous avez tous avec elle ? David m'a posé la même question ce matin.

— Alors je lui laisse la primeur, s'esclaffa Noa. Bon, je dois retourner travailler.

— Comment ça va au boulot ?

Noa but son café d'un trait, paya la moitié de l'addition et se leva.

— Fais attention quand tu poseras tes questions, les ennuis que tu as eus dans le passé ne sont rien à côté de ceux qui t'attendent si tu t'entêtes.

— Puisque tu as peur que je me jette dans la gueule du loup, pourquoi ne pas me renseigner toi-même ?

Noa marqua un temps et la fixa droit dans les yeux.

— Tu as vu *2001 : l'Odyssée de l'espace ?*

— Il y a longtemps, pourquoi ?

— Au revoir, Janice, je dois vraiment y aller.

Plus perplexe que jamais, Janice regarda Noa s'éloigner dans la rue. Elle jeta un coup d'œil à sa montre et agita la main dans l'espoir de trouver la bonne âme qui la reconduirait au journal. Ce n'était décidément pas son jour de chance, et elle piqua un sprint. Efron lui avait promis un entretien à 15 heures, il était 15 heures.

Quand elle arriva dans le hall du journal, elle le vit monter l'escalier, courut après lui et le rattrapa devant la porte de son bureau.

— Trop tard, dit-il, je dois passer un appel et me rendre au bouclage, ça peut attendre demain ?

— Oui. Demain matin ?

— Toi, ici, un matin ? Tu dois avoir quelque chose de vraiment important à me demander.

— Efron ?

— Quoi encore ?

— Qu'est-ce que *2001* a de si particulier ?

— L'année ?

— Le film de Kubrick.

Le rédacteur en chef d'*Haaretz* la regarda, amusé.

— Eh bien, je dirais qu'avec *Fitzcarraldo*, c'est probablement la plus grande odyssée du cinéma. Et aussi le film de science-fiction le plus influent du siècle dernier. Bien plus que *Star Wars* si tu veux mon avis. Tu as envie que je te transfère à la rubrique cinéma ? Les pages spectacles ne sont plus...

— Non, rien à voir, l'interrompit-elle, que peux-tu me dire d'autre ?

— Pas un mot n'est prononcé durant les vingt-cinq premières et vingt-cinq dernières minutes du film, de quoi le faire entrer dans la légende. Dans ma jeunesse, quand un type arrivait au journal la tête enfarinée, on lui balançait un « Good morning Dave » d'une voix suave. Une réplique qui figure parmi les plus célèbres du cinéma... L'inconscient collectif est fascinant, car ce dialogue n'existe pas, HAL ne l'a jamais prononcé.

— HAL ?

— C'est le nom de l'ordinateur qui dirige le vaisseau spatial. Si tu décales les lettres HAL d'un cran dans l'alphabet, tu obtiens IBM. Le monde entier s'est enthousiasmé, trouvant l'idée géniale. En 68, la compagnie IBM incarnait à elle seule Big Brother. Mais Clarke, l'auteur du roman, a juré que ce n'était pas son intention et que s'il en avait eu conscience, il aurait appelé HAL autrement... Tu as vu Noa récemment ?

— Pourquoi ?

— C'est son film préféré, répondit Efron en refermant la porte de son bureau.

Janice resta immobile dans le couloir, songeuse. Jusqu'à ce qu'un mot prononcé par Efron lui revienne en tête. Elle se précipita à son bureau, sortit son bloc-notes et rechercha l'acronyme qu'elle avait recopié plus tôt.

En décalant les lettres d'un cran, ORXNOR donnait PSYOPS... rien en soit de beaucoup plus explicite. Pourtant, elle avait deviné l'intention de Noa qui, refusant de l'aiguiller dans des recherches qu'elle jugeait dangereuses, s'était résolue à lui livrer un indice. Efron avait raison, l'inconscient collectif est fascinant, à commencer par celui des amis qui vous veulent du bien. Janice en déduisit que cet ensemble de lettres avait une signification aussi importante que le dessin du cavalier. Avec Noa, chaque mot comptait, elle se remémora la question de son amie : « Comment ce blason est-il arrivé jusqu'à toi ? »

— Pas « blason »... « écusson », marmonna Janice.

— Tu parles toute seule ? demanda une éditorialiste qui passait la tête dans l'encadrement de la porte. Efron n'est pas avec toi ?

— Il est dans son bureau. Attends une seconde... À quoi sert un écusson ?

Sa collègue la regarda, perplexe. Mais les questions les plus bêtes mènent parfois à la solution.

— À recouvrir un accroc sur une veste, par exemple.

— Quoi d'autre ?

— À se donner un genre, ajouta-t-elle nonchalamment.

— Quel genre... par exemple ? insista Janice.

— ... à marquer ton appartenance ! Je ne sais pas, moi, à un club de foot, une équipe de tennis, ou... une division de l'armée. Bon, je vois que tu ne croules pas sous le travail, moi si, Efron m'attend.

Une fois seule, Janice reprit sa réflexion. Noa lui avait confié que le dessin n'était pas d'origine israélienne. Quelle organisation avait pour emblème une tête de cheval entourée d'une couronne de feuilles d'olivier et ceinte d'une forme pentagonale ? Elle se pencha sur son clavier… avant de se raviser.

Noa lui avait aussi recommandé de faire preuve de prudence. Pendant qu'elle menait ses recherches, mieux valait que l'on ne puisse pas remonter jusqu'à l'adresse IP d'un poste de travail au siège d'*Haaretz*.

Elle quitta la rédaction, se résolut à prendre un taxi et se fit déposer devant la maison de retraite où vivait il y a quelques années sa grand-mère. Les mercredis à midi, lorsqu'elle poussait la porte de sa chambre, Yvonne criait : « Qui est là ? »

C'était un jeu qu'elle entretenait avec plaisir. Un sourire au coin des lèvres, Yvonne tapotait sa couverture, appelant sa petite-fille à venir s'asseoir près d'elle.

Mais avant de lui obéir, Janice écartait les voilages aux fenêtres afin que le soleil entre dans la pièce. Elle allait prendre dans la vieille armoire, ultime souvenir de son appartement de la rue Ranak, une boîte en métal qui contenait des sablés.

Elle écoutait avec patience des histoires de famille tant de fois racontées, plus vieilles encore que l'armoire cérusée, jusqu'au moment où Yvonne, ôtant ses lunettes, bâillait ostensiblement, la main devant la bouche. Janice remisait les sablés sur l'étagère, refermait les voilages et déposait quatre baisers sur les joues de sa grand-mère avant de la quitter.

Au moment où elle s'apprêtait à partir, Yvonne, qui se plaisait aussi à culpabiliser son entourage, lui répétait toujours la même litanie : « N'oublie pas, ma chérie, quand tu m'auras accompagnée au cimetière, quand la terre aura été jetée sur ma tombe et que tu t'en iras, vas-t'en par un autre chemin, pour que la mort ne s'attache pas à tes pas. » Une phrase parmi tant d'autres qu'elle empruntait à ses lectures.

Yvonne n'est plus, Janice a quitté le cimetière par un autre chemin, mais elle reprend souvent celui de la maison de retraite de Tel Hashomer. Son jardin est toujours ouvert, et on peut s'y promener librement. En s'approchant de la grande bâtisse blanche, on capte aisément le réseau Wi-Fi. Le mot de passe n'a jamais été changé, les personnes d'un certain âge ont cet avantage, on ne se méfie pas d'elles.

Sur un banc, Janice ouvrit son portable, rerouta sa connexion à l'aide d'un VPN et plongea dans le Darknet. Elle tapa les lettres PSYOPS, et apprit, stupéfaite, que l'armée américaine usait de personnel hautement qualifié pour influencer les populations en terrains occupés. « Jamais vus, mais toujours entendus » était la devise du corps des opérations psycho-logiques spéciales : les PSYOPS.

LE CAFÉ
DE NOA

19.

Le troisième jour, à Tel-Aviv

Noa quitta son bureau au centre de commandement des armées. Janice l'attendait sur le banc de l'arrêt de bus où elle descendait chaque soir aux alentours de 19 heures.

— Ce que tu peux être entêtée ! Suis-moi, ordonna-t-elle en la voyant.

Elles marchèrent en silence jusqu'à son domicile, rue Sheinkin. Janice s'assit à la table de la cuisine pendant que Noa préparait un thé.

— Que peux-tu me dire sur les PSYOPS ?

— Tu n'as pas perdu de temps, Efron t'a aidée ?

— Vous devriez vous remettre ensemble. Il te manque et tu lui manques aussi.

— Il te l'a dit ?

— Tu le vois avouer un truc pareil ?

— Le jour où il le fera, tu m'en reparleras.

— Je crois que je viens de le faire.

Noa ne releva pas, elle posa deux tasses sur la table en formica et s'assit en face de Janice.

— Déstabiliser l'adversaire est une tactique aussi vieille que le monde. Les soldats de l'Empire perse lâchaient des chats sur les champs de bataille pour empêcher les Égyptiens de se battre, leurs croyances religieuses leur interdisant de les blesser. La guerre psychologique a vraiment pris forme lors de la Première Guerre mondiale. Les Américains et les Anglais imprimaient de faux journaux qu'ils parachutaient près des lignes. Le vent se chargeait de distribuer aux Allemands des nouvelles alarmantes sur la déroute de leurs divisions. On enrôla un corps d'écrivains distingués : Thomas Hardy, Rudyard Kipling, Arthur Conan Doyle et H.G. Wells rédigèrent plus de mille textes pour ébranler l'ennemi. Wells dirigeait le département de propagande. Dès le début de la Seconde Guerre mondiale, Anglais et Américains ont intensifié leurs actions. OSS, SIS, les unités d'opérations psychologiques rivalisaient d'imagination. Agents doubles, prisonniers soudoyés puis relâchés pour répandre de fausses nouvelles, largages de tracts, haut-parleurs perchés sur des camions qui diffusaient des bruits de colonnes de chars pour apeurer les combattants et les inciter à la désertion.

— Ça a fonctionné ?

— Un peu, oui ! Un tiers des soldats qui se sont rendus ont déclaré avoir été influencés par des tracts. Hitler, convaincu que les Allemands avaient perdu la Première Guerre mondiale en grande partie à cause de ce qu'il appelait le poison de la manipulation psychologique, devint à son tour un maître en propagande de masse. Dès son arrivée au pouvoir, il créa un ministère dédié, qu'il confia à Goebbels. Jusqu'à la guerre de Corée, les opérations psychologiques se limitaient à propager de fausses informations. Mais pendant la guerre du Vietnam, les Américains ont cherché à monter la population contre les Vietcong. Ils ont pour cela formé des divisions spécialisées, les PSYOPS, qui usèrent de moyens dépassant largement le cadre des opérations de désinformation. Le programme Phoenix récompensait les assassinats des membres du Front national de libération. Et ils allèrent encore plus loin en Irak et en Afghanistan, où ils avaient besoin du soutien actif de la population pour s'informer des attaques et attentats préparés par les islamistes ou les talibans. Les techniques de manipulation politique n'ont cessé de se perfectionner. Et les résultats furent édifiants.

— Si les PSYOPS agissent depuis si longtemps, leur existence ne relève pas du secret d'État…

— Non, en effet, quelques recherches bien menées sur Internet t'auraient appris tout ce que je viens de te dire.

— Alors pourquoi tant de mystères tout à l'heure ?

— À cause de certaines anomalies sur ton dessin. La tête du cheval tournée vers la droite, au lieu d'être à gauche comme sur l'emblème des PSYOPS. La couronne en feuilles d'olivier et non de laurier, et surtout la devise « Jamais vus, mais toujours entendus » qui n'apparaît pas.

— Et c'est grave ?

— Modifier un emblème est un procédé qu'utilisent les anciens militaires pour se reconnaître entre eux quand ils se regroupent au sein de milices privées.

— Tu veux dire que d'anciens soldats des PSYOPS ont créé des unités de propagande privées ?

— Pas de simples soldats, des haut gradés.

Janice arpenta la cuisine, et comme celle-ci n'était pas bien grande, elle fit dix allers-retours entre la fenêtre et la porte avant de s'exprimer.

— Je ne comprends toujours pas pourquoi tu insistes tant pour que je renonce à mon enquête.

— Ai-je seulement une chance de te convaincre ? soupira Noa.

— Tu sais ce qu'a répondu Dieu à Moishe qui se plaignait de n'avoir jamais gagné au Loto de toute sa vie ? « Achète au moins une fois un billet ! »

Noa sourit en regardant Janice reprendre place sur sa chaise. Mais son sourire s'effaça très vite.

— Ce que je vais te raconter, tu ne le trouveras pas sur Internet. Promets-moi sur l'honneur que tu n'en feras jamais mention dans un papier, ni maintenant ni plus tard.

— Tu as ma parole.

— OK... L'an dernier, le déroulement d'élections nationales dans un pays que je préfère ne pas nommer a alerté nos services de renseignement.

— Elles étaient truquées ?

— Oui, mais c'est la façon dont la fraude a été opérée qui sortait de l'ordinaire. Le comptage des bulletins fut tout ce qu'il y a de plus licite. Le tour de passe-passe s'était produit *avant* le vote. En menant notre enquête, nous avons découvert que quelques mois avant le scrutin, six Américains avaient posé leurs valises dans la capitale. Trois s'y sont installés et les trois autres n'ont cessé de voyager sur le territoire, se rendant dans des villes qui avaient toute la même spécificité.

— Laquelle ?

— La population de ce pays se compose de deux ethnies que j'appellerai A et B, chacune représentée par une formation politique. Ces deux partis s'affrontent systématiquement aux élections. Leurs programmes ne se distinguaient pas suffisamment pour faire basculer les voix indécises d'un côté ou de l'autre, d'autant moins que la population est fortement polarisée en fonction de son ethnie. Pour qu'un camp remporte la victoire, il fallait démotiver les troupes adverses. Tu commences à voir où je veux en venir ? Ces Américains, six spécialistes employés par une société ayant pour client le parti politique de l'ethnie A, avaient une particularité. Tous étaient originaires de l'ethnie B, une contradiction qui nous a mis la puce à l'oreille. Dans leurs valises ils avaient apporté un matériel de propagande sophistiqué. Forts de leur connaissance du terrain et de leur facilité à se fondre dans la masse, ils avaient pour mission de modifier la façon de penser des leurs, de modifier aussi leurs comportements. Ils ont lancé des opérations de microciblage en exploitant les poussières qu'ils avaient collectées au préalable.

— Qu'est-ce que tu veux dire par « exploiter les poussières » ?

— Je suis surprise qu'une journaliste de ta trempe ne sache pas de quoi je parle.

Janice préférait que Noa s'étonne en ce sens plutôt qu'elle la trouve étrangement calée en informatique.

— Poussières… est le nom attribué à toutes les données que l'on disperse à longueur de journée. Combien de fois par an trouves-tu sur ta page FriendsNet des jeux anodins sous la forme de petits questionnaires à choix multiples ? Où aimerais-tu partir en vacances et avec qui ? Que changerais-tu dans le monde si tu en avais le pouvoir ? Qu'aimerais-tu pour ton anniversaire ? Ta personnalité publique préférée ? Ta principale qualité et ton principal défaut ? Ce que tu préfères et détestes le plus chez un homme ? chez une femme ? Ce que tu aimes et n'aimes pas chez toi ? Réponds à ces quelques questions et je connaîtrai tes centres d'intérêt, tes aspirations, tes points forts et tes points faibles, ton appartenance sociale, ton niveau d'études, et surtout tes opinions politiques. Toujours aussi anodines, mes questions ? Et les réponses permettent d'établir le profil psychologique d'un individu avec un degré de précision que tu ne soupçonnes pas.

Janice approuva d'une mimique. Noa, satisfaite de son effet, fit claquer sa langue.

— Ajoute à cela toutes les données qui te concernent revendues par les réseaux sociaux, les commerces en ligne où tu fais tes achats, les organismes de cartes de crédit, les applications sur ton portable qui accèdent à tes contacts, tes photos, ton agenda...

— D'accord, mais quel rapport avec les élections de ce pays ?

— Ce que je viens de te dire ne relève toujours pas du secret d'État. Tu le sais, ou tout du moins tu ne l'ignores pas, mais tu en acceptes le principe en pensant que l'exploitation de tes données personnelles n'a d'autre but que de te proposer des publicités adaptées à tes goûts, de la publicité prétendument ciblée. Les données individuelles sont l'or noir du XXIe siècle. Un marché de 3 trilliards de dollars que se partagent les entreprises qui les collectent, les agglomèrent et en tirent profit, entreprises qui en savent plus sur toi et sur ta vie que tes parents, ton conjoint ou tes amis. Tu es leur produit et la liste de leurs clients fait froid dans le dos. Bref, avant d'arriver sur le terrain, les PSYOPS avaient identifié, grâce aux données vendues par FriendsNet, tous les individus susceptibles de faire basculer les élections à condition qu'on les manipule savamment. Trois critères avaient suffi : appartenir à l'ethnie B, avoir entre dix-huit et trente-cinq ans, et n'avoir jamais voté ou pas plus d'une fois. Le but était de les inciter à ne pas se rendre aux urnes le jour des élections. Une désertion, pas militaire évidemment, mais civique. Pour cela, il fallait propager un message qui ne soit pas ouvertement politique, parce que la majorité des jeunes se fichent de la politique, qui leur donne l'impression d'être proactifs parce que les jeunes sont taxés d'être paresseux, et, enfin, qui leur offre la promesse d'une appartenance, parce que les jeunes traversent pour la plupart une crise identitaire. Faire partie d'une mouvance cool. Les PSYOPS dépêchés sur place ont élaboré un slogan fédérateur, « Fais-le ! », une variante du célèbre « Yes we can » d'Obama. Mais là, le sens de ce « Fais-le » était d'inciter à rejeter un appareil politique biaisé et corrompu. « Fais-le ! », manifeste ta colère en refusant de voter. Et pour donner encore plus de force à ce mouvement, ils l'ont doté d'un geste de ralliement, les deux poings croisés sur la poitrine, en symbole d'opposition au système. Affichettes, autocollants, badges, pins, casquettes et tee-shirts distribués gratuitement sur les marchés, à la sortie des universités, diffusions quotidiennes de spots vidéo montrant les ralliements ou de clips enregistrés par des rappeurs trop heureux d'avoir été propulsés ambassadeurs et icônes du mouvement, toujours et uniquement sur les comptes FriendsNet et YouTube de la jeunesse appartenant à l'ethnie B.

Noa entonna sur un air de rap les paroles de « Fais-le ! » :

Résiste,
pas au gouvernement,
pas à ton pays, mais résiste à la politique d'aujourd'hui.
Fais-le pour que ça change, oui fais-le !

— Pas mal, non ? Super efficace en tout cas. Les PSYOPS savaient qu'au terme de leur campagne, les jeunes du clan B n'iraient pas voter, parce que « Fais-le ! ». Côté clan A, même si certains s'étaient beaucoup amusés à participer à la fête, les jeunes obéiraient quand même à leurs parents : « Tu sors et tu vas voter ! » Les chiffres furent édifiants, 45 % des dix-huit à trente-cinq ans appartenant au clan B s'abstinrent d'aller aux urnes, convaincus d'avoir mené un combat admirable. Ils représentaient 6 % du total des votes. Le parti du clan A a remporté les élections avec exactement 6 % de voix de plus que le clan B. Les PSYOPS sont repartis tranquillement. Nous avons surveillé les comptes de campagne du parti élu, et découvert pour près de 5 millions de dollars de virements au bénéfice d'une société off-shore domiciliée sur l'île de Jersey, un paradis fiscal anglais. Et maintenant, pourquoi je te raconte tout ça et surtout pourquoi ça doit rester entre nous ? Certaines découvertes naissent d'un concours de circonstances hasardeux ou providentiel. Une de nos agentes s'intéressait à un homme d'affaires américain qu'elle soupçonnait de blanchir des sommes importantes dans l'immobilier en Israël. Il était sur ses écrans radars depuis un certain temps et quand il a débarqué dans le pays dont je viens de te parler, le spectre du radar s'est élargi. Cette agente a très vite suspecté qu'un trafic d'influence aussi sophistiqué ne pouvait qu'être l'œuvre de professionnels aguerris. Avant de remonter l'information à sa hiérarchie, elle a enquêté seule. Si elle n'avait pas eu la présence d'esprit de consigner tout ce qu'elle trouvait dans un dossier informatique de type « Time Bomb »... tu vois de quoi je parle ?

— Oui, les grands reporters utilisent cette technique comme une assurance-vie quand ils enquêtent sur des dossiers sensibles. On programme l'envoi d'un fichier à un moment précis. Chaque jour on reporte l'envoi de vingt-quatre heures. Et si l'on manque à l'appel, le dossier part vers ses destinataires à l'heure prévue.

— Exactement, et un matin, notre agente a manqué à l'appel. Nous n'avons jamais retrouvé son corps. Son appartement était plus propre que si un bataillon de femmes de ménage s'en était occupé. Tu comprends mieux ce dont ces gens sont capables et pourquoi je t'ai mise en garde ? Maintenant, à ton tour d'éclairer ma lanterne, comment cet insigne est-il arrivé jusqu'à toi ?

Janice n'allait pas risquer de compromettre le Groupe 9 en révélant qu'on l'avait mise sur cette piste pour prévenir un attentat. Et elle devait doublement donner le change à Noa, car elle avait senti son cœur accélérer en entendant évoquer l'île de Jersey... Au regard de ce qu'elle venait d'apprendre, le virement émis par les comparses du milliardaire anglais Ayrton Cash avait pu servir aussi à manipuler les élections en Norvège, et il était urgent d'en informer Mateo et Ekaterina.

— Noa, je ne peux pas te révéler mes sources, aucun journaliste ne le ferait, mais supposons que j'aie d'autres informations en ma possession, tu envisagerais de m'aider ?

— Impossible sans obtenir une cascade d'autorisations de ma hiérarchie. Et qu'est-ce que j'y gagnerais ?

— Venger votre agente.

— Tu ne m'as donc pas écoutée. Nous avons perdu l'une des nôtres, et je n'ai aucune envie d'ajouter une amie à la liste.

— La journaliste s'occupe de débusquer des infos et la militaire est sur le terrain. En fait, c'est plutôt moi qui risquerais de te mettre en danger.

— Je constate que cela ne t'inquiète pas beaucoup.

— Qu'est-ce tu proposes d'autre ? Qu'on croise les poings en dansant sur l'air de « Fais-le » ?

Janice était consciente de jouer avec le feu. Mais l'opportunité d'utiliser Noa pour s'introduire dans les serveurs de la banque JSBC était inespérée.

— Que sais-tu exactement ? bougonna Noa.

— Un autre virement tout aussi douteux a récemment été émis depuis une banque de Jersey… qui pourrait être la même… Et si ce transfert de fonds avait également comme bénéficiaire l'entreprise qui emploie tes anciens PSYOPS ?

— Tu as les références ? s'inquiéta Noa. Qui t'a renseignée ?

Janice lui adressa un grand sourire pour lui rappeler qu'elle ne répondrait pas à cette question, et pour cause.

— J'ai les numéros de compte des émetteurs et des bénéficiaires… qui ne me révèlent pas leur identité, comme tu t'en doutes, lâcha-t-elle.

— J'imagine que tu ne me diras pas non plus comment tu les as obtenus ?

— Tu imagines bien.

— Quoi d'autre ? Je ne suis plus à une surprise près.

— J'ignore sur quel continent se situe ton mystérieux pays, mais celui qui semble être la prochaine cible des PSYOPS est en Europe, cette fois.

Noa fit quelques pas vers la fenêtre, en pleine réflexion. La situation était plus alarmante qu'elle ne l'avait supposé, assez pour remonter ce dossier à sa hiérarchie mais pas nécessairement obtenir de ses supérieurs l'autorisation d'enquêter.

— « Fais-le ! » n'était pour les PSYOPS qu'un galop d'essai, conclut-elle. D'accord, passe-moi les numéros de ces comptes, et je verrai si nous pouvons découvrir à qui ils appartiennent.

— Quand tu dis *nous*, tu parles de toi et moi ou seulement de vous ?

— Officiellement ou officieusement ?

— *Alors qu'elle travaillait pour les services de renseignement de l'armée israélienne, Noa ne se doutait pas des activités parallèles de sa meilleure amie ?*

— Au risque de vous paraître immodeste, je vous répète que tous les membres du Groupe 9 sont des hackeurs hors norme.

— *Et que la même Noa se soit penchée sur le dessin de la tête de cheval lors d'un déjeuner en terrasse était un pur hasard ?*

— Le hasard, c'est la forme que prend Dieu pour passer incognito ; lorsqu'il leur sourit, les athées appellent cela de la chance. Est-ce qu'on se lie aux gens par hasard, ou parce que *in fine* ils nous apportent quelque chose ? Noa travaillait dans le renseignement, Janice est journaliste, l'information était leur cœur de métier, et leur amitié donnait matière à partage sans qu'elles aient à se poser d'autres questions. Ce jour-là, un pacte entre les deux amies venait implicitement d'être scellé. Le Groupe 9 en tirerait un avantage décisif, mais le prix à payer fut tel que je regrette sincèrement qu'il ait existé.

THE CONNAUGHT HOTEL, LONDRES

20.

Le troisième soir, à Istanbul

Maya commençait sérieusement à s'inquiéter des raisons de sa présence à Istanbul. Pour tuer le temps, elle avait visité quelques-uns des derniers endroits en vogue, fait acte de présence à un vernissage à la galerie Zilberman sur Iskital, rencontré les responsables de deux hôtels récemment ouverts et passé un après-midi entier dans les allées du bazar égyptien, lieu qu'elle appréciait particulièrement. Mais jouer à la touriste esseulée n'était pas fait pour elle. Maya avait en ville une amante qu'elle hésitait encore à appeler. Eylem était une amoureuse passionnelle et si Maya trouvait à cela d'indiscutables avantages lorsqu'elles faisaient l'amour, le moindre regard posé sur une autre femme pouvait causer un esclandre. En sortant de sa salle de bains au Pera Palace Hotel, elle s'installa sur son lit et prit son téléphone.

L'appel commença par un reproche. Des personnes bien intentionnées avaient rapporté à Eylem que la veille, Maya

trinquait en bonne compagnie lors d'une exposition photo-
graphique chez Kare Art dans le quartier de Nisantasi.

— Je n'ai pas arrêté depuis mon arrivée, s'excusa Maya.

— Qui remonte à quand ?

— Avant-hier, mentit-elle à nouveau.

Eylem proposa de la retrouver au Café Malvan, ou pourquoi pas Chez Nicole, la cuisine était excellente et la salle,
perchée sur un toit et abritée par une verrière moderne, offrait
une jolie vue sur le Bosphore. Maya ne connaissait pas ce
restaurant. Le rendez-vous fut fixé à 20 heures. Eylem lui
envoya l'adresse par texto, 18 impasse Tomtom Kaptan. Maya
n'aimait pas les impasses. Elle ouvrit sa penderie, choisit une
robe seyante, se ravisa ; opta pour un pantalon et un chemisier
et s'assit devant la coiffeuse afin de parfaire son maquillage.

Dans le taxi, en route pour Karaköy, elle prit sa décision,
elle attendrait encore une journée, pas plus. Si aucune instruction ne lui parvenait le lendemain, elle rentrerait à Paris,
elle avait perdu assez de temps.

Le taxi la déposa à l'angle de l'impasse, l'accès aux voitures était barré par trois plots enchâssés dans l'asphalte. Elle
remonta l'étroite ruelle à pied. Plus loin, un escalier en pierre
grimpait vers l'ancienne cour de justice française, une vieille
maison à la façade ornée d'un frontispice portant la mention
« Lois, Justice, Force ». Un réverbère grésillait, sa lampe mou-
rante s'éteignait par intermittence. Un vrai coupe-gorge, pensa
Maya. Elle entra dans l'immeuble et emprunta l'ascenseur
jusqu'au dernier étage.

Eylem était déjà là. En la voyant se lever pour l'accueillir, Maya la trouva plus belle encore que lors de son dernier séjour, si sensuelle dans sa robe décolletée qu'elle se serait bien passée de dîner. Mais son amie annonça qu'elle était affamée, ce qui était peut-être également un mensonge. Maya savait qu'elle lui ferait payer de ne pas l'avoir contactée dès son arrivée à Istanbul.

Elle s'assit à la table et étudia le menu en levant un sourcil.

— Ça ne te plaît pas ? s'inquiéta Eylem.

— Je suis végétarienne, tu le sais. Alors j'hésite entre leurs cuisses de grenouilles, la terrine de canard et l'agneau. Si je demande une salade, ils viendront égorger un poulet devant moi pour se venger ? Bon… je vais prendre la corbeille de pain.

Eylem se retourna vers le serveur et commanda une bouteille de pinot blanc. Dès qu'il s'éloigna, elle prit la main de Maya.

— Tu as eu le temps de bronzer à ce que je vois. Mais ça n'a aucune importance… Tu étais sûrement très occupée. Qu'est-ce qui t'amène chez nous ?

— Comment fais-tu pour être chaque fois plus jolie ?

— Je ne fais rien, c'est parce que tu m'oublies entre deux voyages.

Le sommelier s'approcha pour remplir leurs verres d'un vin à la robe innocente.

— C'est la première fois que je te vois si farouche, s'étonna Maya après qu'Eylem eut retiré sa main en présence du serveur.

— Le pays a changé, les comportements et les regards aussi, même à Istanbul ce n'est plus comme avant. Peu de femmes osent encore s'habiller comme moi quand elles se promènent sur Iskital, répondit Eylem. La religion les rend tous fous, je ne sais pas où cela va nous conduire, mais je fais attention, comme tout le monde.

— Attention à quoi ?

— Aux jugements, aux insultes qui fusent à la première occasion. Les femmes comme nous ne se sentent plus libres.

— Les femmes qui aiment d'autres femmes ?

— Tu en aimes combien ?

— Je t'en prie, ne commence pas…

Eylem eut un sourire forcé. Il n'y aurait pas de scandale ce soir, ce n'était plus possible en public, la rassura-t-elle avant d'ajouter :

— Et puis je me suis mise au yoga, j'ai équilibré mes chakras.

Soudain, Maya se sentit observée. Elle s'empara de son fard à paupières dans son sac, et l'ouvrit nonchalamment de façon à voir dans le petit miroir ce qui se passait dans son dos.

— Toi aussi tu as changé, enchaîna Eylem, avant, tu te remaquillais aux toilettes… D'autant que tu n'en as vraiment pas besoin, tu es ravissante et très sexy dans cette tenue. Tu veux une salade ?

— L'homme qui dîne seul derrière nous, il était là quand tu es arrivée ?

— Ah, je comprends ! Il est pas mal ; tu veux que je lui demande son numéro de téléphone ?

— Ne sois pas stupide !

— Je ne crois pas, répondit Eylem. Tu le connais ?

— Si on partait ? Allons dans un endroit où je pourrais te tenir la main.

264

— Ce genre de sérénade ne te ressemble pas. Qu'est-ce qui t'arrive ? Ce n'est pas la première fois qu'un homme t'admire.

— Pense à ton maître yogi. Je me contrefiche qu'on me regarde. D'ailleurs, c'est sûrement ton décolleté qui lui plaît et je peux le comprendre.

Maya sortit trois billets de cent livres turques de son sac et les posa sur la table en se levant. Eylem haussa les épaules, prit sa veste sur le dossier de sa chaise et la suivit.

Eylem avait garé sa voiture en contrebas. Maya la rattrapa par la main, l'entraîna dans la direction opposée, et lui fit gravir les escaliers de l'ancien palais de justice français. Elle la poussa contre la grille du porche plongé dans la pénombre et l'embrassa fougueusement, s'arrangeant pour garder les yeux rivés sur la ruelle. De dos, Eylem ne pouvait voir l'homme qui les avait observées sortir de Chez Nicole et descendre l'impasse Tomtom Kaptan en courant.

Le troisième soir, à Londres

Face au miroir, Ekaterina trouvait son décolleté vertigineux.

— Alors ? s'exclama Mateo, en sortant de la salle de bains.

Très à l'aise en smoking – elle l'était beaucoup moins dans sa robe longue –, il tendit ses poignets pour qu'elle l'aide à passer ses boutons de manchettes.

— C'est un peu tôt pour ce genre de chose, lâcha-t-elle, en s'approchant de lui.

— La soirée a déjà commencé, fit remarquer Mateo, nous ne sommes pas en avance.

— Je parlais de nous deux, ça fait un peu vieux couple.

— Je peux me débrouiller seul, si tu préfères.

Mateo la regardait fixement.

— Pourquoi souris-tu ? demanda Ekaterina.

— Pour la discrétion, c'est raté. Tu es magnifique.

— Encore une ânerie de ce genre et c'est toi qui restes ici. Que faisais-tu pendant tout ce temps ?

— Je préparais le terrain.

— En regardant la télé ?

— Les informations. Le Premier ministre est attendu à la soirée, il devrait même gratifier l'assemblée d'un discours.

— Comment t'es-tu débrouillé ? Être invité à ce genre de cérémonie n'est pas à la portée de tout le monde.

— J'ai découvert cette soirée dans les données que j'ai piquées à Baron.

— Que *nous avons* piquées et que *j'ai* décryptées !

— Certes... L'adresse indiquait DCS Mayfair, j'ai passé le quartier au crible et déduit qu'il devait s'agir de l'hôtel Dorchester. Pour m'en assurer, je me suis introduit dans leur système de réservations. Je me suis attardé sur celle d'un lord qui arrivait aujourd'hui et repartait demain. Le comte de Waterford. Ensuite, j'ai piraté sa boîte mail ; incroyable à quel point la Chambre des lords est peu protégée, ils n'ont même pas de pare-feu. Je me suis fait passer pour son secrétaire particulier en appelant la réception du Dorchester et je leur ai demandé si la réception qui se tenait ce soir dans le grand salon risquait de perturber le sommeil du comte, en expliquant qu'il n'avait pas l'intention de s'y attarder. La réceptionniste m'a rassurée sur ce point... j'avais ma confirmation.

— Et pour les invitations ?

— J'en ai profité pour lui demander de les laisser à l'accueil et précisé que sa nièce l'accompagnerait.

— Tu veux me faire passer pour la nièce d'un comte anglais, avec mon accent ? Il a une nièce, au moins ?

— Il s'est fait prendre en photo par le *Waterford News and Star* avec cette supposée nièce lors d'un cocktail à Dublin en décembre. Je ne peux pas te dire que la ressemblance familiale soit frappante. Mais rassure-toi, une fois passé le contrôle, tu redeviendras toi-même.

— Et si ton comte arrive avant nous ?

— Aucun risque, il n'a pas pris son train.

— Comment le sais-tu ?

— Parce que j'ai envoyé un autre mail, pendant que tu dormais, le priant d'assister urgemment à la session qui se tient en fin d'après-midi au parlement de Dublin.

Ekaterina regarda longuement Mateo.

— Tu vois, ton beau smoking, tes boutons de manchettes en nacre, tes mocassins vernis, même ta belle gueule, tout ça m'est bien égal ; mais ce qu'il y a là-dedans, dit-elle en posant un doigt sur son front, ça me plaît énormément.

Elle se hissa sur la pointe des pieds et l'embrassa.

Le troisième soir, à Madrid

Cordelia se regarda dans le miroir des toilettes du restaurant. Elle monta à la mezzanine et, fulminante, entra dans le bureau de Diego.

— Je ne ressemble à rien ! Je ne pensais pas à ce genre de dîner quand j'ai préparé mon sac à Londres.

— C'est toi qui as insisté pour la rencontrer. Tu as changé d'avis ?

— Tu m'agaces, Diego. Pousse-toi, il faut que je te montre quelque chose.

Cordelia tapa une adresse sur le clavier de l'ordinateur, et lui désigna la page qui s'était affichée.

— Qu'est-ce que c'est ?

— Le 21ᵉ congrès mondial pharmaceutique qui s'ouvre demain à Washington. Et le plus beau, c'est que tu peux participer aux conférences sur Internet. Deux cent cinquante pointures de la profession réunies en un seul lieu, dormant dans six hôtels et qui feront le plein de dépenses avec leurs cartes de crédit ; par moments je me demande si nous ne sommes pas bénis des dieux. Grâce aux documents que j'ai trouvés dans la mallette de Sheldon, j'ai pu isoler les responsables impliqués jusqu'au cou.

— Ils sont combien ?

— Une bonne cinquantaine. Je trouvais mesquin de la jouer perso en ne vengeant qu'Alba. Les listings de la mallette révèlent que le scandale ne se limite pas à l'insuline. Une quantité impressionnante de gens dont la survie dépendait du prix de leurs médicaments ont été victimes des mêmes agissements, alors j'ai élargi ma liste de délinquants en cols blancs. Tous ceux et celles que nous allons mettre sur la paille sont responsables de la mort de dizaines de milliers de patients.

Diego s'assit sur un coin du bureau et éteignit l'écran afin que Cordelia lui accorde toute son attention.

— Le travail que tu as accompli est remarquable… et tes conclusions effroyables. On va reprendre leur fortune à ces assassins. Pour ces rapaces, se retrouver sur la paille sera encore pire que de passer quelques mois en prison. Mais un tel coup se prépare rigoureusement si on veut le réussir. Pas de place pour l'improvisation et, avec le peu de temps qu'on a, il faut demander aux autres de nous prêter main-forte.

— Vu comme ils nous ont aidés à Paddington…

— Je te parle d'attaques simultanées avec un résultat foudroyant. Chacun s'infiltre selon sa méthode. Si l'un de nous se fait repérer, personne n'ira suspecter l'ampleur de l'opération. Nous devons tout planifier. Et, en premier lieu, trouver comment accéder aux comptes bancaires de nos proies.

— Ton imprimante fonctionne ? questionna Cordelia en rallumant l'écran.

Et, avant que Diego réponde, elle récupéra trois feuilles dans le réceptacle.

— Voilà la liste de nos cibles, dit-elle. Ce soir, ils s'enregistreront auprès de la réception de leurs hôtels. Domiciles, numéros de téléphone, adresses mail, copies de leurs pièces d'identité avec photos à l'appui, d'ici demain matin, nos cinquante dossiers seront presque entièrement renseignés. Restera à remonter jusqu'à leurs comptes bancaires.

Diego réfléchissait.

— Sauf qu'il est probable que leurs frais professionnels soient payés via leurs sociétés.

— Probable, mais pas leurs dépenses personnelles. Les téléphones portables nous permettront de les suivre à la trace. De quoi choper leurs numéros de cartes de crédit avant qu'ils soient rentrés chez eux. Les relier ensuite à leurs comptes ne sera qu'une question de temps, je parie qu'ils sont tous logés dans une dizaine de grandes banques au plus.

— Les grandes banques ne se piratent pas facilement, enchaîna Diego. Mais j'ai peut-être une idée, dit-il, en faisant une copie d'écran où était affiché le logo du symposium. Je contrefais le programme des conférences, prétendument réactualisé, et on l'envoie par mail à nos cibles avec en prime un petit virus qui se propagera dans leur smartphone dès qu'ils l'ouvriront.

— OK, mais pour ne pas éveiller l'attention, on le postera à tous les participants et depuis les serveurs du symposium. Pour deux journées de conférences, je serais étonnée que les organisateurs se soient équipés d'une protection sophistiquée.

— Bonne idée, poursuivit Diego qui s'était pris au jeu. Une fois les portables infectés, dès qu'ils se connecteront à leurs applications bancaires, on aura leurs identifiants.

— On peut se faire une check-list si tu veux. Papiers d'identité, photos, adresses personnelles, géolocalisation, boîtes mail, check !

— Et les numéros de comptes en banque d'ici peu, si la chance nous sourit… Notre dîner aussi est check, Flores vient de texter qu'elle nous attend au bar.

— Vas-y, je vous rejoins.

— Pas question, je te connais trop. Combien de temps pour que notre check-list soit vraiment complète ?

— Le congrès dure deux jours, donc nous avons deux jours.

— Ce soir, j'enverrai un message au groupe pour les briefer sur l'opération, mais nous ne lancerons la vraie attaque que lorsque tout le monde aura répondu à l'appel.

— Nous pouvons très bien nous passer des autres. On programme l'opération et on la lance depuis une dizaine de serveurs à travers le monde. Mieux encore : dans chacune des villes où résident nos cibles. Des serveurs relativement peu protégés, caisses de Sécurité sociale, hôpitaux, écoles, bref, tu as compris l'idée. Du coup, l'origine de l'attaque sera quasiment indétectable.

— Mais si on leur prélève de grosses sommes, les banques demanderont confirmation des ordres de virement auprès de leurs clients.

— Pas avec la double authentification, et nous aurons le contrôle de leur smartphone. Mais ne faisons pas attendre Flores, je t'expliquerai ce que j'ai en tête cette nuit, la deuxième partie de mon plan. Tu verras qu'elle est encore plus machiavélique.

Ils quittèrent le bureau et descendirent l'escalier de la mezzanine. Traversant les cuisines du restaurant, Cordelia se retourna vers Diego.

— Je te préviens que si elle est en robe, ou en jupe...

— Je te rappelle que tu es ma sœur, pas sa rivale, s'amusa Diego.

— Les deux ne sont pas incompatibles, répondit-elle.

Ils entrèrent dans la salle ; Cordelia agrippa le bras de son frère en voyant Flores, vêtue d'une robe courte qui épousait ses formes, encore plus belle qu'en photo.

— PERA PALACE HOTEL —

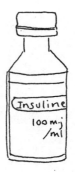

21.

Le troisième soir, à Londres

Deux cents personnes étaient réunies sous les lustres en cristal de la salle de bal. Boiseries rehaussées de dorures, parterres en marbre, tentures de soie gris perle, un quatuor à cordes jouant sur une estrade et trois somptueux buffets composaient le décorum de la grande réception donnée au Dorchester.

Mateo et Ekaterina scrutaient l'assemblée, l'un à la recherche de Baron, l'autre, curieuse de tout.

Industriels influents, grands argentiers, gestionnaires de fonds d'investissement, marchands d'armes et de matières premières discutaient d'un avenir incertain, prometteur pour les uns, terrifiant pour les autres. Récession, inflation, nouveaux traités commerciaux, accords bilatéraux nourrissaient des conversations animées.

— Combien tu paries que je hacke le téléphone du Premier ministre ? chuchota Ekaterina.

— Ce serait malhonnête de ma part, tu perdrais. Les Anglais sont très pointus en sécurité informatique.

— Pas à la Chambre des lords, à ce que l'on m'a dit.

— Je te parle des services secrets, pas des parlementaires.

— Et moi, de son téléphone personnel, je suis certaine qu'il en a un sur lui.

— C'est le Premier ministre, pas un simple quidam, insista Mateo.

— Il y a encore quelques semaines, Jarvis Borson n'était qu'un alcoolique invétéré, et ses premiers discours comme chef du gouvernement ne m'ont pas donné l'impression qu'il avait levé le pied sur le gin. Même ses cheveux sont ivres morts.

— Nous avons d'autres choses à faire plus urgentes, non ?

— Que de pirater Jarvis Borson ? Parle pour toi.

— Et comment comptes-tu l'approcher ?

— Il suffit de hacker le Wi-Fi du Dorchester sur lequel son portable a déjà dû se connecter, parce que le réseau cellulaire est nul dans ce somptueux palace. Ensuite, guetter le moment où il enverra un texto à sa maîtresse, la routine, quoi.

— Tu as mauvais esprit, assura Mateo en montrant discrètement une femme esseulée près du buffet numéro trois. Il est venu avec sa compagne.

Ekaterina la regarda attentivement. Une étrange aura l'entourait. Elle donnait l'impression d'être recluse au milieu de tous ces gens. Certains convives s'approchaient d'elle, lui adressaient un mot, un compliment de circonstance et s'en allaient aussitôt.

— Donne-moi une demi-heure et je te laisse choisir ce qu'on parie, parce que je suis bonne joueuse, ajouta-t-elle avant de le laisser en plan.

Ekaterina se dirigea vers la compagne du Premier ministre.

Elle la complimenta sur sa tenue et lui demanda si elle vivait à Londres, question qui provoqua un certain amusement chez son interlocutrice.

— Désolée, c'était idiot, se reprit-elle.

— Pas tant que cela, j'ai grandi dans le Sussex, j'y résidais encore il y a peu et vous, Londonienne ?

— Dans quel domaine travaillez-vous ? enchaîna Ekaterina, suivant sa feuille de route à la lettre.

— La politique, répondit posément la jeune femme qui se demandait de quelle planète Ekaterina avait bien pu tomber.

— Alors, félicitations pour le Brexit, vous y êtes enfin arrivés.

— Ce ne fut pas sans mal.

— Je crains que le mal soit à venir, répondit Ekaterina.

Un ange passa.

— Qui êtes-vous ? demanda la compagne du Premier ministre.

— Une étrangère sans intérêt.

— Laissez-moi deviner... Une journaliste, n'est-ce pas ?

— Alors là, pas du tout, quelle idée !

— Les gens que je côtoie ont plus l'habitude d'exagérer leurs qualités que de déclarer qu'ils n'ont pas d'intérêt, et personne, ici, ne souhaitant vraiment engager une conversation avec moi, vous comprendrez que votre franchise me mette un peu sur mes gardes.

— Pourquoi sur vos gardes ?

— C'est votre premier séjour à Londres ? Vous avez un accent... suédois ?

— Norvégien.

— Je suis la première femme non mariée à vivre à Downing Street. Cela en défrise plus d'un, ajouta-t-elle en balayant la salle du regard. Ekaterina fit un petit tour d'horizon, prenant conscience de la condescendance de ceux et celles qui les épiaient. Elle n'appréciait guère le Premier ministre, mais se sentit soudain complice de la femme qui lui avait fait cet aveu, et qui semblait presque aussi perdue qu'elle au sein de cette prestigieuse assistance.

— Je travaille dans la sécurité informatique, mentit Ekaterina, en prenant un risque calculé.

— C'est original, cela consiste en quoi exactement ?

— Confiez-moi votre téléphone quelques minutes et je pourrai vous expliquer ça mieux qu'en un long discours. Ou, si vous préférez, je peux vous montrer sur le mien.

La compagne du Premier ministre sourit, ouvrit son sac et glissa discrètement son portable dans la main d'Ekaterina qui, d'un mouvement de tête, lui demanda de le déverrouiller. Elle observa l'écran, consulta les paramètres de l'appareil et le rendit à sa propriétaire.

— Vous devriez mieux vous protéger, si je travaillais du mauvais côté de la force, je pourrais vous pirater aisément. J'imagine que dans votre situation, il serait préférable que vos messages et vos photos restent d'ordre privé.

— Et comment puis-je me protéger ? questionna la jeune femme.

— Installez sur votre téléphone un réseau virtuel privé, ils agissent comme des barrières, invisibles, mais efficaces. De nos jours c'est le minimum. Vous trouverez facilement une quantité d'applications de ce genre qui fonctionnent très bien ; préférez une marque européenne à une russe et, lors de vos conversations intimes, évitez les oreillettes sans fil. C'est un jeu d'enfant de les intercepter.

Voir sa compagne en pleine conversation piqua la curiosité du Premier ministre. Il s'approcha, jovial, et insista pour être présenté. Ekaterina lui tendit une main maladroite, le Premier ministre se courba pour la baiser, profitant de l'occasion pour se pencher sur son décolleté. Elle n'eut pas le temps de décliner son prénom, le PM fut happé par le numéro trois de British Petroleum.

— Exubérant en public et si discret en privé, allez comprendre les hommes, déclara la jeune femme, un peu gênée. Merci de vos conseils, j'en prends bonne note et les mettrai en pratique dès demain. Je crois que vous êtes attendue ou alors vous avez fait forte impression. L'homme qui se tient près de la colonne ne vous quitte pas des yeux.

Ekaterina expliqua que l'homme en question était son compagnon, un mot qu'elle entendit résonner au moment où elle le prononçait.

Elle s'excusa poliment et s'éloigna. Elle avait désormais les informations nécessaires pour contrôler le portable de cette femme et feuilleter les pages de son carnet d'adresses à distance. Même plus besoin d'attendre que le Premier ministre active le sien. Et pourtant, hacker sa compagne ne l'intéressait plus, la solitude de cette femme l'avait touchée. Elle rejoignit Mateo qui désigna trois hommes s'entretenant en aparté près d'une fenêtre. Elle reconnut Baron, attrapa son portable qu'elle plaça devant son visage, faisant comme si elle ajustait sa coiffure, et prit une rafale de photos. Puis elle se dirigea tranquillement vers la sortie de la salle de bal et attendit Mateo.

Peu après ils quittèrent le Dorchester.

Le feuillage argenté des érables s'élevait au-dessus des grilles de Hyde Park, Marble Arch brillait de toutes ses lumières, les taxis noirs défilaient sur Park Lane. Marcher en robe du soir sur un trottoir de Londres par une nuit d'été en compagnie de Mateo était pour Ekaterina si étranger à sa vie qu'elle se demanda si ce moment lui appartenait.

— Qui étaient ces hommes, avec Baron ? demanda-t-elle.

— D'après mes renseignements, le barbu est le nouvel ambassadeur américain, en poste depuis quelques mois. Un ancien général en disgrâce, contraint de prendre une retraite anticipée sous la précédente présidence, personne n'a jamais su pourquoi.

— Et l'autre ?

— David Kich, un magnat des énergies fossiles. Son frère et lui règnent sur un empire qui ne se limite pas au pétrole ou aux mines de charbon. Ces dernières années, ils ont racheté presque toutes les chaînes de télé locales américaines, ainsi qu'une quantité impressionnante de journaux régionaux.

— Curieux investissement alors que la presse écrite a tant de mal à survivre.

— Ce n'est pas pour gagner de l'argent qu'ils l'ont fait, mais pour en dépenser. Les frères Kich sont des lobbyistes qui ont déversé des sommes considérables dans des cercles d'influence. Tous deux sont des fanatiques de l'économie libertarienne, ils œuvrent pour que les protections gouvernementales et les programmes d'aide aux plus démunis cessent tout bonnement d'exister. Ils ont largement contribué à l'élection de Trump.

— Combien ont-ils injecté dans sa campagne ?

— C'est plus retors que cela. Ils ont engagé des centaines de personnes qui ont passé des millions d'appels téléphoniques, ont frappé à des dizaines de milliers de portes dans les États clés où se jouaient les élections. Les frères Kich ont fait appel aux marchands de doute, ont financé des campagnes de désinformation sur le réchauffement climatique, pour servir leurs intérêts évidemment. À coups de millions de dollars, ils ont réussi à faire dérailler toutes les mesures prises pour réguler les émissions toxiques et à empêcher que la taxe carbone voie le jour.

— De belles enflures, donc… Et personne ne les a balancés. Si j'avais su ça, je me serais fait une joie de…

— Quelques journalistes l'ont fait, mais quand les frères Kich ont senti le vent tourner, ils se sont racheté une image, en distribuant des largesses savamment médiatisées à des fondations.

— Roosevelt disait : aucune fraction de grandes fortunes dépensée en charité ne saura compenser l'immoralité avec laquelle elles ont été acquises. Il faut trouver ce que Baron fichait avec ce David Kich et avec un ex-général devenu ambassadeur.

— J'ai récupéré pas mal de données dans son portable. Nous verrons bien ce qu'elles nous apprennent.

Un vent frais et léger se mit à souffler. Ekaterina frissonna, Mateo la serra contre lui et l'entraîna dans Mount Street.

— Au fait, notre pari ? demanda-t-il en l'emmenant dîner au Scott, une table réputée de Mayfair.

— Je l'ai perdu, mentit-elle.

La troisième nuit, à Istanbul

Eylem conduisait dans le flot de la circulation stambouliote, qui ne se tarissait jamais, même le soir.

— Qu'est-ce qui t'a pris, dans ce restaurant ? demanda-t-elle.

— Rien, un coup de fatigue.

— Quand tu m'as embrassée sous ce porche, tu ne semblais pas fatiguée.

Eylem savait que Maya lui mentait, mais elle ne voulait pas gâcher leur soirée et préféra s'en tenir là.

— On va grignoter chez toi ? proposa Maya.

— Je te l'ai dit, les temps changent. Les voisins m'épient et je préfère éviter les ragots dans mon quartier.

— Alors mon hôtel, dans ce cas.

Eylem prit la direction du district de Beyoglu. Maya abaissa le pare-soleil et le positionna de façon à voir la lunette arrière dans le miroir de courtoisie.

— Si tu me disais ce qui te tracasse, nous gagnerions du temps. Tu as des problèmes ? questionna Eylem.

— Je me fais sûrement des idées.

— C'est en rapport avec cet homme qui te regardait tout à l'heure ?

Maya resta silencieuse.

— Qu'est-ce que tu trafiques à Istanbul ? reprit Eylem.

— Je vends des séjours de luxe à une clientèle VIP.

— Et tu leur fournis quoi à tes VIP ? De la drogue, des filles ?

— Tu es folle ? Tu me prends pour qui ?

— Pour quelqu'un qui n'a pas l'air d'avoir la conscience tranquille.

Maya avait repéré une berline noire roulant à distance constante derrière elles.

— Si on allait danser ?

— Il est un peu tôt, non ?

— Arrête-toi à la station-service, juste là.

Eylem bifurqua brusquement, envoyant valdinguer Maya contre la vitre.

— Merde, tu aurais pu prévenir.

— Tu crois que je n'ai pas vu ton petit manège, répondit Eylem en arrêtant la voiture. Notre départ précipité de Chez Nicole, ton baiser fougueux dans une ruelle sombre, ton envie de changer de destination et maintenant de direction. J'ignore ce que tu as en tête, ce sont tes affaires, mais j'ai le droit de savoir si tu me fais courir des risques.

Quelle que fût l'intention du chauffeur de la berline, le coup de volant d'Eylem l'avait autant surpris que Maya. L'Audi noire dépassa l'aire de service en klaxonnant et poursuivit sa route.

— Tu connaîtrais un chemin détourné pour rejoindre le Pera Palace ?

Eylem la défia du regard et redémarra. Inutile d'essayer d'obtenir des explications. Et puis ce baiser de Maya lui avait laissé un goût d'inachevé. Elle posa sa main sur sa cuisse et remonta doucement entre ses jambes, Maya se laissa faire et abaissa la vitre.

La tiédeur du soir entra dans l'habitacle.

Dès leur retour à l'hôtel, Eylem investit la salle de bains. Maya en profita pour allumer son ordinateur. Elle saisit dans son sac la photo de la petite fille et observa le visage défait de l'enfant. Depuis son arrivée à Istanbul, l'impression d'être tombée dans un piège se renforçait d'heure en heure. Pourquoi ne lui avait-on toujours pas communiqué les coordonnées de la poste restante où elle était censée récupérer ses instructions ? Cette attente était anormale ; à moins qu'on ait cherché à installer un dispositif de surveillance autour d'elle. Il lui était impossible de contacter les RG mais un autre allié pouvait l'aider à tirer cela au clair, un ami de longue date et de toute confiance.

Eylem se faisait couler un bain, de quoi s'absenter un moment. Maya alluma la télévision, laissa volontairement son sac et son téléphone portable sur le lit et se glissa hors de la chambre, veillant à ne pas faire de bruit en refermant la porte.

Le centre d'affaires se trouvait au premier étage. À cette heure-ci, il était vide. Elle inséra la clé USB dont elle ne se séparait jamais dans l'unité centrale d'un des ordinateurs mis à la disposition des clients de l'hôtel, rerouta la liaison vers un serveur situé en Argentine et envoya un message crypté.

L'écran resta inerte, Maya regarda sa montre, espérant qu'Eylem se prélassait toujours dans son bain.

Enfin, trois points clignotèrent. Vitalik avait répondu à son appel.

— Lastivka, quelle grande joie de te lire.

Lastivka signifie « hirondelle » en ukrainien, Vitalik avait pris l'habitude de l'appeler ainsi parce qu'elle le contactait toujours lorsqu'elle était en voyage. Maya l'adorait. Vitalik avait un humour fou, une joie de vivre intarissable. Il s'exprimait dans un langage fleuri, truffé d'expressions qu'il inventait, ou accommodait selon son humeur du jour, usant d'un vocabulaire approximatif, mais réussissant toujours à se faire comprendre. Vitalik était un roc. Et un stratège d'une précision redoutable dans ses hacks.

— Tu vas bien ? demanda-t-elle.

— Là n'est pas la question, Lastivka. Toi tu ne vas pas bien, sinon tu ne contacterais pas ton cher Vitalik à pareille heure, sauf… pour m'annoncer que tu es à Kiev. Tu es à Kiev ?

— Non, mais je préférerais.

— Donc tu as un problème. Ton dévoué servant est à toi, que puis-je faire pour ma Lastivka ?

Maya lui confia qu'elle se sentait surveillée. Depuis son arrivée à Istanbul, elle avait eu la certitude d'être suivie, à deux reprises, jusqu'à un restaurant dont elle ignorait l'existence une heure avant de s'y rendre.

— Tu crois qu'on a posé un mouchoir sur toi ? Ce serait vraiment le jardinier mouillé.

— L'arroseur arrosé…, rectifia-t-elle.

— Le jour où tu parleras l'ukrainien comme Vitalik parle ta langue, nous pourrons faire des concours de vocable.

— Vocabulaire…

— Tu as besoin d'aide ou tu me troubles en plein match de foot pour jouer au professeur ?

— Je ne veux pas tester mon portable ou mon téléphone, si l'un ou l'autre est plombé, ceux qui me surveillent comprendront que j'ai des doutes. Mais toi, tu pourrais vérifier s'ils sont propres ?

— Pourquoi tu ne le fais pas depuis un autre poste ?

— Tu es beaucoup plus doué que moi pour ce genre de chose.

— Je sais, mais je préférais te l'entendre écrire.

— Dire.

— Arrête de me rectifier ou je retourne à ma télévision.

— Tu peux t'y mettre tout de suite ?

— Impossible, Sydorchuk vient de prendre un carton jaune. Sauf si ta vie est en péril immédiat, cela attendra la fin du match.

— Demain matin serait déjà formidable.

— Demain ce sera, promit Vitalik.

— Merci, répondit Maya.

Elle allait couper la communication quand un dernier message apparut.

— Sois prudente, Lastivka. J'accorde une grande confiance à ton instinct.

Maya remonta à sa chambre, elle ouvrit doucement la porte en guettant le moindre bruit. La télévision était éteinte.

Eylem l'attendait sur le lit, une serviette autour de la taille. Maya chercha comment justifier son absence, mais Eylem ôta la serviette et ne lui en laissa pas le temps.

286

— *Même se sentant en péril, Maya ne pouvait pas faire appel aux RG ?*

— C'était la règle du jeu puisqu'ils ne l'employaient pas officiellement.

— *Un jeu dangereux quand même, alors qu'ils l'avaient envoyée en mission à Istanbul ! C'est parce qu'ils la savaient surveillée que les informations lui étaient transmises au compte-gouttes ?*

— Les informations n'étaient pas transmises au compte-gouttes, il fallait attendre d'avoir localisé la petite fille de la photo. Mais certaines précautions étaient impératives… Contrairement à ce que Maya croyait, ce n'étaient pas les RG qui l'avaient envoyée à Istanbul.

PERA
PALACE
HOTEL

22.

Le quatrième matin, à Tel-Aviv

Janice ouvrit un œil sur le réveil et se leva d'un bond. Elle enfila un peignoir et traversa le salon désert. David devait être dans son atelier. Elle trouva un plateau de petit déjeuner dans la cuisine, et se demanda comment elle ferait pour vivre sans son colocataire.

Elle alluma le réchaud sous la cafetière et profita des rayons du soleil devant la fenêtre.

Une tasse de café dans une main, son téléphone dans l'autre, elle consulta ses messages. Mateo cherchait à la joindre, Vitalik souhaitait savoir à quelle heure il pourrait communiquer avec elle, un troisième message lui suggérait de passer voir sa grand-mère en début d'après-midi. Une recommandation en apparence anodine, mais qui retint toute son attention. Noa lui donnait rendez-vous dans les jardins de la maison de retraite de Tel Hashomer.

David entra dans la cuisine et se prépara un thé.

— Efron te cherche depuis 9 heures ce matin, tu es très attendue on dirait. Enfin, surtout l'article que tu lui as promis depuis huit jours… Il m'a prié de te rappeler que le bouclage est pratiquement terminé.

— Pourquoi est-ce toi qu'il appelle ?

— Parce qu'il a tenté d'abord de te joindre dix fois… La profondeur de ton sommeil est abyssale.

Janice reprit son portable et constata que le numéro d'Efron apparaissait effectivement dix fois. Son article était loin d'être achevé et ce n'était vraiment pas le moment de se faire virer. Elle passa rapidement sous la douche et supplia David de la déposer à son travail. Il accepta sans broncher, ce qui ne lui ressemblait pas, mais son amie était aux abois et si stressée qu'il n'avait pas jugé utile d'en rajouter en lui lançant une pique. En chemin, il lui fit tout de même remarquer que ses sandales étaient dépareillées. Il roula aussi vite que possible pendant que Janice cherchait une excuse.

À la seconde où David se gara devant le journal, Janice bondit hors de la voiture en le remerciant, puis elle gravit en trombe le grand escalier et se rua dans son bureau. La température était étouffante. Elle ouvrit la fenêtre et chercha à rassembler ses pensées, préoccupée par la discussion qu'elle devrait avoir avec Efron et, plus encore, brûlant de savoir ce que Noa avait découvert ; elle palpa sa poche à la recherche de son paquet de cigarettes, en fuma une, penchée sur son ordinateur, cherchant quel message lui envoyer pour la convaincre d'avancer le rendez-vous. Elle finit par taper sur son clavier :

Grand-mère voudra probablement faire la sieste, je préférerais lui rendre visite avant le déjeuner, qu'en penses-tu ?

L'écran resta muet.

Noa était peut-être en réunion, ou simplement pas en mesure de lui répondre.

Efron entra dans le bureau sans frapper.

— Tu fumes dès le matin, dans les locaux ? Donc ton article n'est pas prêt. Tu me mets dans la merde… Je suis fatigué de te couvrir, Janice, cela dure depuis trop longtemps, dit-il en s'asseyant sur la chaise en face d'elle.

Sans la quitter des yeux, il lui fit signe de lui passer sa clope, ce que Janice accepta de bonne grâce, soutenant son regard pendant qu'il s'offrait une longue taffe.

— Dis-moi que tu es sur un scoop, un truc crédible, donne-moi une seule raison qui justifie que je ne te vire pas.

Janice était tétanisée, désemparée et furieuse de ne pouvoir expliquer pourquoi le travail qui l'occupait était autrement plus important que le papier qu'elle aurait dû lui remettre.

— Je t'avais réservé une demi-page, tu te rends compte ? Qu'est-ce que je vais raconter à la maquette ?

Elle reprit sa cigarette et inspira profondément, résolue à jouer le tout pour le tout.

— C'est plus qu'un scoop, c'est vertigineux ; je te supplie de me croire. J'ai besoin de quatre jours, peut-être une semaine, c'est tellement gigantesque que je n'en vois pas le bout, mais si j'arrive à mener mon enquête à son terme, c'est la une que je t'offrirai et elle sera reprise par les journaux du monde entier.

— Eh bien voilà ! s'exclama Efron en tapant sur ses genoux. Cela faisait longtemps que je ne t'avais pas vue sous pression, ça me plaît ! Fais tout de même attention à ne pas retomber dans le même piège…

Janice savait pertinemment à quoi son rédacteur en chef faisait allusion. Lorsqu'elle s'était attaquée à Ayrton Cash, le milliardaire anglais avait mis en œuvre des moyens considérables pour la discréditer. Dans son enquête, elle l'accusait d'avoir financé une campagne de désinformation pour faire basculer les votes en faveur du Brexit, détaillant, preuves à l'appui, les bénéfices colossaux qu'il devait en tirer à titre personnel. Le chapeau de l'article était éloquent : « Un milliardaire achète la Grande-Bretagne ». Furieux d'avoir été exposé, Cash avait engagé une armée de trolls sur le Net pour retrouver tous les papiers qu'elle avait signés depuis le début de sa carrière, exposant ses erreurs de jeunesse, taillant savamment dans ses textes en les sortant de leur contexte pour mettre sa neutralité en doute, lui attribuer des positions politiques extrêmes, révélant aussi sa vie dissolue, son penchant pour l'alcool, mentant sur les raisons qui l'avaient empêchée de servir dans l'armée. Aux rangs des agents anonymes menant ce travail de sape et de destruction, s'était jointe une cohorte de commentateurs antisémites. Un bombardement d'insultes et de menaces avait fusé sur les réseaux sociaux, appelant à son renvoi immédiat, l'accusant à son tour d'avoir tout inventé pour se faire valoir, de s'en prendre par le biais d'une enquête truquée à la souveraineté du peuple anglais, d'agir pour le compte d'une puissance étrangère hostile aux intérêts de la Grande-Bretagne. Cash avait gagné la bataille. La furie autour de la journaliste avait recouvert le scandale qui aurait dû éclater sur les agissements du milliardaire. Lorsqu'on soupçonne quelqu'un d'être manipulé par des forces invisibles, plus aucun de ses propos n'est crédible.

Janice, discréditée, en avait payé le prix, il lui avait fallu des mois pour relever la tête et reprendre la plume.

— Je te donne huit jours, enchaîna Efron, et quatre avant de m'expliquer sur quoi tu travailles. Mais si tu ne boucles pas cette enquête-là, ce sera la dernière.

Efron frappa à nouveau ses genoux, un tic chez lui quand il était survolté, et se leva.

— Et je te rappelle qu'il est interdit de fumer dans les locaux, ajouta-t-il en tirant une dernière taffe avant d'écraser la cigarette dans le cendrier.

Dès qu'il fut sorti de la pièce, l'économiseur d'écran de Janice laissa place à un message.

Mamy t'attend à 11 heures dans le jardin.

Il était 10 h 45.

Le quatrième matin, à Londres

En s'éveillant, Ekaterina trouva le lit vide à côté d'elle. Mateo travaillait dans la pièce voisine. Elle se leva, et ouvrit la penderie pour s'habiller, et s'arrêta sur sa robe.

— Tu étais très élégante, lui souffla-t-il en arrivant dans son dos.

— Merci. Je vais la rendre, c'était une folie au-dessus de mes moyens.

— Tu devrais la garder. Suis-moi, j'ai mis la main sur quelque chose qui va beaucoup intéresser Janice, dit-il avant de retourner derrière son bureau.

Ekaterina l'ignora superbement ; elle se rendit à la fenêtre et respira à pleins poumons l'air d'été, pas plus pressée que cela de partager la découverte de Mateo.

— Je déteste ce ton de petit chef, et en plus ça ne te va pas, dit-elle.

— Si tu veux bien me rejoindre, je pense que tu vas moins me détester.

— Qu'est-ce que tu as déniché ? questionna-t-elle en s'approchant.

Mateo avait enquêté sur l'ambassadeur qui conversait la veille avec Baron. Il afficha sur l'écran une photo qu'il avait trouvée sur la Toile. L'ambassadeur n'était à l'époque qu'un lieutenant de l'armée de terre et portait un uniforme bardé de décorations.

Ekaterina se pencha sur l'écran. Mateo agrandit l'image, zoomant sur le revers de la veste où était épinglée une broche en métal sur laquelle figurait une tête de cheval tournée vers la gauche.

— L'ambassadeur des États-Unis en poste à Londres appartenait aux PSYOPS ! s'exclama-t-elle.

— Ça m'en a tout l'air.

— Il faut avertir Janice.

— C'est déjà fait. Et j'ai commencé à retranscrire les informations prélevées dans le portable de Baron. Rome est sa prochaine escale. Le chef de la ligue d'extrême droite se représente aux élections générales qui auront lieu dans un mois.

— Tu penses qu'il fomente un coup en Italie comme à Oslo ? s'inquiéta Ekaterina.

— Rien ne l'indique pour l'instant, mais qu'il s'y rende pour manipuler les élections ne fait aucun doute. J'ai une petite idée sur la nature de ses projets. Lis ce mail.

Mateo afficha un courriel sur l'écran. Baron annonçait à un responsable de la Ligue du Nord :

Les chevaux sont dans leurs box, prêts au départ de la course.

— Les PSYOPS ?

— C'est tellement évident que ça semble impossible ! répondit Mateo.

— Au Barnevernet, un éducateur nous répétait : « Ne cherchez pas de logique là où les gens n'en ont pas mis. » Tu as trouvé autre chose dans son portable ?

— L'hôtel où il descend, le Palazzo Montemartini, et la liste de ses rendez-vous à Londres avant son départ.

— Qui doit-il rencontrer ?

— Darnel Garbage, ancien leader d'un parti d'extrême droite, reconverti chef du parti de l'indépendance du Royaume-Uni, chantre autoproclamé du Brexit mais qui touche depuis dix ans son salaire de parlementaire européen, cocasse, non ? Ce soir, Baron dîne avec lui et en compagnie du richissime propriétaire d'un quotidien anglais. Je ne serais pas étonné que Kich se joigne à eux.

— Oslo, Londres, Rome… Les profils des hommes qu'il rencontre dans chaque ville… Cette tournée dépasse la simple campagne d'influence. Un truc nous échappe…

— En même temps, influence et manipulation, c'est précisément ce qu'il vend. Mais je te l'accorde, la Norvège, la Grande-Bretagne, bientôt l'Italie… où ira-t-il ensuite répandre son venin ? Nous devons le suivre à la trace, nous partirons pour Rome demain, annonça Mateo.

— Demain, nous irons à Rome…, reprit Ekaterina, perdue dans ses pensées.

Mateo l'observa, la tristesse s'était réfugiée dans son sourire, elle détourna les yeux et sortit sur le balcon. Il la rejoignit, se tenant quelques pas derrière elle.

— Quelque chose t'a blessée ?

— Hier la Norvège, aujourd'hui l'Angleterre, demain l'Italie. Je ne connaissais ces pays qu'à travers des films et des livres, je n'avais encore jamais porté de robe longue, ni fréquenté de soirées mondaines, mon appartement est plus petit que cette suite. Nos vies sont si différentes. Mais j'aime celle que je me suis construite et j'ai l'impression de lui tourner le dos.

— Cela te rend malheureuse ?

— Cela me fait peur.

— Peu importe la chambre où nous dormons, nous avons été réunis pour agir, le reste ne compte pas.

— Alors, c'est peut-être ton « nous » qui m'effraie, lâcha-t-elle avant de se retirer dans la chambre.

Le quatrième matin, à Madrid

Cordelia et Diego avaient passé une grande partie de la nuit derrière leurs écrans. Après avoir hacké les serveurs des hôtels et déployé leur virus dans les téléphones portables des participants au congrès pharmaceutique, ils avaient vérifié d'heure en heure que la remontée des informations s'effectuait comme prévu. Diego avait fini par aller se coucher. Cordelia, incapable de dormir, remettait un peu d'ordre dans l'appartement.

Elle arrangea les cadres sur l'étagère et s'arrêta devant une photo de ses parents prise sur la terrasse de la maison de Cordoba. Des souvenirs d'été ressurgirent. Les ruelles étroites aux senteurs de jasmin, les bougainvilliers rouges qui recouvraient les murs, le parc où son père la poussait sur une balançoire à l'ombre d'un tilleul, les promenades avec sa mère au marché aux fleurs. Une vieille édition de *La Guerre de la fin du monde* attira son regard, elle l'avait offerte à Diego juste avant de partir à Boston. En sortant le livre de la bibliothèque pour le feuilleter, elle découvrit derrière la place qu'il occupait un coffret en bois dans lequel elle trouva toute une correspondance portant l'écriture d'Alba.

— Referme-le, s'il te plaît, demanda son frère en entrant dans le salon.

Cordelia rabaissa le couvercle et se retourna pour lui faire face.

— Tu vas me traiter d'illuminée, mais tomber sur ces lettres au réveil, c'est peut-être un signe.

— Par moments, je me demande si tu ne te racontes pas l'avoir aimée plus que moi. La mort d'Alba a laissé un vide incommensurable, Flores s'est efforcée de le combler. Ce n'était pas facile pour elle au début mais à force de patience, elle est entrée dans ma vie. Que tu le veuilles ou non.

— Je sais, Chiquito, j'ai observé la façon dont elle te regardait et j'ai vu la façon dont toi tu la regardais ; je dois me faire à l'idée que je n'aurai désormais plus qu'une partie de mon frère pour moi.

La conversation fut interrompue par la sonnerie du portable de Diego. Le numéro qui s'était affiché commençait par un indicatif anglais mais ne figurait pas dans son répertoire. Il le lui montra.

— Décroche !

Elle s'inquiéta devant la mine décomposée de son frère. Diego s'éloigna, prêtant la plus grande attention à son correspondant. Cordelia s'approcha, mais il lui fit signe de ne pas dire un mot.

— Je comprends, souffla Diego en anglais, je fais au plus vite… je vous remercie… oui, j'ai noté votre numéro. Je vous rappelle dès que j'arrive.

Il posa l'appareil et serra sa sœur dans ses bras.

— Tu ne peux pas imaginer à quel point je suis heureux que tu sois là, dit-il d'une voix tremblante.

— Mais qu'est-ce qui te prend ? C'était qui ? demanda-t-elle en le repoussant.

— Un inspecteur de Scotland Yard. On a retrouvé ton corps au petit matin, flottant dans le canal. Ils veulent que je vienne l'identifier, les traits sont méconnaissables.

LE JARDIN DE TEL HASHOMER

23.

Le quatrième jour, à Tel-Aviv

Noa attendait sur un banc dans le parc de la maison de retraite, Janice s'excusa d'être en retard et s'installa à côté d'elle.

— Je n'ai pas beaucoup de temps, dit Noa.

Elle lui annonça avec fierté qu'elle avait réussi à remonter à la source du virement. Contrairement à ce qu'elle croyait, Ayrton Cash n'en était pas l'émetteur.

— Alors qui est à l'origine de ce transfert de fonds ?

— Oxford Teknika, une prétendue société de marketing touristique dont le siège est à Londres. Rien à voir en apparence avec les PSYOPS. Un de mes contacts sur place a bien voulu passer à l'adresse qui apparaît sur leur papier à en-tête.

— Et ?

— C'est une adresse fantôme. Une plaque sur la rue et une autre à l'étage, apposée sur la porte d'un cagibi. Un truc assez courant pour domicilier une entreprise. Mais d'ordinaire ce genre de pratique est réservée aux paradis fiscaux, îles Cayman, îles Anglo-Normandes, Luxembourg. En plein centre de Londres, ça n'a aucun sens.

— Mais te connaissant, tu en as sûrement trouvé un.

— Oxford Teknika a d'autres activités que le tourisme et ses propriétaires ne souhaitent pas qu'on découvre lesquelles. Je ne peux pas mener mes investigations plus longtemps sans une autorisation officielle. Je ne tiens pas à me faire piquer par ma hiérarchie. Mais en fouillant le serveur de la JSBC, j'ai vu un deuxième virement suspect émis le même jour. Cette fois depuis les États-Unis, en dollars et pour un montant identique. L'argent, d'une source encore inconnue, a atterri sur le compte d'Oxford Teknika pour repartir aussitôt vers les caisses du parti nationaliste norvégien. Ce qui m'amène à te poser une question. Qu'est-ce que tu m'as caché ?

Janice hésita à se confier à Noa. Mais elle n'obtiendrait rien d'elle sans lui donner de bonnes raisons.

— Un parti néonazi reçoit des fonds en provenance des États-Unis, qui transitent par un paradis fiscal pour passer inaperçus, ça ne te donne pas envie d'en apprendre plus ?

— Avec les risques que tu me fais courir, non, répondit Noa.

— Bon, d'accord. Hier, je te parlais d'un pays européen où les PSYOPS pourraient agir, il s'agit de la Norvège. Seulement cette fois ce n'était pas avec le soutien de rappeurs et de slogans pour la jeunesse qu'ils comptaient manipuler les élections. Le parti néonazi préparait un attentat à l'université d'Oslo, avec l'intention d'en faire porter la responsabilité à des immigrés. Inutile de t'expliquer les retombées escomptées à deux semaines d'un vote.

Noa resta sans voix.

— Une guerre de communication est un acte d'ingérence indiscutable, reprit-elle, mais là on parle de terrorisme.

— Tu pourrais en souffler un mot à tes supérieurs et les convaincre d'ouvrir une enquête officielle ?

— Cela dépend de ce que tu voudras bien me dire d'autre, insista Noa. Je t'en prie Janice, ne me fais pas perdre un temps précieux. Tu as dit « préparait », cet attentat n'aura donc pas lieu ? Qui t'a fourni ces informations et pourquoi les auteurs ont-ils renoncé à leur projet ? On joue cartes sur table, ou je rentre au bureau, déclara-t-elle en se levant.

Janice resta silencieuse. Noa, l'air contrarié, partit sans la saluer.

— Attends ! cria Janice en courant derrière elle.

Elle rattrapa Noa qui avançait vers la grille du jardin et la retint par le bras.

— Quelqu'un s'est infiltré dans le parti de la Nation et a découvert leurs plans ainsi qu'une preuve mouillant ses dirigeants. Quelques heures avant l'attaque, la personne en question a adressé une copie de cette preuve à l'un d'entre eux, menaçant de tout dévoiler à la presse si l'attaque était maintenue.

— Pourquoi ne pas avoir fait parvenir cette preuve directement à la police ? Le complot aurait été démasqué, et les coupables interpellés.

— Parce qu'il était trop tard, confia Janice. Ce n'était pas l'idéal peut-être, mais le pire a été évité.

— Tu peux m'expliquer pourquoi une personne, ta source j'imagine, infiltrée dans un parti norvégien et apprenant l'imminence d'un attentat à Oslo, contacte une journaliste à Tel-Aviv ?

— Disons que c'est une vieille connaissance.

— Je ne te connaissais pas ce genre de relations, répondit Noa. Et j'imagine aussi que tout cela est sans rapport avec l'assassinat du chef de ce parti et son remplacement au pied levé par son numéro deux ?

Janice garda le silence, calculant les conséquences de cette conversation et jusqu'où elle devait aller pour arriver à ses fins.

— Tu en as déjà fait beaucoup, enchaîna-t-elle, je ne veux pas te compromettre. Confie-moi une copie de ce second virement, je regarderai ce que je peux faire de mon côté.

— Tu veux dire que quelqu'un dans tes *relations*, et Noa insista sur ce mot, pourrait découvrir à ma place qui l'a émis ? Hors de question ! Si je me fais prendre, je perds mon job et je passe par la case disciplinaire. Interdiction de quitter nos locaux avec le moindre papier sans autorisation signée de nos supérieurs. Et avant de franchir la porte, nous passons sous des détecteurs de métaux pour prévenir toute fuite d'informations sensibles sur support magnétique. Nous sommes en Israël, Janice. Ici, la protection impose une vigilance de chaque instant, aucune mesure de précaution n'est négligée.

— OK, alors regarde ce que tu peux faire sans t'exposer ; maintenant tu connais l'enjeu.

— Je ne te promets rien. Allez, séparons-nous comme le feraient de bonnes amies.

Noa s'approcha pour embrasser Janice sur la joue et sortit du parc.

Le quatrième jour, à Istanbul

Maya grappillait quelques miettes de sommeil après une nuit agitée. Elle entendit un bruissement à la porte de sa chambre et ouvrit soudain les yeux. Eylem consultait ses mails sur son smartphone.

— Tu as commandé quelque chose au room service ?

Concentrée sur sa lecture, Eylem répondit non de la tête. Maya repoussa le drap et se leva. Elle aperçut une enveloppe que l'on avait glissée sous la porte. Elle passa la tête dans le couloir, le messager avait déjà disparu. L'enveloppe contenait une carte postale, une photo de la terrasse du Café Pierre Loti, perché sur sa colline au milieu d'un cimetière. Aucune inscription ne figurait au dos. Maya connaissait bien ce lieu très apprécié des touristes, elle-même y conduisait souvent ses clients. Depuis la terrasse, la vue sur la Corne d'Or était splendide. En observant cette carte, elle se sentit soulagée à la perspective d'apprendre enfin quelque chose sur la mission qui l'avait conduite ici, à condition que ce ne soit pas pour se jeter dans la gueule du loup. Elle recevait toujours ses instructions sur son portable sécurisé. Une carte postale glissée sous la porte de sa chambre d'hôtel, ce n'était pas dans la norme. Et d'autant plus troublant qu'elle descendait au Pera pour la première fois, le Méridien où elle avait ses habitudes étant complet.

Elle s'habilla d'un pantalon souple, d'un haut en maille écru et d'une paire de sandales.

— Tu sors ? demanda Eylem.

— Un petit déjeuner au Café Pierre Loti, ça te tente ?
Eylem sauta du lit.

Trente minutes plus tard, dans le quartier de Sultanahmet,
Eylem se garait au bas de la colline. Elle invita Maya à finir
le chemin à pied. La promenade les mettrait en appétit.

Elles remontèrent les rues pavées, traversèrent les sentes
du cimetière entre les stèles plusieurs fois centenaires et s'attablèrent à la terrasse prise d'assaut malgré l'heure matinale.

Eylem s'extasia, les eaux de la Corne d'Or miroitaient sous
le soleil déjà brûlant.

— Il fallait que tu sois à Istanbul pour que je petit-déjeune
dans ce café, je n'y viens jamais alors que c'est magnifique.

— Normal, répondit Maya, l'esprit ailleurs, les Parisiens
montent rarement prendre leur petit déjeuner à Montmartre.

— Je t'ai sentie absente cette nuit. C'est à cause de moi ?...
Tu n'étais pas obligée de m'appeler, soupira Eylem.

— Cela n'a rien à voir avec toi, je te le promets.

— Alors qu'est-ce qu'on vient faire ici ? Je te connais, tu
aimes plus que tout traîner au lit le matin.

— Je n'en sais encore rien et je te promets que c'est la
stricte vérité.

— Tu promets beaucoup.

Maya regarda sa montre, on lui avait indiqué un lieu de
rendez-vous, mais pas d'heure. Le serveur leur apporta un
menu qu'Eylem s'empressa d'examiner.

— Excuse-moi une minute, dit Maya alors que son portable venait de vibrer dans sa poche.

Elle se réfugia dans le café, traversa la grande salle et s'enferma dans les toilettes pour consulter le message qu'elle venait de recevoir. Un court texto qui en disait long ; en le lisant elle eut une sueur froide :

Lastivka, tu avais senti juste.

Vitalik venait de confirmer ce qu'elle redoutait. Et s'il s'en tenait là, cela voulait dire que son smartphone était infecté. Au-dessus du lavabo, elle passa de l'eau sur son visage pour se calmer. Où et quand l'avait-on piégée ?

Le Pierre Loti, établissement presque centenaire, était resté dans son jus, la vieille cabine téléphonique en bois de merisier en attestait. Maya alla au bar pour changer en pièces les quelques billets de livres turques qu'elle avait sur elle. Si elle ôtait la carte SIM, ou éteignait son téléphone, elle risquait de se trahir. Elle le rangea dans son sac qu'elle posa à l'extérieur de la cabine avant d'appeler Vitalik.

— La ligne est sûre ? demanda-t-il.

— Aussi sûre que peut l'être une cabine dans un café, j'ai peu de monnaie, fais vite.

— Au moins, tu ne chercheras pas à me rectifier tout le temps. On te surveille, mais je ne peux pas t'assurer que c'est par ton portable. J'ai fait des tests, désolé d'avoir fouiné dans tes affaires téléphoniques. Tes appels sont relayés, car quand je l'active, le signal fait un écho, c'est indiscutable, mais j'ai eu beau passer ton appareil à la brosse fine je n'ai trouvé aucun virus. Et ça, c'est étrange.

— J'ai un mouchard sur moi ?

— En tout cas, pas actif au moment où tu me parles, je regarde l'activité de ton téléphone sur mon écran et il dort comme un nourrisson.

— Dans ma chambre d'hôtel ?

— Tu t'y trouvais quand je t'ai envoyé mon message ?

— Non, je suis loin du Pera.

— Alors, cherche dans ton sac, une briquet, une stylo, un tube de rouge à dents, tu as acheté des choses nouvelles récemment ? En tout cas, poubelle tout, et nous ferons d'autres tests. Lastivka, songe à changer d'endroit pour tes vacances, je peux t'organiser un séjour de voyage rapide.

— Impossible, je n'ai pas encore...

Maya entendit trois bips, elle chercha à la hâte des pièces dans sa poche, mais la communication était déjà coupée.

Elle sortit de la cabine, reprit son sac et rejoignit Eylem qui l'accueillit avec un grand sourire.

— C'est flatteur, on m'a prise pour toi.

— Comment ça, on t'a prise pour moi ? s'inquiéta-t-elle.

— Le garçon qui a servi les petits déjeuners, il m'a aussi remis ce pli en me demandant si j'étais bien Maya Mandel. Et comme tu es beaucoup plus jolie que moi, ça m'a flattée.

— N'importe quoi, répondit Maya en s'emparant de l'enveloppe qui ne comportait aucune inscription.

Elle y trouva une invitation pour un cocktail, le soir même à 18 heures, à l'Institut français.

— Quel garçon ? demanda-t-elle.

— Je ne le vois plus.

— Tu en es certaine ?

— Oui, pourquoi ? C'est un mot d'amour ?

Elle lui montra le carton.

— Une invitation pour une personne, c'est tout comme, soupira Eylem.

— Je t'appellerai en sortant, on se retrouvera quelque part.

— Qui te dit que je t'ai réservé ma soirée ?

Maya chercha à l'embrasser sur les lèvres, mais Eylem détourna le visage et le baiser atterrit sur sa joue.

— Tu pars déjà ?

— Pas le choix, à tout à l'heure, je te le promets.

— Arrête avec tes promesses, tu m'agaces.

Eylem empêcha Maya de régler l'addition et lui ordonna gentiment de s'en aller.

Maya redescendit la colline jusqu'à l'embarcadère d'Eyüp où elle attendit le bateau pour Eminönü.

La traversée durait vingt minutes. Profitant de la fraîcheur distillée par les eaux du Bosphore, elle s'accouda au bastingage pour réfléchir. À quel moment avait-on commencé à l'espionner et dans quel but ? Elle consulta ses messages et n'en trouva aucun qui la compromette.

Le pont de Galata approchait, le ferry accosterait bientôt au terminus. Elle fit l'inventaire de son sac, rien qui ne s'y trouvât déjà avant d'embarquer pour la Turquie, hormis un paquet de mouchoirs en papier et une boîte de pastilles à la menthe. Elle renonça à les balancer par-dessus bord. Mieux valait ne pas laisser entendre qu'elle se savait sur écoute. Pourquoi n'avait-on pas glissé directement l'invitation à ce cocktail sous sa porte à l'hôtel ? On devait savoir qu'elles étaient deux dans la chambre et on avait attendu qu'elle soit seule à la terrasse du Café Pierre Loti pour la lui remettre. Mais le messager s'était trompé sur la personne, elle n'avait donc pas affaire à un professionnel... Et pourquoi cette invitation au cocktail devait-elle rester confidentielle ? Quel piège cherchait-on à lui tendre ?

Maya balaya l'horizon du regard, le pont du ferry était désert, seul un couple de personnes âgées était monté avec elle à l'embarcadère d'Eyüp et ils étaient assis sur le pont inférieur. Elle rouvrit son sac et s'empara de la photo de l'enfant.

Qui était cette petite fille qui la mettait en danger ?

Le quatrième matin, à Londres

Ekaterina referma son ordinateur.

— À quelle heure part notre avion pour Rome ?

— Tu as changé d'avis ? demanda Mateo, en feuilletant nonchalamment le *Guardian*.

— Après ce que Janice vient de nous apprendre, difficile de ne pas changer d'avis. Je vais préparer mon sac, dit-elle.

Elle s'arrêta net et se retourna.

— Quelque chose me chiffonne. Baron interfère dans les élections en Norvège, il envisage de faire pareil en Italie, mais l'argent de ses opérations proviendrait des États-Unis. Pourquoi ?

Mateo repoussa le journal sur le bureau.

— L'argent qui a financé l'attaque prévue à Oslo, rien ne prouve encore que ce soient les mêmes sources qui servent ses projets à Rome.

— Néanmoins, reprit Ekaterina, songeuse… Un ancien membre des PSYOPS devenu ambassadeur des États-Unis. Un Premier ministre anglais aussi fraîchement nommé que lui. Robert Berdoch et Libidof, magnats de la presse populiste anglo-saxonne, l'un américain, l'autre d'origine russe. Kich, milliardaire ultraconservateur américain et lobbyiste des énergies polluantes. Vickersen, Garbage et Malaparti, trois dirigeants de partis d'extrême droite européens…

— Tu peux ôter Vickersen de ta liste.

— Thorek, son successeur, ce qui revient au même. Au cœur de cette nébuleuse, Baron, bien sûr, Ayrton Cash, un autre milliardaire anglais, et enfin, la JSBC, banque plus que louche cachée dans un paradis fiscal.

— Énoncé comme ça, je dois reconnaître…

— … qu'il y a derrière tout cela un projet plus vaste et qui nous échappe encore, enchaîna Ekaterina.

— Et si Baron n'était pas venu à Londres pour mettre en œuvre un nouveau plan, mais pour recueillir les fruits d'un travail déjà accompli ? Il trinquait avec Jarvis Borson. Qui nous dit qu'il n'a pas fait appel aux PSYOPS pour manipuler le vote qui a conduit l'Angleterre à se séparer de ses plus proches alliés ?

— Ce qui expliquerait aussi le conciliabule avec l'ambassadeur, reprit Ekaterina.

— Ou pire encore, ajouta Mateo. S'ils célébraient une victoire et préparaient le terrain des suivantes ? En Irlande comme en Écosse des voix s'élèvent pour demander le divorce d'avec Londres. S'il se produit, c'en est fini du Royaume-Uni. La Grande-Bretagne est la tête de pont entre l'Amérique et l'Europe. Isolée, son territoire et sa population divisés, elle ne pèsera plus rien sur l'échiquier mondial.

— Pour le Brexit, admettons, reprit Ekaterina. Jarvis a joué son avenir politique sur la division du pays, mais quel serait l'intérêt du PM anglais de pousser le suicide jusqu'à la désagrégation du Royaume-Uni ?

— Aucun, à moins qu'il ne serve des intérêts qui lui importent plus que son propre pays.

— Lesquels ? demanda Ekaterina. Qu'est-ce qui relie tout ce beau monde ?

— *Ekaterina était la seule à avoir suspecté ce qui se tramait ?*

— Personne ne peut lui enlever ce mérite ; elle a été la première de la bande à en comprendre l'ampleur.

— *Mais encore ?*

— Une assemblée de fauves avait décidé du nouvel ordre du monde.

Des prédateurs, puissants, dépourvus de sens moral, installant le chaos et avançant en rangs serrés pour avaler leurs proies, sans qu'aucune ne leur échappe. Mateo, qui prêtait toujours une grande attention aux propos d'Ekaterina, comprit à son tour. Il décida d'accélérer leur départ pour Rome, afin de traquer Baron… et de s'équiper d'un matériel autrement plus performant que celui qu'ils avaient utilisé à Oslo. On ne chasse pas les grands prédateurs avec les mêmes armes que le petit gibier.

CAFE PIERRE LOTI

24.

Le quatrième jour, à Madrid

Prise d'un haut-le-cœur, Cordelia s'était précipitée dans la salle de bains.

Diego s'était posté derrière la porte, prêt à lui venir en aide, bien qu'il fût aussi ébranlé qu'elle. À qui appartenait le corps retrouvé dans le canal ? Aux dires du policier, la victime était dans un tel état que seule la carte d'un club de gym retrouvée dans la poche de son blouson avait permis une identification préliminaire. Mais il devait venir la reconnaître pour confirmation.

Des blousons, Cordelia en possédait trois, un en cuir, un autre en jean et un en daim. Le flic n'avait pas précisé. Sa carte du club de sport était posée sur la console de l'entrée, quand elle avait quitté Londres, elle en était certaine, alors comment avait-elle atterri dans les eaux sombres du Regent Canal ? Un cambriolage ? L'agent de Scotland Yard n'en avait pas fait état... La seule explication possible l'avait précipitée au-dessus de la cuvette des toilettes.

Elle ressortit, les yeux rougis, Diego lui fit avaler un verre d'alcool fort et la serra dans ses bras.

Des cris d'enfants éclatèrent dans la rue et la firent sursauter. Cordelia se rendit sur le balcon, l'atmosphère était suffocante, mais la vision des gamins se chamaillant dans le square lui apporta un certain réconfort... Voir la vie quand on ne pense plus qu'à la mort.

Penny Rose ne lui aurait jamais volé un blouson. Et elle n'était pas sportive pour deux sous. Cordelia se raccrochait à cela comme à une bouée de sauvetage. Comment supporter l'idée qu'elle ait perdu la vie à cause d'elle ? Et puis Penny Rose était débrouillarde, avec son caractère d'Irlandaise elle ne se serait sûrement pas laissé faire !... Mais c'était peut-être pour cela justement que son visage était méconnaissable. Elle était la bonté incarnée, impossible avec un cœur si gros de finir comme un poisson crevé dans un canal...

Diego n'irait pas la reconnaître. C'était à elle qu'il revenait de le faire, à elle de lui fermer les yeux, de dire une prière... et demander pardon.

Diego lui assura qu'elle n'y était pour rien. Des crimes, il s'en produisait chaque jour dans les grandes villes, surtout à Londres où depuis quelque temps on se faisait poignarder pour un paquet de cigarettes. Son amie avait dû lui emprunter des affaires pour aller traîner on ne sait où, et elle s'était fait agresser. Et puis rien ne certifiait encore que ce soit bien elle.

Mais sa voix sonnait faux, elle savait qu'il n'en pensait pas un mot. Au moins, avait-il ajouté, si on la croyait morte, Cordelia n'était plus en danger, pour le moment en tout cas, et ça, au moins, c'était une bonne nouvelle.

— Qu'est-ce que je vais raconter à la police ? demanda-t-il.

Elle se jeta sur lui pour le frapper à la poitrine. Si Penny Rose était morte, plus rien n'était une bonne nouvelle ! Elle aurait voulu se téléporter dans la cour de son immeuble, ôter la brique de la cachette, récupérer ses clés avec les 20 livres, soulagée que sa protégée ne soit pas venue s'occuper de son appartement !

Et quand bien même Penny Rose s'y serait installée, pour se mettre à l'abri d'un toit, dormir dans un vrai lit, prendre un bain et manger à sa faim en ayant juste à se servir dans le frigo comme elle le lui avait offert, elle n'aurait jamais ouvert la porte à un inconnu. Pourquoi Diego n'avait-il pas eu la présence d'esprit de demander où s'était produit le crime ?

Diego lui saisit les mains et la serra contre lui. Ils allaient s'en sortir, tout ça n'était qu'un cauchemar. Il se rendrait à Londres et s'occuperait de tout, elle n'aurait qu'à l'attendre ici, et pendant son absence, si elle en avait envie, elle pourrait réarranger son appartement.

Cordelia s'abandonna dans les bras de son frère, elle posa la tête au creux de son cou et pleura Penny Rose, espérant encore la surprendre à jouer de la guitare dans les allées du marché de Camden.

*

Une heure s'était écoulée depuis l'appel de Scotland Yard. Terrassée par une migraine, Cordelia alla s'allonger dans la chambre. Diego lui appliqua un linge humide sur le front.

Pendant qu'elle se reposerait, il passerait au restaurant informer son chef qu'il allait s'absenter deux jours. Il en profiterait pour acheter tout ce dont elle aurait besoin, appellerait Juan, l'ami qui leur avait prêté la moto, et lui demanderait de veiller sur elle en son absence.

Il laissa la porte de la chambre entrebâillée, prit ses clés et son casque, et promit de revenir dans les deux heures tout au plus.

*

Diego tint sa promesse. Mais à son retour, il trouva l'appartement vide, et un mot de Cordelia, posé sur l'oreiller.

Mon Diego,

C'est à moi d'aller à Londres. Ne t'inquiète pas, Chiquito, et ne cherche pas à me rejoindre, je t'en supplie. Je t'appellerai dès mon arrivée. J'ai besoin de comprendre ce qui s'est passé et je ne veux pas que tu ailles voir la police avant. Nous irons leur parler ensemble, plus tard. En attendant, veille sur Flores, et surtout vérifie que la remontée des données de nos congressistes continue de s'opérer comme prévu. Pense bien à sauvegarder tous les fichiers. Nous nous retrouverons le moment venu, mais pour l'instant reste ici, et surtout continue de t'occuper de notre mission.

Ta sœur qui t'aime.

*

Le quatrième jour, à Tel-Aviv

Le rendez-vous avec Noa avait grisé Janice. L'idée de pénétrer à nouveau les arcanes de la banque JSBC la mettait dans un état d'exaltation extrême. Au journal, les connexions informatiques n'étaient pas suffisamment sécurisées ; elle aurait pu user du réseau Wi-Fi de la résidence, mais elle s'y était connectée la veille et craignait, à trop traîner dans les parages, que quelqu'un finisse par s'inquiéter de sa présence. Elle sauta dans un bus et profita du trajet pour réfléchir au moyen le plus sûr d'opérer. Elle allait dérouter ses communications vers des serveurs distants de Tel-Aviv et hautement sécurisés. Et pour cela, elle savait à qui faire appel.

Le bus approchait de sa station, Janice chercha ses clés au fond de son sac, comme toujours ; sans succès, comme souvent. Alors, elle fouilla les poches de sa veste et trouva un mouchoir en papier. Elle allait le jeter quand, prise d'un doute, elle le déplia.

Jamais elle n'aurait imaginé qu'un vieux Kleenex puisse être aussi précieux. Noa s'était arangée pour lui transmettre les références du virement sans qu'elle s'en aperçoive. Elle se sentit presque coupable en pensant aux risques que son amie avait pris pour exfiltrer une telle information du bureau des armées.

En descendant du bus, elle courut jusque chez elle et tambourina à la porte pour que David quitte son atelier et vienne lui ouvrir.

— Tu es une plaie vivante, rouspéta-t-il en l'accueillant.

321

— Quand tu en auras fini avec tes amabilités, tu pourrais me rendre un immense service ?

— Il me semble que je viens de le faire en interrompant mon travail.

— David, supplia Janice en posant son sac, c'est vraiment très important.

Il releva un sourcil et la toisa de pied en cap.

— Bon, suis-moi jusqu'à l'atelier, tu m'expliqueras de quoi il retourne pendant que je peins, et nous ferons comme si tu ne me dérangeais pas.

Personne n'était autorisé à pénétrer dans son antre, mais sous ses airs innocents, David, qui mettait la dernière touche à un portrait en pied, sommet de son œuvre, comptait éblouir son amie.

Il reprit place devant son chevalet, s'empara d'un pinceau fin et ajouta un soupçon de rouge, guettant une réaction. Mais Janice avait les yeux et l'esprit ailleurs.

— Je t'écoute, lâcha David d'un ton détaché.

— Tu es toujours en bons termes avec ce type qui habite au-dessus de l'épicerie au coin de la rue ?

— Je ne connais pas de type ! répondit-il, agacé.

— Mais si, plutôt bel homme, la trentaine, un vieux scooter Vespa, il se promène toujours avec un chapeau de paille sur la tête, porte des chemises hawaïennes et...

— Qui t'a parlé de lui ? l'interrompit David.

— Toi, qui d'autre ?

— Eh bien je n'aurais pas dû, c'est du passé. Et puis mes relations sentimentales ne te regardent pas.

— Sauf quand tu es triste à crever. Mais ce qui m'intéresse ce sont les cartes de téléphone qu'il vend sous le manteau, tu te vantais de fréquenter un voyou.

— Peut-être... mais il ne s'agissait que d'une passade, l'histoire d'un soir, enfin, de quelques soirs.

— Quelques semaines, rectifia Janice. Et des mois pour t'en remettre.

— Eh bien tu as la réponse à ta question. C'est non !

Janice n'ajouta pas un mot, sachant pertinemment que rien n'agacerait plus David que son silence. À ce petit jeu, elle était sûre de gagner, il n'avait aucune patience.

— Alors ? soupira-t-il en reposant son pinceau.

— Tu pourrais le contacter ? J'aimerais lui en acheter une, son prix sera le mien. Enfin, si tu peux t'arranger pour qu'il ne me ruine pas, je t'en serai d'autant plus reconnaissante.

— Mais je me contrefiche de tes cartes de merde, je te parle de mon œuvre !

Janice écarquilla les yeux et s'approcha du tableau, une huile sur toile d'un mètre cinquante sur un mètre représentant une femme sur une chaise longue. Les couleurs chaudes révélaient la joie que les traits du visage ne laissaient pas paraître. Le rouge vif de la bouche donnait au personnage une sensualité explosive. À l'arrière-plan, une terrasse surplombait un paysage à l'horizon délimité par une mer d'un bleu plus intense que celui du ciel qui occupait la moitié de la toile.

— Magnifique ! s'exclama-t-elle.

— N'en fais pas des caisses, tu n'en penses pas un mot.

— Si je n'aimais pas, je te le dirais. C'est superbe. Qui est cette ravissante créature ?

— Toi !

Janice mit sa main devant la bouche, se retenant de rire.

— Bon, va-t'en, tu m'insupportes.

— C'est-à-dire... je suis très nue.

— Tu n'es pas très habillée quand tu prends le soleil dans le jardin !

Janice acquiesça.

— Rien à dire, c'est remarquable, on dirait un Matisse.

— Une comparaison est toujours désobligeante pour un artiste, mais soit. Il te plaît vraiment ?

— Je te le répète, c'est éblouissant.

— Combien d'unités sur la carte ? soupira David.

— De quoi communiquer une heure avec l'étranger.

— Et il te faudrait ça quand ?

— Maintenant.

— Bon, je vais voir ce que je peux faire. Mais sache qu'il m'en coûte énormément, ajouta David en quittant l'atelier.

Elle entendit le bruit d'une conversation derrière la porte, un murmure qui se transforma en éclats de voix, puis de rire. David revint quelques instants plus tard.

— Tu as de la chance, il est chez lui. Tu peux aller récupérer ta carte à l'épicerie. Il t'en coûtera 350 shekels, autant dire presque rien. Tu trouveras de l'argent dans la boîte en métal sur l'étagère au-dessus de l'établi ; je suppose que tu n'as pas un rond sur toi. Si tu me rembourses un jour, tu ajouteras 100 shekels, j'étais bien obligé d'inviter mon ami à dîner pour le remercier de cette faveur.

Janice bondit et l'embrassa de toutes ses forces. Puis elle se hissa sur la pointe des pieds pour attraper la boîte, prit

400 shekels en promettant à David de lui rapporter des cigarettes, avant de se retourner sur le pas de la porte.

— Je me demande si tu n'as pas été un peu flatteur sur
ma poitrine.

— Sors d'ici ! hurla David.

Le temps de courir jusqu'au bout de la rue, de récupérer
la carte SIM et de revenir, Janice l'insérait dans son portable
et appelait un numéro dans la banlieue de Kiev.

*

— Mais qu'est-ce que vous avez tous en ce moment ? s'inquiéta Vitalik.

— Pourquoi me dis-tu ça ?

— Si tu m'appelles sur ce genre de ligne, c'est que tu as
un problème... ou besoin de quelque chose que mes services
peuvent te rendre.

Janice expliqua son projet à Vitalik. Elle lui communiqua
la séquence de chiffres et de lettres du virement.

— Tu veux que je fasse intrusion dans le serveur d'une
banque d'affaires et que je retrace l'origine d'un transfert
d'argent vers une société basée à Londres ?

— C'est exactement ça.

— Mais Metelyk, ce n'est pas une chose qui se fait le
temps de manger un rogalykys. C'est complexe, pour entrer
dans la place, il faut trouver leur chaînon faible.

— Pas besoin, j'ai déjà accès à une porte dérobée dans
leurs serveurs.

— Alors moins difficile, mais pas facile.

— Et j'avais placé un virus de type Conficker resté indétecté.

— Tu as couché avec le caissier de la banque ?... D'accord, je vais regarder ce que je peux réussir. Mais pas question que tu sois connectée en même temps. Dans ce genre d'exploit, Vitalik travaille toujours en solo.

— Ce n'est pas vrai, on a fait bien pire ensemble... Et je connais leurs défenses mieux que quiconque ; en cas de problème, je pourrai te guider.

— Vitalik n'a pas besoin de guide, laisse-moi travailler. Par quel moyen es-tu entrée la première fois dans leur système ?

— J'ai appliqué la bonne vieille technique de la clé USB perdue sur le parking. Je me suis rendue sur l'île de Jersey et j'en ai abandonné une dizaine entre des voitures. Il a suffi d'une journée pour qu'un de leurs employés en trouve une, morde à l'hameçon et la connecte à son terminal pour voir ce qu'elle contenait.

— C'est dingue que ce truc marche encore.

— Et il marche à chaque fois... Bon, je configure mon ordinateur et je te donne le signal.

— Et si j'étais très occupé en ce moment, tu dirais s'il te plaît ?

— Je te connais par cœur, tu es encore plus excité que moi par ce petit hack, tu as déjà les doigts sur ton clavier.

— J'attends ! répondit Vitalik.

— S'il te plaît...

Vitalik lâcha un petit râle de plaisir. Janice connecta son ordinateur au téléphone dans lequel elle avait installé la puce intraçable. Par prudence, elle fit transiter la liaison par un serveur en Inde, puis par un autre en Allemagne et enfin un dernier en Russie. Si les services de sécurité informatique de la JSBC détectaient l'intrusion, ils concluraient à une attaque engagée depuis les pays de l'Est. Vitalik n'avait pas besoin de préparation particulière, son bureau était une véritable forteresse électronique.

*

À 15 heures GMT, deux avions se croisèrent dans le ciel de Paris. L'un volait vers le Sud, Ekaterina et Mateo se poseraient dans moins de deux heures à Rome ; l'autre se dirigeait vers Luton, dans la banlieue de Londres, où Cordelia arriverait dans une heure.

Depuis Kiev et Tel-Aviv, une attaque informatique s'opérait contre les serveurs d'une banque située dans les îles Anglo-Normandes.

À Istanbul, Maya courait le long du Bosphore en tenue de jogging, en quête d'un plan B pour se sortir de ce qui ressemblait clairement à un piège.

LA MAISON
DE JANICE

LE MARCHÉ
DE CAMDEN

25.

Le quatrième jour, à Londres

Inquiète, Cordelia avançait dans la file de contrôle des passeports. En quittant Madrid, elle avait supposé que la police ne l'aurait pas déclarée morte tant que le corps retrouvé dans le canal n'aurait pas été formellement identifié. Dans le cas contraire, il serait difficile d'expliquer sa situation à l'officier de l'immigration. Elle s'efforça d'adopter l'air le plus détendu possible alors qu'il examinait sans broncher ses papiers, avant de la laisser entrer sur le territoire britannique.

Un bus, puis un train la menèrent à la gare de St Pancras où le souvenir de sa course folle dans une autre gare la fit frémir.

Elle s'engouffra dans le métro à la station de Mornington Crescent, prit la Northern Line et ressortit à Camden Town.

Sac à l'épaule, elle parcourut le marché à la recherche de Penny Rose. Au son d'une guitare, elle se rua dans l'allée des antiquaires, avant d'interrompre brutalement sa course en entendant les premières paroles de « Yesterday » chantées par un homme.

Deux heures durant, elle mena son enquête, interrogeant les marchands qu'elle connaissait, les employés de la voirie, deux policiers en faction, demandant à chacun s'il avait aperçu son amie aujourd'hui.

La serveuse d'un restaurant de quesadillas, qui offrait de temps à autre un repas gratuit à Penny Rose, lui répondit l'avoir vue pour la dernière fois trois jours plus tôt. Cordelia poursuivit son chemin vers West Yard, traversa la brocante et longea le canal en criant le prénom de Penny Rose. Un clochard s'approcha d'elle et l'agrippa par le bras.

— Qu'est-ce que tu lui veux à la petite ? demanda-t-il, l'haleine fétide.

— Vous l'avez croisée ? questionna Cordelia.

— Possible, répondit l'homme.

Elle lui tendit un billet de 5 livres.

— Hier, je crois bien qu'elle traînait près du château des pirates.

Cordelia connaissait l'endroit, elle pouvait le voir depuis ses fenêtres, sur la berge opposée du canal en face de son immeuble. Réplique miniature d'un château fort flanqué d'un donjon, de meurtrières et de remparts. Le château des pirates était une plaisanterie de l'architecte Richard Steifer, qui l'avait édifié au début des années 1970 en plein quartier des docks. Il hébergeait aujourd'hui une association pour enfants.

Penny Rose grimpait parfois au chemin de ronde, s'asseyant entre deux parapets pour jouer de la guitare.

Cordelia remercia le clochard et traversa le pont-levis en courant. Elle arriva essoufflée en haut du donjon. Penny Rose n'y était pas. Elle jeta un regard vers les fenêtres de son appartement et s'aperçut que les voilages avaient été tirés depuis son départ. Probablement par les inspecteurs de Scotland Yard. À moins que Sheldon ait envoyé ses hommes de main, comme l'avait envisagé Diego.

La nuit n'allait plus tarder à tomber, Cordelia décida d'arrêter ses recherches. Elle rebroussa chemin et se faufila dans la cour du 60 Oval Road. Elle repoussa le container à poubelles, prenant bien garde de ne pas faire grincer ses roues, et retira la brique qui se trouvait derrière. Le double de ses clés et le billet de 20 livres n'étaient pas dans leur cachette.

Cordelia prit une longue inspiration avant d'entrer dans le hall. Elle emprunta l'escalier de service et découvrit en arrivant sur son palier le ruban bleu de la police portant la mention « Accès interdit », qui barrait sa porte fracturée.

Elle passa en dessous et pénétra dans la pénombre de l'appartement.

Elle alluma la lampe torche de son portable avant de s'aventurer plus avant. Le salon était sens dessus dessous, les tiroirs du buffet avaient été retournés et leur contenu jeté à terre. Ce n'était pas le résultat d'un cambriolage, les seuls objets de valeur qu'elle possédait, deux bougeoirs en argent massif hérités de ses parents, trônaient encore sur le comptoir du coin cuisine. La porte du réfrigérateur était entrouverte, les placards avaient été vidés par des mains peu délicates, des éclats de verre brillaient dans le faisceau de sa lampe. Dans la chambre, le matelas et les oreillers avaient été éventrés. La police n'aurait jamais mis son appartement dans un tel état. Les inspecteurs de Scotland Yard l'avaient-ils trouvé ainsi ? Avaient-ils prévenu Diego ou attendaient-ils sa visite ? Elle retourna dans le salon, avança vers la baie vitrée et renonça à ouvrir les voilages, au risque de signaler sa présence à un éventuel guetteur. La sacoche avait disparu. Heureusement, elle avait placé son contenu en lieu sûr. Enfin, « heureusement », peut-être pas, songea-t-elle. Si ceux qui avaient saccagé les lieux avaient récupéré l'argent, le corps d'une jeune femme n'aurait peut-être pas été retrouvé dans le canal. Cordelia se dirigea vers la penderie. Ses affaires étaient entassées au sol. Elle les fouilla fiévreusement, trouva le blouson en cuir, celui en daim, mais pas celui en jean. Elle balaya la chambre du regard et aperçut au pied du fauteuil, près de la fenêtre, la guitare de Penny Rose.

Elle s'agenouilla devant l'instrument et fondit en larmes.

Soudain, on la saisit par les cheveux et on la tira brusquement en arrière.

Elle reçut une gifle magistrale, puis un coup de poing au ventre, qui la fit se plier en deux. Elle tenta de se défendre, de griffer son agresseur au visage, mais il la projeta violemment en arrière. Sa tête heurta le mur et elle perdit connaissance.

Le quatrième jour, à Kiev et à Tel-Aviv

Janice et Vitalik communiquaient par écrans interposés.

— C'est bon, Metelyk, je suis dans la place, ne touche à rien.

— Je te vois progresser comme si j'étais dans ce serveur.

— Alors regarde et ne sème pas la pagaie dans mes prouesses.

— On dit pagaille.

— Toi aussi tu vas passer ton temps à me corriger ?

— Qui d'autre s'acharne à t'apprendre à écrire correctement ? Tu veux me rendre jalouse ? Tu n'as pas d'autre Metelyk, j'espère ?

— Non, je n'ai que toi. Maya, je l'appelle Lastivka.

— Tu as eu de ses nouvelles ? Mateo cherche à la joindre…

— Vitalik sait, il m'a demandé aussi.

— Et tu as pu le renseigner ?

— S'il cherche à lui entretenir il est très grand pour le faire lui-même. Vitalik a une règle, les affaires de Maya concernent Maya, celles de Mateo, Mateo et celles de Metelyk, pareil.

— Tu voudras bien me dire un jour ce que signifie Metelyk ?

— Que tu es en train de distraire mon esprit à un moment crucial.

Janice releva les doigts de son clavier, un court instant seulement. Cédant à l'impatience, elle tapa :

— Qu'est-ce que tu fais ? Les lignes de code ne bougent plus.

— J'installe une petite merveille technique, un rootkit de ma fabrication avec lequel nous allons prendre le contrôle de toutes les opérations de cette banque. Si tu as des dettes, c'est le moment ou jamais, je peux t'enrichir de ce dont tu as besoin, dollars, euros, shekels, tu n'as qu'à demander.

— Nous ne sommes pas là pour ça, et puis ce genre de hacks appartient au passé.

— Parle pour toi, Metelyk, mais c'est comme tu désires. Bon, le rootkit est installé. Je viens de t'envoyer les codes d'accès, je ne suis pas égoïste, mais la prudence exige que l'on se carapate. Nous reviendrons demain.

— Je ne peux pas attendre demain.

— Tu le dois ! Je t'offre un exploit formidable, ne gâche pas tout. Attendons de voir si on nous a repérés. Demain, nous serons tranquilles. Et puis j'ai une tactique épatante à te proposer, Vitalik ne repart jamais les mains vides. Étudie le dossier que je viens de te faire suivre, nous reparlons plus tard, j'ai d'autres occupations que toi.

Vitalik coupa la communication. Janice ouvrit sa boîte mail et trouva les deux documents qu'il lui avait adressés. Elle les décrypta aussitôt, et comprit l'ingéniosité du plan imaginé par son ami ukrainien : isoler, parmi les données collectées, toutes celles qui gravitaient autour du deuxième transfert suspect. Découvrir, si ces virements se répétaient, s'il existait un protocole, et dans cette éventualité chercher la moindre opération qui y aurait dérogé. Un hackeur cherche toujours une faille, le moment où sa proie a baissé la garde, le fruit d'une erreur, le maillon faible. Pourquoi s'attaquer à un mur si l'on peut passer par une fenêtre ?

Janice se remémora une obsession d'Ekaterina lors d'un hack qui les avait réunies. Tout avait commencé un matin au siège d'*Haaretz*, lorsque Efron était entré furieux en salle de réunion. Après avoir jeté sur la table l'édition du jour du *New York Times*, il avait clamé que les nouveaux ayatollahs de l'Amérique œuvraient à ramener leur pays un siècle en arrière. Janice s'était emparée de l'article, découvrant la photo d'un sénateur américain ultraconservateur qui venait de faire passer une loi interdisant l'avortement dans son État, y compris en cas de viol ou d'inceste. Les médecins contrevenants encouraient jusqu'à quatre-vingt-dix-neuf ans de prison. Le parlement de l'Alabama avait ratifié le texte la veille. Le gouverneur n'avait plus qu'à signer pour qu'elle entre en application. Janice avait contacté Ekaterina le soir même pour lui proposer une opération punitive à l'encontre dudit sénateur qui avait fièrement déclaré : « Quand Dieu a créé le miracle de la vie dans le ventre d'une femme, l'homme n'a aucun droit de s'y opposer. »

L'homme peut-être pas, mais la femme certainement !

avait répondu Ekaterina, avant d'accepter la proposition de Janice.

Deux semaines de surveillance du sénateur et de son entourage avaient permis de faire émerger des courriels confondants. Le dirigeant d'une association pro-vie était le seul auteur de cette législation digne de *La Servante écarlate*. Et il avait versé de larges subsides au sénateur pour financer sa réélection.

Les boîtes mail de la famille du sénateur révélèrent que de chrétienté, le bon samaritain n'avait qu'un vernis. Quelques années plus tôt, il avait envoyé sa fille au Canada mettre un terme à une grossesse non désirée.

Le lendemain de la publication des résultats de leur hack, le sénateur avait démissionné et sa loi faisait depuis l'objet d'un appel devant la Cour suprême où elle avait de bonnes chances d'être annulée.

Au cours de cette opération, Ekaterina avait maintes fois répété à Janice : « Même si tu ne sais pas ce que tu cherches, cherche-le avec méthode. » Appliquant ce conseil à la lettre, Janice finit par découvrir dans le dossier de Vitalik une société dont le nom lui était connu. Dérogeant aux ordres de son ami, elle s'infiltra à nouveau dans les serveurs de la JSBC, se servant du rootkit qu'il avait introduit. Elle isola les opérations de BlackColony Capital, l'un des plus gros fonds d'investissement au monde, impliqué dans des financements occultes et grand argentier du parti républicain américain.

Avant d'informer Vitalik de sa découverte, elle décida de la partager avec Noa. Elle lui envoya un SMS, pour l'informer que la santé de sa grand-mère s'était améliorée et qu'elle aimerait beaucoup avoir de ses nouvelles.

Elle attendit sa réponse qui arriva une heure plus tard.

— J'ai dû raconter que j'allais acheter un paquet de chewing-gum, râla Noa qui appelait Janice depuis une cabine téléphonique, tu vas finir par m'attirer des ennuis. Qu'est-ce qu'il y a ?

— Au cours des dix derniers mois, BlackColony Capital a transféré 5 millions de dollars sur le compte d'Oxford Teknika, la prétendue société de marketing touristique dont tu m'as parlé. Tu crois aux coïncidences ?

— Comment as-tu obtenu cette info ? Ton indic est mouillé dans cette affaire, ce n'est pas possible autrement !

— Ne perdons pas de temps ! Dois-je conclure que je ne t'apprends rien ?

— Nous suspections qu'ils étaient à l'origine de ces virements.

— Qui ça, « ils » ?

— Un portefeuille de 7,5 trilliards de dollars n'est pas géré par un seul homme. Fais tes devoirs avant de me déranger. Maintenant, si tu veux que notre collaboration se poursuive, envoie-moi tout ce que tu as découvert, sinon je te jure que c'est mon dernier coup de fil.

— Je récupère les listings des transactions et je te les apporte en main propre, c'est plus sûr.

— OK, je verrai ce que je peux trouver de mon côté. J'ai un dîner ce soir, avec un homme qui me plaît, je n'ai pas envie d'annuler. Tu n'as qu'à passer chez moi vers 22 heures, je te laisserai un double des clés dans le grand pot de fleurs en bas des escaliers… au cas où je tarde un peu. Et si tu arrives la première, épargne-moi tout commentaire sur le foutoir qui règne dans mon appartement. Va savoir pourquoi, je n'ai pas eu une seconde à moi depuis deux jours !

— Noa, qu'est-ce que tout cela cache ? Ça fait peur.

— Nous en parlerons plus tard.

Noa raccrocha et s'éloigna de la cabine. En rentrant à son bureau, elle s'arrêta devant l'étal d'un marchand ambulant, acheta des chewing-gums et un paquet de cigarettes Noblesse pour son commandant.

Janice marchait nerveusement dans son salon, elle retourna à son ordinateur et informa Mateo et Ekaterina qu'elle avait du nouveau.

Le quatrième jour, à Rome

Mateo indiqua au chauffeur de s'arrêter devant l'église Sant'Apollinare. Passé ce carrefour, la circulation devenait impossible. Il entraîna Ekaterina dans la via Agonale. Elle s'émerveilla en découvrant la perspective de la Piazza Navona qu'ils traversèrent ensemble et s'arrêta pour admirer la fontaine del Moro. C'était son premier voyage à Rome. Des Tritons perchés sur le bassin intérieur soufflaient dans des doubles conques, de magnifiques sculptures crachaient de l'eau autour de la statue en marbre d'un Maure aux prises avec un serpent…

— Nous avons beaucoup à faire, rappela Mateo.

Ekaterina ne lui répondit pas et marcha vers la fontaine dei Fiumi au centre de la place, un obélisque entouré de quatre splendides divinités…

— C'est le pape Innocent X qui l'a dessinée, raconta-t-il, chaque statue représente la rivière majeure des quatre continents connus au début du XVIIᵉ siècle. Allons-y, nous ferons du tourisme un autre jour.

Mateo la conduisit à travers une ruelle étroite qui débouchait sur la via Della Pace. Il s'arrêta pour lui offrir une glace et lui fit traverser le Tibre sur le pont Umberto I. Peu après, ils arrivèrent au pied d'une villa romaine sur la via Ezio.

Ekaterina leva les yeux pour observer les géraniums et les bougainvilliers qui foisonnaient dans un désordre éblouissant sur une terrasse au premier étage.

— Tu vis dans ce palais ? demanda-t-elle.

— Ce sont mes bureaux, répondit Mateo en poussant la lourde porte cochère en bois sculpté.

Leurs pas résonnaient dans la volée d'un grand escalier qu'éclairait un lampion doré. Ekaterina se sentit transportée quatre siècles en arrière. Elle imagina des serviteurs en livrée accueillant les invités, les femmes vêtues de robes de soie brodées d'or et d'argent, les courtisans en habits garnis de dentelles et pourpoints aux couleurs éclatantes.

Arrivé sur le palier du premier, Mateo lui céda le passage. En entrant, Ekaterina découvrit un grand espace ouvert dont la modernité contrastait avec l'apparence de la villa. Des cloisons vitrées abritant des serveurs aux diodes scintillantes divisaient géométriquement les lieux, des faisceaux de câbles couraient sur le sol. Écrans et claviers s'alignaient sur de longues tables. Une cinquantaine de jeunes femmes et hommes s'activaient derrière leur poste de travail, échappés du monde ; aucun d'eux ne leur prêta attention.

— Bienvenue dans la ruche, annonça Mateo. Allons dans mon bureau, nous serons plus au calme.

Ils traversèrent l'open space et Ekaterina aperçut à travers une cloison vitrée une autre pièce aussi vaste que la première, occupée par autant d'employés.

— Vous êtes nombreux !

— Deux cents, répartis sur trois étages.

Le bureau de Mateo lui parut plus modeste, deux fenêtres éclairaient une pièce au mobilier minimaliste. Il ouvrit une armoire et tendit un ordinateur portable à Ekaterina.

— Tiens, il est pour toi.

— Le mien me convient très bien.

— Ce modèle est très particulier, je pense qu'il va beaucoup te plaire.

— Ah oui ? Et pourquoi ?

— Il y a des méthodes plus rapides pour faire un hack que la voie logicielle... sur laquelle je n'ai rien à t'apprendre. En intervenant directement sur le matériel par exemple. Tous les smartphones sont équipés d'un accéléromètre. Chaque fois qu'on les prend en main, ils émettent une fréquence propre à leur positionnement dans l'espace. Il suffit d'être à proximité et d'enregistrer ces fréquences, puis de les reconnaître via une petite application pour obtenir le code de déverrouillage tapé par l'utilisateur.

— Quoi ? Tu es en train de me dire qu'avec l'ordi que tu veux m'offrir, tu t'installes tranquillement à l'intérieur d'un café et, au moment où un type assis pas trop loin de toi tape le code de son smartphone, tu le chopes, comme ça ?

— Oui, je suis heureux que mon cadeau te plaise, s'enthousiasma Mateo. Ce genre d'attaques s'appelle des side channels.

Ekaterina fit une moue incrédule, à la hauteur de son agacement.

— Et... avant que j'aille risquer ma peau dans ce café d'Oslo, l'idée de me parler de tes side channels te semblait superflue ?

— Au contraire, bafouilla Mateo, c'est même pourquoi je t'avais proposé de prendre le relais si le temps n'était pas favorable.

— Il a bon dos, le temps !

Mateo l'entraîna par la main.

— Viens, dit-il, tu n'es pas au bout de tes surprises.

Ils traversèrent la ruche en sens inverse et s'arrêtèrent au bout d'un long couloir, devant une porte blindée que Mateo déverrouilla avec son badge. Ekaterina entra dans un véritable laboratoire.

Sous la lentille d'un microscope posé sur un établi au centre de la pièce, elle remarqua une plaque en silicone reliée à une boîte noire par un faisceau de fils électriques.

— Qu'est-ce que c'est ? demanda-t-elle, piquée par la curiosité.

— Un équipement qui permet de percer les secrets d'un coprocesseur. Encore faut-il l'avoir subtilisé à son propriétaire. Mais admettons que ce soit chose faite...

— Dis donc, je croyais que tu travaillais dans les réseaux sociaux.

— Ça, c'est la boîte que j'ai cédée à FriendsNet, elle occupe les deuxième et troisième étages de cette maison. Au premier, je suis encore chez moi. Ici, nous concevons des outils de sécurité informatique de pointe, destinés notamment à la protection des portefeuilles de cryptomonnaies.

— Tu pirates ou tu sécurises ?

— Les deux relèvent du même état d'esprit, non ? Celui qui a fait de nous ce que nous sommes. Depuis le premier jour où, penchés sur un ordinateur, fascinés par le pouvoir que l'on pouvait en tirer, il a fallu choisir comment l'utiliser... jusqu'à rejoindre le Groupe 9. Combien as-tu fait de hacks au début, pour le seul plaisir de percer les murs d'une forteresse, pour la beauté du geste, par défi, pour montrer à ton adversaire que tu étais plus forte que lui ?

— Le hack a sa noblesse, enfin selon l'usage que l'on en fait.

— Moi, j'ai toujours vu cela comme un tournoi d'échecs où, à chaque mouvement, les champions se mesurent à l'intelligence de leur adversaire. Ici, nous développons des systèmes de protection et, dès qu'ils sont aboutis, nous faisons tout pour les hacker, pour identifier leur faille, car il y en a toujours une, tu le sais bien. Alors, nous œuvrons à la corriger avant qu'un autre hackeur la trouve. C'est cette longueur d'avance sur l'adversaire qui permet de gagner la partie.

— Je savais que tu n'étais pas un type normal, Mateo. Je le suspectais depuis des années derrière mon écran, mais j'en ai eu la certitude quand je t'ai rencontré sur ce ponton à Ljan. Je crois même que c'est ce qui m'a plu chez toi. Bon... explique-moi ce que l'on peut tirer de tes merveilles de technologie, voilà longtemps que je n'ai pas été aussi excitée, s'enthousiasma Ekaterina.

— Très bien, alors pour mettre un peu de légèreté dans la journée, mets-toi dans la peau de Bond et prête toute l'attention qu'il donne à son fidèle Q... même quand il ne comprend rien à ce qu'il lui explique.

Mateo sourit, ouvrit un tiroir sur l'établi, choisit un composant électronique et le plaça sous la lentille du microscope.

— Un coprocesseur est cadencé au rythme d'une horloge interne, grâce à un cristal de quartz qui envoie des impulsions, dès lors qu'il est soumis à un courant électrique. À chaque top d'horloge, le coprocesseur exécute une action, correspondant à une instruction. Ces instructions sont classées en catégories. Sommairement : les accès à la mémoire ; les opérations arithmétiques, additions, soustractions, divisions ou multiplications ; les opérations logiques et les contrôles. Le jeu d'instructions est réalisé à l'aide de transistors assemblés dans des tranches de silicium, découpées en éléments rectangulaires, et placés dans un boîtier comportant des connecteurs d'entrée-sortie. Ces petites broches qui ressemblent à des pattes d'insectes, d'où le nom de « puces » qu'on leur a donné. Et c'est au terme de cette explication, qui je n'en doute pas t'a fascinée, que je peux enfin t'expliquer comment la magie opère. Parmi tous ces transistors, il s'en trouve toujours quelques-uns pour avoir un défaut. Nos maillons faibles ! On les repère facilement au microscope. Après les avoir identifiés, nous plaçons le coprocesseur sur cette plaque qui a attiré ton attention. Elle est connectée par des fils à un laser, ce petit boîtier noir que tu vois juste à côté. La partie prend alors des airs de bataille navale. Nous frappons les transistors défectueux d'un coup de laser, et c'est touché, coulé. L'enveloppe du coprocesseur est percée et nous avons accès au cerveau de l'ordinateur dont nous pouvons prendre le contrôle, pour lui transmettre toutes les instructions que nous voulons.

— Tu peux le contrôler entièrement à distance ?

— Exact ! Imagine que nous réussissions à subtiliser le portable de Baron, disons pendant une dizaine de minutes. La mallette que tu aperçois au bout de l'établi contient tout le matériel pour l'ouvrir, prélever son coprocesseur, identifier les transistors défectueux, et une fois que nous les avons frappés, en réaliser une copie parfaite, à laquelle nous ajoutons un petit programme maison. Cette copie est remise dans le smartphone, et, à partir de là, elle est pilotable à distance et communique en simultané avec l'original.

— Tu prétends pouvoir ouvrir la coque d'un smartphone, attaquer son processeur, le dupliquer et tout remettre en place en dix minutes ? Sérieusement ?

— Le record établi dans ce labo est de huit minutes et vingt-neuf secondes. Une minute trente de plus sur le terrain me semble une marge raisonnable. Tu veux une démonstration avec le tien ?

— Non, je préfère te croire sur parole.

— Tu peux, répondit Mateo avec une pointe de fierté dans la voix.

— Et comment comptes-tu subtiliser le portable de Baron pendant dix minutes sans qu'il s'en rende compte ?

— C'est pour ça que nous sommes venus à Rome... sans oublier la visite de la Piazza Navona, bien entendu.

Ekaterina ne releva pas la pique, préférant satisfaire sa curiosité. Mais avant qu'elle ait eu le temps de se pencher sur le microscope, son portable vibra, et celui de Mateo aussi.

— *Que faisait Janice pendant ce temps ?*

— Ce qu'il y avait de pire pour elle, elle patientait, ne voulant pas enfreindre une deuxième fois la promesse faite à Vitalik de ne pas retourner avant le lendemain dans les serveurs de la JSBC. Et, pour tuer l'attente, elle avait réuni dans un fichier tout ce qu'elle avait appris jusque-là. Après l'avoir crypté, elle l'avait fait suivre à Mateo et à Ekaterina, les invitant à en prendre connaissance au plus vite. Elle n'était pas encore au fait des conclusions que ses acolytes avaient tirées avant de quitter Londres, mais elle faisait désormais équipe à part entière avec eux. Il semblait même qu'elle avait pris les rênes. Dans son message, non seulement elle leur disait continuer activement son enquête mais leur rappelait que leur participation était impérative. Elle proposa une nouvelle rencontre sur le forum à minuit GMT. Ekaterina accusa réception des documents et promit de s'y attaquer au plus vite. Mais Janice ne s'en tint pas là, elle pressentait qu'il leur faudrait d'autres ressources…

— *Diego et Cordelia ?*

— Oui, les fauves n'étaient plus les seuls à resserrer leurs rangs.

LA RUCHE, ROME

26.

Le quatrième jour, à Londres

Étourdie, au pied de son lit, Cordelia retrouvait ses esprits. Elle ressentit une douleur vive à la joue gauche, encore plus aiguë dès qu'elle posa la main dessus. Son agresseur, à califourchon sur une chaise, lui faisait face. Silencieux et souriant, il tapotait la paume de sa main avec l'extrémité d'une matraque télescopique. L'homme, trapu, était engoncé dans un costume à carreaux, mal taillé dans un tissu miteux et trop épais pour la saison. Deux bourrelets débordaient entre les boutons de sa chemise. Il avait le visage carré, les cheveux en brosse et de petits yeux enfoncés sous un front plat barré par de larges sourcils.

Il s'adressa à Cordelia avec une bienveillance déroutante et lui demanda si ça allait. Il espérait n'avoir pas tapé trop fort. Mais, ajouta-t-il, elle n'aurait pas dû se débattre, elle avait failli lui arracher un œil. Et pour obtenir quoi ? La partie était perdue d'avance, personne n'avait réussi à assommer

Mulvaney. Mulvaney, c'était lui, expliqua-t-il. Il était d'un calme effrayant, sûr de son emprise. Cordelia vivait à Londres depuis assez longtemps pour reconnaître à son accent un malfrat de Brixton. Probablement l'un de ces recouvreurs de dettes qu'employaient les bookmakers.

— Qu'est-ce que vous voulez ? maugréa-t-elle.

— Nous y viendrons plus tard, répondit-il en sortant une photo de la poche de son veston.

Il y jeta un coup d'œil, la remit à sa place et fit claquer sa langue.

— Elle est floue, dit-il, mais la ressemblance est quand même plus évidente qu'avec la petite. J'étais certain qu'elle me mentait.

— Quelle petite ? demanda Cordelia.

— Allons, tu sais très bien pourquoi je suis là. Mulvaney était sûr que tu rentrerais au bercail, ils finissent tous par le faire, même quand ils flairent le danger. C'est un truc que je comprendrai jamais. Je peux te dire que si Mulvaney en avait après moi, je prendrais le premier train pour le bout du monde et je ne remettrais plus les pieds à Londres jusqu'à la fin de mes jours.

Cordelia se demanda de quel désordre mental souffrait cet homme pour parler de lui à la troisième personne.

— Quand j'y pense, elle a été courageuse la gamine. J'aurais pu m'en tenir là, j'avais rempli mon contrat ; la plupart des gars du métier auraient fait ça d'ailleurs, mais Mulvaney est un perfectionniste. Perfectionniste, c'est un joli mot, non ? Et tu vois, c'est un petit détail qui m'a mis la puce à l'oreille. Elle collait pas avec le standing de l'appartement. Bien sûr dans la rue, de nuit, difficile de s'en rendre compte. C'est quand je suis venu ici que je me suis dit que quelque chose clochait. C'est plutôt minimaliste comme déco, alors tu comprends, une veste en jean, un futal bariolé, une écharpe hippie autour du cou et ce parfum de patchouli, ça cadrait pas avec les lieux. Elle a eu beau me jurer qu'elle était chez elle, Mulvaney a pensé, toi ma petite, t'es pas nette. Et avec Mulvaney, faut être réglo, sinon ça cogne. Va pas croire que j'aime la violence. Au contraire, je dis toujours à mes gars que ça sert à rien de commencer par taper. On peut s'arranger en discutant, on n'est pas des sauvages, non ? Là, par exemple, si tu me balances ce que je veux savoir, eh ben t'as aucune raison de prendre une autre mandale. Maintenant si tu veux pas, c'est une autre histoire. Tu piges ?

— Oui, bougonna Cordelia.

— Très bien, et je te dispense du « monsieur », je m'en fous. Bon, on est d'accord que c'est toi la vraie taulière. Alors l'autre c'était qui ?

— Je ne sais pas de qui vous parlez.

Mulvaney serra les lèvres, sortit la photo de sa poche, la lança dans les airs d'un geste vif, et la regarda, satisfait, atterrir sur les genoux de Cordelia.

— On est bien d'accord que c'est toi ?

Cordelia reconnut le moment où elle était montée dans un taxi sur le trottoir d'Heathrow. Elle acquiesça.

— Je te repose donc ma question. Qui était cette nana qui créchait chez toi ? On va gagner du temps, je vais te dire tout ce que je sais et ensuite ce sera ton tour, mais attention, j'ai pas la nuit devant moi. Le canal est sous tes fenêtres, si tu vois

353

où Mulvaney veut en venir. Je l'ai prise en filature vers midi quand elle est sortie pour déjeuner. Je me suis bien fait chier à la suivre tout l'après-midi, mais à Camden, avec le monde qui traîne, difficile d'avoir une conversation d'ordre privé. Comme je t'ai dit, la photo était pas très nette, mais on m'avait envoyé à cette adresse. Elle est rentrée à 18 heures environ, j'ai un don pour ça, je peux te dire l'heure rien qu'en regardant le soleil. Pour les jours de pluie, y a les montres. J'ai planqué en face, de l'autre côté du canal, c'est chouette, ce château des pirates, mais t'as intérêt à tirer tes rideaux si tu veux pas qu'un lubrique te reluque ; de là-bas, on voit tout ce qui se passe dans ta piaule. Elle s'est promenée un bon bout de temps à poil après sa douche. Bien gaulée d'ailleurs, mais ça aussi je m'en foutais, elle entrait pas dans ma tranche d'âge. Mulvaney est pas un pervers. Et puis elle est ressortie. Après c'est arithmétique, tu comprends. L'adresse, la photo, bon, pas terrible, mais avec la carte de gym que j'ai trouvée dans sa poche, j'avais de bonnes excuses de me gourer sur la marchandise. Je lui ai posé la question que je vais te poser aussi et si, contrairement à elle, tu me réponds poliment, demain, t'auras juste un gros bleu sur la joue. Dans le cas contraire, tu connais le tarif.

— Qu'est-ce que vous lui avez fait ?

— C'est elle qui a commencé. Est-ce qu'on dit à un homme d'aller se faire enculer ? Est-ce qu'on traite une personne respectable de fils de pute ? C'est des manières, ça ? Franchement !... s'énerva Mulvaney.

Il reprit son calme, se leva avec une souplesse étonnante, se révélant moins grand que Cordelia ne l'avait imaginé, et avança à la fenêtre. Il écarta le voilage et soupira.

— Je ne suis pas un assassin. J'en connais qui aiment vraiment ça, mais pas Mulvaney. Je dis pas que des fois ça dégénère pas, mais jamais par plaisir. Déjà, sa grossièreté m'a mis de mauvais poil, mais c'est qu'elle m'a cogné, la teigne, et à un endroit sacré où on doit pas frapper un homme. Mulvaney a des codes ! J'aurais pu te coller un marron, t'as pris qu'une gifle. Sur le moment ça fait aussi mal, mais avec le poing t'aurais saigné et qui dit sang, dit cicatrice ; on n'esquinte pas le visage d'une dame, c'est comme ça. Le ventre si elle est pas garnie, les côtes si besoin, mais pas de marques au visage, ça se fait pas, c'est tout. Les hommes, c'est pareil, sous la ceinture, c'est pas réglo. Bon, j'ai d'autres clients à voir ce soir, alors allons droit au but. Ta copine s'est pas bien conduite, on en est venus aux mains et j'ai piqué une colère. La suite, tu la connais. Maintenant que j'ai tout dit, à toi de te mettre à table, expliqua Mulvaney en s'agenouillant devant elle. T'as pas envie de prendre un bain dans le canal toi aussi, alors tu me dis où est le pognon et on en reste là.

Cordelia réfléchit à toute vitesse. Elle doutait que Sheldon ait envoyé un homme de main pour récupérer seulement son argent. La somme était importante, mais la valeur des documents qu'elle lui avait subtilisés surpassait de loin 50 000 livres. Mulvaney la testait. Pour connaître ses intentions, savoir si elle avait prémédité son coup à Heathrow. Sheldon voulait s'assurer qu'une fois l'argent récupéré, cet incident n'aurait pas d'autres conséquences pour le laboratoire pharmaceutique, ni pour sa carrière. Elle avait sur elle la clé USB contenant tous les listings des labos, cachée là où Mulvaney n'avait pas osé la fouiller, en aucun cas il ne devait mettre la main dessus.

— Pourquoi une fille qui peut se payer un appartement aussi chic a besoin de jouer au pickpocket ? À moins que tu sois cleptomane, alors là, ça expliquerait tout, reprit-il en se rapprochant de son visage. Ça me fait penser à cette actrice américaine, j'ai oublié son nom, elle s'est fait prendre en train de chourer des fringues dans un magasin. C'est vraiment une saloperie de maladie, ça a foutu sa carrière en l'air, pour une jupe, tu te rends compte. Alors toi, c'était quoi le motif ?

— J'ai des dettes, répondit Cordelia en baissant les yeux.

— Donc, tu savais ce que contenait la mallette ?

— Évidemment que non, j'espérais trouver un portefeuille, des cartes de crédit, quelques billets.

— OK. Quel genre de dettes ?

— Poker.

— T'avais pas la main ?

— Plusieurs soirs de suite.

— Je t'ai jamais vue traîner chez les bookies, tu joues dans quel cercle ? T'as une adresse en tête que tu me dirais sans trop y réfléchir ?

Cordelia venait d'inventer cette excuse, elle était incapable de citer le nom d'un quelconque établissement de jeu.

— On joue ici, parfois chez les autres.

Mulvaney se rapprocha encore, l'attrapa au cou et la souleva de terre en se relevant.

— Règle numéro un, on ne ment pas à Mulvaney. Règle numéro deux, on ne prend pas Mulvaney pour un con. Règle numéro trois, on ne lui fait pas perdre son temps.

Mulvaney la serrait à la gorge, ses doigts épais et puissants lui comprimaient les carotides, l'empêchant de respirer. Mais il lâcha son emprise juste avant qu'elle s'évanouisse.

— Je te donne une chance avant de t'en coller une autre, dit-il en levant la main.

— Je ne ferais pas ça, si j'étais vous.

Mulvaney s'arrêta net et regarda Cordelia, surpris. Il éclata de rire, lui postillonnant au visage.

— Celle-là elle est magnifique ! « Je ne ferais pas ça, si j'étais vous », répéta-t-il, amusé. Tu te crois dans un film ?

— Vous disiez que vous n'aimiez pas la violence, alors…

— Alors quoi ? beugla-t-il.

— Alors rien, répondit calmement Cordelia au moment où Diego abattait un bougeoir en argent massif sur la nuque de Mulvaney.

Le coup fut si violent qu'elle crut entendre un craquement d'os. Les traits de Mulvaney se figèrent dans une expression stupéfaite. Ébahi, il sembla chercher de l'air, se figea et s'effondra lourdement sur le côté. Diego le roua de coups de pied. Au ventre, aux côtes, au visage. Le corps inerte de Mulvaney encaissait lourdement ses assauts. Cordelia se rua sur son frère et le supplia d'arrêter, mais il paraissait pris d'une rage inextinguible. Elle réunit toutes ses forces pour le repousser.

— Diego, arrête ! hurla-t-elle. Tu vas le tuer !

Il lâcha le bougeoir qui tomba dans un bruit sourd avant de rouler sur le parquet.

Elle se jeta dans ses bras.

— Je n'ai jamais été aussi heureuse de te voir, souffla-t-elle contre sa joue.

Il la repoussa délicatement et s'agenouilla près de Mulvaney, posa deux doigts sur sa carotide et guetta un battement de cœur.

— Il n'est pas mort, dit-il en se redressant.

— J'ai entendu craquer sa nuque, murmura Cordelia.

— J'aime mieux que ce soit la sienne que la tienne. Appelle les flics.

— Pour leur dire quoi ?

— La vérité, Madre de Dios ! s'emporta Diego. Un type a fracturé ta porte et essayé de te tuer ! C'est toi la victime, pas lui !

Cordelia jeta un regard de dégoût sur Mulvaney et partit vers le salon.

— Diego, la porte était défoncée et l'accès barré par un bandeau de la police. Ils ont déjà constaté le cambriolage, alors comment tu vas leur expliquer, un que je suis en vie, deux que j'ai enfreint la loi en passant sous ce ruban, et trois qu'en voyant l'état de mon appartement, je ne les ai pas appelés avant d'entrer ? Ils voudront savoir ce que je suis venue rechercher pour prendre un risque pareil. Tu imagines leur réaction en découvrant le corps de ce malabar gisant au pied de mon lit.

— Et qu'est-ce que tu es venue chercher de si précieux, pourquoi as-tu quitté Madrid comme une voleuse ?

Cordelia baissa les yeux.

— J'allais t'en parler. Suis-moi, je préfère que tu m'accompagnes.

De retour dans la chambre, elle ouvrit son placard, sortit les vêtements empilés au sol, et donna un violent coup de talon sur le plancher de la penderie. L'extrémité d'une latte de parquet se souleva de quelques centimètres, Cordelia la déposa entièrement et récupéra une enveloppe cachée dans l'interstice entre le faux plancher et la chape de béton.

— Ça ! dit-elle à Diego. Des livres sterling, l'équivalent de 60 000 euros.

— Ne me dis pas que cet argent était dans la mallette de Sheldon ?

— Ben si, je te le dis.

— Tu es folle. Pourquoi ne m'en as-tu pas parlé ?

— Pour éviter que tu me traites de folle.

Diego serra les dents. Il retourna auprès de Mulvaney pour vérifier qu'il était toujours inconscient et reprit son pouls par acquit de conscience.

Cordelia restait silencieuse alors que son frère, furieux, tournait en rond dans la pièce.

— On arrête les conneries ! s'exclama-t-il, et on appelle la police pour tout leur raconter.

— Tu veux leur raconter quoi, bon sang ?

— Tout ! Les raisons de la mort d'Alba, mon désir de vengeance, ton envie de m'aider, on leur dira que tu n'as pas réfléchi à Heathrow, que ta seule intention était d'apporter la preuve des crimes qu'ils ont commis. Le fait que tu n'aies pas touché à l'argent prouvera ta bonne foi... Tu n'y as pas touché ?

— Juste 200 livres... pour le taxi, répondit-elle, embarrassée. Ne me regarde pas comme ça, je n'avais pas de liquide sur moi, tu me voyais payer avec ma carte de crédit ?

— On va les remettre tout de suite dans cette enveloppe, reprit Diego en sortant 200 livres de sa poche. Parce que moi, j'ai pensé à m'arrêter à un distributeur de billets avant de monter dans un taxi. On leur expliquera que tu as fui en Espagne, apeurée, à juste titre d'ailleurs, vu ce qui s'est passé depuis, et que tu as décidé de rentrer pour tout restituer. Tu as des circonstances atténuantes, aucun casier... Je paierai ta caution, et puis c'est moi qui ai assommé ce truand, pas toi. Au pire, je risque quoi ? Un peu de conditionnelle ? Et encore, on leur livre un assassin, ça doit bien valoir...

— Tu as fini ?

Cordelia avait retrouvé son autorité de sœur aînée. Diego se tut.

— Ma décision de rentrer... après qu'ils t'ont appelé pour t'apprendre qu'on avait retrouvé « mon » corps dans le canal ! Ça va être simple à démêler, cette affaire... Ils vont sûrement me laisser sortir avec les remerciements du constable.

— C'est de l'humour ?

— Très noir. Tu oublies l'essentiel. Ces salopards ont tué deux personnes que j'aimais, ça fait beaucoup, beaucoup trop.

— Tu es allée reconnaître le corps ?

— Non, mais la guitare de Penny Rose est ici et le type que tu viens d'assommer s'est vanté de l'avoir tuée. Alors je te jure, mon Chiquito, que l'argent que je leur ai volé n'est rien à côté du prix qu'ils vont payer. Crois-moi, ils vont payer ! Je te serai reconnaissante à jamais de m'avoir suivie, de m'avoir sauvé la vie, d'avoir pris tous ces risques pour ta crétine de sœur. Tu as plus que rempli ton rôle de frère. Grand-père serait tellement fier de toi, comme moi. Rentre à Madrid auprès de Flores si tu veux. Moi, je continue. Je ne vais pas appeler la police, le gros con là-bas se réveillera ou pas, peu importe. S'il reprend ses esprits, il n'ira pas se vanter chez les flics, tu peux me faire confiance. Et il est trop imbu de sa personne pour aller raconter à ses employeurs qu'il n'a pas rempli son contrat. Demain, tu iras voir la police, Penny Rose est méconnaissable, tu prétendras que tu ne peux pas m'identifier. Tu te montreras inquiet, puisque sans nouvelles de moi depuis plusieurs jours, mais plein d'espoir car ce n'est pas la première fois, leur diras-tu, que ta frangine disparaît pour aller courir le monde. Ensuite, tu rentres chez toi et tu les laisses se démerder.

Diego enlaça tendrement sa sœur.

— Maintenant, c'est confirmé, tu es folle à lier. Tu penses vraiment que je vais te laisser venger Alba et Penny Rose toute seule ? On va trouver un hôtel, nous paierons la note en espèces aux frais de Sheldon, et demain on avisera.

*

Cordelia récupéra quelques affaires qu'elle fourra dans un sac. Elle rangea la guitare de Penny Rose dans la penderie et quitta l'appartement avec son frère.

LE CHATEAU DES PIRATES

LONDRES

27.

Le quatrième jour, à Istanbul

Maya s'habilla à la hâte, attrapa un petit sac noir dans lequel elle glissa ses deux téléphones portables, la clé de sa chambre d'hôtel, son carton d'invitation et son passeport ainsi que la photo de la petite fille, qu'elle n'avait pas quittée depuis son départ de Paris. Après un dernier coup d'œil, elle cacha son ordinateur portable sous le matelas, referma les portes du dressing et descendit dans le hall.

Une demi-heure plus tard, un taxi la déposait sur la place Taksim. De là, elle emprunta à pied la rue Istiklal et entra au numéro 4.

Entrepreneurs turcs et français étaient réunis dans les jardins intérieurs que l'Institut français partage avec les services consulaires. Une brigade de serveurs en veste blanche sillonnait les allées gravillonnées, portant des plateaux garnis de petits-fours, de mignardises ou distribuant des flûtes de champagne aux invités.

Maya alla présenter ses respects au consul, ils s'étaient connus à Montréal six ans plus tôt alors qu'il était en poste au Québec. Rapidement, elle s'excusa et l'abandonna pour rejoindre le directeur d'un grand hôtel avec lequel elle travaillait régulièrement. Ils évitèrent d'aborder l'évolution de la situation politique dans le pays, et se contentèrent de deviser sur un constat encourageant pour leurs affaires respectives : les touristes avaient oublié la tentative de coup d'État et revenaient à Istanbul. Le directeur en avait pour preuve que son établissement était complet toute la semaine. Maya le lui confirma, elle-même n'avait pu y loger. Le directeur afficha un air consterné. S'il avait su, assura-t-il, il aurait immédiatement mis une suite à sa disposition. Maya n'en crut pas un mot, et s'en moquait éperdument, elle avait l'esprit ailleurs. Elle balaya du regard l'assemblée, cherchant qui l'avait conviée ici et dans quel but. Un visage lui laissa supposer qu'elle avait trouvé la réponse.

François Verdier était un attaché consulaire qu'elle soupçonnait depuis leur première rencontre de travailler pour la DGSE. Un homme affable et peu disert, deux qualités d'autant plus appréciables à ses yeux qu'elles étaient rarement associées. Ils avaient sympathisé, dîné à plusieurs reprises et, un soir où l'alcool avait coulé plus que de coutume, elle l'avait informé de son orientation sexuelle... pour éviter tout malentendu. Verdier n'avait pas changé d'attitude, restant toujours aussi affable. Comme quoi, on pouvait rencontrer des hommes désintéressés, à moins que Maya ne l'ait intéressé pour d'autres raisons. Elle le retrouva près du buffet, pinça délicatement une feuille de vigne entre ses doigts et la lui offrit avec un petit sourire complice. Verdier était d'humeur maussade. Il reposa la feuille de vigne dans une coupelle et s'éloigna. Elle le rejoignit sur le banc où il s'était assis au fond du parc.

Elle ne lui posa aucune question et attendit qu'il parle le premier. Certains détails en disent plus long que des mots. Son front plissé, la façon dont il tordait ses doigts, resserrait son nœud de cravate. Autant de signes qui indiquaient que Verdier n'était pas à son aise.

— C'est toi qui m'as invitée ?

L'attaché consulaire regarda son bracelet-montre.

— J'ai entendu des bruits de couloirs au consulat, dit-il. Je ne suis pas censé les partager, mais...

Maya posa un doigt discret sur ses lèvres, ouvrit son sac, s'empara du carton d'invitation et lui demanda s'il avait de quoi écrire. Verdier sortit un stylo-bille de la poche intérieure de son veston et le lui tendit. Elle repoussa sa main et lui confia le bristol. Verdier comprit son intention et rédigea au plus pressé :

— *Les services de renseignement turcs traquent un agent français venu à Istanbul en vue d'une extraction sensible.*

Maya s'empara du carton et rédigea à son tour.

— *Extraction sensible ???*

— *Un opposant au régime ou des infos compromettantes sur des affaires de corruption impliquant le pouvoir.*

— *En quoi cela concerne la France ?*

— *En rien justement, l'agent travaillerait en solo.*

— *Pourquoi tu me racontes ça ?*

Verdier lui arracha le stylo des mains et s'empressa d'écrire.

— *Parce que si j'étais cet agent je partirais par le premier vol, sans même repasser par mon hôtel.*

Le regard foudroyant de Verdier inquiéta grandement Maya.

— *Tu es fou ? Je ne suis pas qui tu penses ou ce que tu penses !!!*

— *Ce qui compte, c'est ce que pensent les services de renseignement turcs.*

Maya brûlait de lui poser une question, mais en la formulant, elle risquait de se trahir. La mécanique du piège se refermait sur elle... Si rapidement qu'elle soupçonna Verdier d'en être un rouage.

— *Et si l'agent avait laissé son passeport dans sa chambre d'hôtel ?*

Verdier prit l'air d'un professeur effondré par l'incompétence de son élève.

— *Qu'il se dépêche de le récupérer. Bien qu'à sa place, j'essaierais plutôt de franchir la frontière par les routes secondaires vers la Bulgarie.*

— *Combien de temps avant d'être arrêté ?*

— Envoie-moi une carte postale de Paris, j'ai le mal du pays, répondit Verdier à haute voix en lui rendant le carton.

Sur ce, il se leva et retourna près du buffet.

Le quatrième jour, à Tel-Aviv

Le commandant dont elle partageait le bureau venait de quitter son poste pour la pause cigarette qu'il s'accordait toutes les deux heures. Noa savait qu'elle avait dix minutes pour agir. Elle s'éclipsa et emprunta l'ascenseur jusqu'au troisième sous-sol, parcourut le long couloir et colla son visage au hublot grillagé de la porte des archives. Elle aperçut l'ombre du préposé, en train de classer des dossiers dans une travée. Elle passa son badge sur le lecteur, poussa doucement la porte et veilla à la refermer sans bruit. Elle se faufila derrière les deux premières rangées d'étagères et s'arrêta net quand elle entendit l'archiviste revenir sur ses pas. Elle attendit qu'il rejoigne son poste et progressa de deux rangées supplémentaires. La salle des archives en contenait quarante, réparties à égale distance sur cinq cents mètres carrés. Noa poursuivit sa progression mais ses semelles en caoutchouc crissèrent sur la dalle en béton et elle s'immobilisa, retenant sa respiration.

— Il y a quelqu'un ? cria le préposé.

Il vérifia sur les écrans de surveillance et, ne voyant rien, haussa les épaules, avant de reprendre sa lecture.

Noa atteignit la rangée où étaient classés les dossiers des agents tombés en mission. Elle parcourut les étiquettes et s'empara d'une boîte au nom de Sarah Weizman. Elle souleva le couvercle, sortit le dossier qu'elle contenait, et s'agenouilla pour en photographier les pages avec son téléphone portable. Elle avait presque fini quand la porte des archives claqua. Un homme venait d'entrer et salua l'archiviste. Noa les entendit marcher tous les deux dans sa direction. Elle remit précipitamment le dossier dans la boîte qu'elle reposa sur l'étagère. Puis elle rebroussa chemin à pas feutrés, marquant une pause à chaque rangée. Impossible de quitter les lieux sans attirer l'attention. Faute de temps, elle décida d'y aller au culot. Elle se plaqua à la porte, actionna la poignée et se retourna aussitôt comme si elle faisait son entrée dans la pièce. Le stratagème parut fonctionner. Elle reconnut le deuxième homme, un caporal qui lui présenta ses respects ; le préposé aux archives se contenta d'un petit geste de la main, une façon de lui indiquer qu'il serait à elle dans un instant. Noa joua de l'autorité de son grade, elle voulait consulter sans délai les inventaires sur les lots d'armes décommissionnées. En cela rien d'anormal puisque officiellement elle enquêtait sur une affaire de trafic de lance-roquettes RPG-7. Une couverture au sein des services de l'armée où elle servait officieusement d'agent de liaison auprès des employés du renseignement travaillant hors des frontières. L'archiviste lui indiqua la rangée numéro 11, lui rappelant de consigner sur la main courante les références des documents qu'elle emprunterait, et de les lui rapporter avant la fin de la journée. Noa s'exécuta et quitta les archives.

Neuf minutes s'étaient écoulées, plus le temps d'attendre l'ascenseur. Elle monta les escaliers en courant jusqu'à son étage, ralentit dans le couloir pour faire bonne figure et colla l'oreille à la porte de son bureau. Discernant une conversation téléphonique, elle fit demi-tour vers les toilettes. Là, elle récupéra un magazine dans une corbeille, cacha à l'intérieur le dossier bidon qu'elle avait pris aux archives, inspira profondément devant le miroir et regagna son poste.

Pendant ce temps, au sous-sol, l'archiviste raccompagnait le caporal à la porte. Lorsqu'il fut seul, il repensa à la séquence des évènements qui s'étaient produits quelques instants plus tôt. Pris d'un doute, il ralluma son ordinateur. Le lecteur de badge enregistrait les heures d'entrée de chaque visiteur et, consultant son écran, il sourcilla. Noa était arrivée cinq minutes avant le caporal. Le préposé repoussa sa chaise et s'en alla explorer les travées. Il s'arrêta devant un Post-it qui traînait par terre ; en relevant la tête, il constata qu'une boîte ne portait pas d'étiquette ; il la sortit de son emplacement et comprit qu'elle avait été rangée à l'envers sur l'étagère. Le dossier de Sarah Weizman n'avait rien à voir avec une enquête sur les armes décommissionnées. Il retourna immédiatement derrière son comptoir pour passer un appel. Quinze minutes plus tard, un officier du renseignement se présenta et lui ordonna de consigner par écrit ce qu'il avait observé. Pendant que l'archiviste rédigeait son rapport, l'officier alla récupérer le dossier de Sarah Weizman et emporta également le rapport circonstancié de l'archiviste après lui avoir ordonné de ne mentionner cet incident à personne.

Le quatrième soir, à Londres

Diego avait tenu à s'éloigner de Camden.

Cordelia avait déniché un petit hôtel en plein cœur de South Kensington.

Il avait quitté Madrid si vite qu'il n'avait pris que son ordinateur. Elle l'emmena s'acheter une brosse à dents et de quoi se changer pendant quelques jours.

Après cela, frère et sœur poussèrent la porte d'un pub, s'attablèrent dans un box et commandèrent deux pintes.

— Tu as prévenu Flores ? demanda-t-elle en le voyant songeur.

— Je le ferai demain, ce n'était pas à elle que je pensais.

— Et tu pensais à qui, si ce n'est pas indiscret ?

— À la même chose que toi. Une fois obtenus tous les numéros des comptes bancaires, il faudra agir vite. On ne peut pas courir le risque que nos intrusions finissent par être remarquées.

— La collecte sera terminée au milieu de la nuit. Quant aux codes d'accès, on les aura demain matin. Le virus est en train de se propager dans les portables de tous les congressistes. Restera encore à séparer le bon grain de l'ivraie.

— Et à régler un autre problème de taille, souligna Diego. Où transférer les fonds ! La somme sera considérable, il faut mettre cet argent à l'abri avant de pouvoir le redistribuer aux victimes. Une bonne raison de réunir toutes les compétences du Groupe.

— Nous devons quitter l'Angleterre, trouver un lieu sûr à partir duquel opérer. Si Mulvaney est allé raconter ses mésaventures... Sheldon cherchera à nous mettre le grappin dessus par tous les moyens, et il n'en manque pas. Madrid n'est plus possible et, où que l'on aille se tanker, voyager en avion est inenvisageable...

Cordelia retourna l'écran de son smartphone avant de poursuivre.

— Il y a une liaison par ferry entre Harwich et La Haye. On pourrait s'y rendre en train demain. Et de La Haye, on roule jusqu'à Amsterdam.

— Va pour la Hollande, Rotterdam serait plus proche, mais c'est comme tu préfères.

— Et une fois aux Pays-Bas ? On ne peut pas opérer depuis un hôtel. Il nous faut une planque équipée d'une liaison internet haut débit, argua Cordelia.

Diego réfléchissait.

— Pourquoi ne pas remonter jusqu'à Oslo en voiture, on demanderait à Ekaterina de nous la trouver, la planque ?

— Ne compte pas sur elle pour ça. En quittant Madrid, j'ai échangé avec Janice, elle m'a laissé entendre qu'Ekaterina était en Italie avec Mateo.

— Pourquoi tu as contacté Janice ?

— Pour me sentir moins seule pendant le voyage.

— N'importe quoi !

Cordelia ne répondit pas tout de suite.

— C'est elle qui m'a envoyé un mail. Elle voulait me parler d'un truc important. Elle n'a pas eu le temps de m'en dire plus, j'embarquais.

Diego posa son téléphone sur la table, et fixa sa sœur, préoccupé.

— Mateo et Ekaterina sont ensemble ?

— C'est ce que je viens de te dire, mais puisque c'est… n'importe quoi, n'en parlons plus.

— Mais si, parlons-en !

— Tu as faim ? demanda Cordelia en s'emparant du menu.

28.

Le quatrième jour, à Istanbul

En sortant du cocktail, Maya ne savait où aller. Elle envoya un appel au secours à Vitalik qui la rappela quelques minutes plus tard.

— Lastivka, j'ai des informations à…

— Pardon, je n'ai pas trouvé de cabine, mais c'est urgent, l'interrompit-elle.

— Pas d'inquiétude momentanée pour notre parlotte, je surveille ton portable depuis hier et c'est vraiment étrange, car tu n'es plus sur écho.

— Sur écoute ?

— C'est ce que je viens de te dire, à croire que le mouchoir est tombé en panne. Ça ne m'épate pas plus que ça, les Turcs achètent du matériel de saloperie à nos voisins, alors question fiabilité autant repasser.

Maya ressentit un immense soulagement en apprenant qu'elle n'était plus épiée, mais la mise en garde de Verdier occupait toutes ses pensées.

Elle fit part à Vitalik de son échange avec l'attaché consulaire dans les jardins de l'Institut.

— Il est plus qu'important de suivre les conseils de ton ami français. Je comprends que ton ordinateur soit d'une grande préciosité, mais tu en achèteras un neuf.

C'était la voix de la raison, Maya pouvait le griller à partir d'une simple connexion à distance, mais comment se résoudre à détruire ce compagnon de route avec lequel elle avait accompli tant d'exploits ?

— Je m'occupe de ton exfiltration tout de suite, reprit Vitalik. Il y a un bureau de change dans la banlieue ouest d'Istanbul. Je t'envoie l'adresse sur ton téléphone, tu l'effaces juste après. On ne sait jamais si le mouchoir se remettait à marcher, les pannes aléatoires, je m'en méfie comme du choléra. Sois là-bas demain à 11 heures précises, tu diras vouloir changer exactement 180 289 livres turques en grivnas. Le patron est un ami, il viendra te saluer, te donnera un nouveau téléphone et te fera conduire jusqu'à Sofia. Tu m'appelles dès que tu arrives en Bulgarie, c'est compris ?

— Pourquoi 180 289 ?

— C'est ma date de naissance, maintenant tu n'as plus de prétexte pour oublier mon anniversaire. Fais bonne route, Lastivka. En attendant, trouve un endroit sûr pour passer la nuit et ne traîne pas dans les rues.

Lorsque Vitalik raccrocha, Maya se sentit terriblement seule. Où passer la nuit en lieu sûr maintenant qu'elle ne pouvait plus retourner à son hôtel ?

La solution se présenta dans un SMS.

376

« C'est idiot, mais tu me manques, où es-tu ? » demandait Eylem.

Maya lui proposa de la rejoindre dans un café de Karaköy proche du pont de Galata.

Eylem l'y attendait déjà lorsqu'elle arriva. Maya lui apprit qu'elle devait quitter Istanbul au petit matin, mais promit qu'elle ne serait pas partie sans lui avoir dit au revoir.

Pas dupe, Eylem exigea la vérité. Maya expliqua, sans plus de détails, s'être mise dans une situation délicate avec l'un de ses clients, elle craignait d'être attendue à son hôtel et avait besoin de son aide pour y récupérer ses affaires les plus précieuses.

— C'est d'accord. J'irai le chercher, ton ordinateur, tu m'attendras dans le parking et on ira dormir chez moi.

Maya ouvrit son portefeuille pour régler l'addition, dévoilant par inadvertance la photographie qui s'y trouvait.

— Qui est cette gamine ? questionna Eylem en s'en emparant.

Maya lui reprit la photo des mains et la remit dans son sac.

— Aucune importance, dit-elle.

— Je serais curieuse de savoir ce que tu fais avec le portrait d'une petite Yézidie sur toi... Un rapport avec tes ennuis ?

— Non, répondit Maya, résolument convaincue du contraire.

— Alors ?

— Je connais des membres de sa famille qui vivent à Paris, ils espéraient que je la rencontre, répondit-elle, s'enfonçant plus encore dans le mensonge.

— De la famille à Paris ? Ça, ça m'étonnerait ! Yézidie ou Kurde, à voir la pâleur de ses traits et la poussière sur son visage, cette gosse est une réfugiée. Je te souhaite bonne chance pour la retrouver. Ils sont plus de trois millions à s'être installés chez nous. On les voit partout en ville, encore plus nombreux à Izmir, ils pullulent dans les camps à la frontière syrienne. Il en arrive chaque jour. C'est un vrai drame ce qui se passe là-bas et vous, en Europe, vous fermez les yeux et ne faites rien.

— Je partage ton désarroi, mais je ne suis pas responsable de la politique humanitaire européenne.

— Non, toi tu organises des voyages de luxe à ce qu'il paraît, mais tu te promènes quand même avec la photo de cette gosse dans ton sac. Tu sais quoi, je préfère ne rien savoir plutôt que de te voir me mentir avec autant d'aplomb. Allons nous occuper de ton ordinateur. Tu vois, je ne te demande même pas pourquoi il t'est si précieux. Si ça, ce n'est pas de l'amour !

— *Si cette enfant était égarée parmi des millions de réfugiés en Turquie, quelle chance avait Maya de la croiser ?*

— L'enfant était pistée depuis qu'elle s'était enfuie.

— *Pourquoi ? En quoi consistait vraiment la mission de Maya ?*

— À la rencontrer. Mais, se sentant suivie, la petite fille avait disparu. Nous devions retrouver sa trace et l'extraire avant que les fauves ne s'emparent d'elle.

— *Nous ?*

— Le sort d'un enfant nous concerne tous.

— *Y compris les fauves ? Pourquoi elle en particulier ?*

— Parce qu'elle était porteuse d'un symbole.

Eylem ne prononça pas un mot du trajet. Elle gara sa voiture dans le parking souterrain du Pera Palace, en face des ascenseurs. Maya lui remit la carte magnétique de sa chambre.

— Le temps de récupérer tes affaires et je reviens, dit-elle en ouvrant la portière.

— Laisse ma valise, prends juste ce qui tiendra dans ton sac, supplia Maya.

— J'ai bien fait d'opter pour un fourre-tout ce soir, rétorqua Eylem. Un vêtement en particulier ?

— De quoi me changer demain, ça suffira, ma trousse de toilette et…

— Ton ordinateur adoré ! Au fait, il dort de quel côté du lit ? Du tien ou du mien ? questionna Eylem avant de s'éloigner.

Eylem changea d'ascenseur dans le hall pour en prendre un qui menait aux étages. Le couloir était désert, elle entra dans la chambre, alluma le grand lustre et entassa quelques vêtements dans son fourre-tout. En passant dans la salle de bains, elle prit l'atomiseur de Maya et se vaporisa un peu de parfum sur la nuque. Il ne restait plus qu'à récupérer le précieux trésor et à rebrousser chemin.

Dans la voiture, Maya enrageait. Jusqu'à ce jour, elle n'avait jamais cherché à se renseigner sur la nature des messages qu'elle délivrait, pas plus qu'elle n'avait eu conscience de prendre vraiment des risques. Elle se jura que cette mission serait la dernière. La prochaine fois que l'autre portable sonnerait, elle irait le jeter dans la Seine.

Elle regarda sa montre, un quart d'heure s'était écoulé. Inquiète et coupable d'avoir laissé Eylem s'aventurer seule, elle descendit de la voiture pour aller à sa rencontre. Un message de Vitalik s'afficha sur l'écran de son portable et l'arrêta net :

Mouchoir actif !

La cloche de l'ascenseur tinta. Maya se cacha derrière un pilier alors que les portes de la cabine s'ouvraient.

Le quatrième soir, à Tel-Aviv

Pour une fois, Janice arriva en avance. Au troisième étage, elle sonna à la porte de Noa, attendit quelques minutes, puis redescendit chercher le double des clés dans le pot de fleurs. Elle remonta par les escaliers, entra dans l'appartement et appela son amie, pour s'assurer qu'elle n'était pas là.

Le salon était impeccablement rangé. Janice se laissa choir sur le canapé et attrapa le premier des magazines empilés sur la table basse.

À 23 heures, elle envoya un message à Noa pour savoir si elle comptait rentrer bientôt. Aucune réponse.

Elle s'était assoupie depuis longtemps quand une moto pétaradant dans la rue la fit sursauter. Il était 2 heures du matin et Noa n'était toujours pas là. Sa soirée avait dû être plus engageante que prévue, apparement elle avait découché… Tant mieux pour elle, mais elle aurait quand même pu la prévenir.

Janice bâilla longuement et s'étira. Avant de quitter les lieux, elle remit le magazine à sa place, veillant à respecter le parfait alignement de la pile, quand soudain, une réflexion de Noa l'interpella : « Si tu arrives la première, épargne-moi tout commentaire sur le foutoir… »

Une autre phrase de Noa mit ses sens en alerte : « Son appartement était plus propre que si un bataillon de femmes de ménage s'en était occupé. »

Janice se rua dans la chambre et ouvrit la penderie. Elle était vide, comme les tiroirs de la commode, les étagères de la salle de bains ou les placards de la cuisine. L'appartement avait été entièrement nettoyé.

Elle se rappela le contexte dans lequel Noa avait prononcé cette phrase, lorsqu'elle avait relaté l'assassinat de sa collègue, et son sang se glaça.

Janice attrapa son sac, dévala l'escalier et arrêta la première voiture qui passait dans la rue, suppliant le chauffeur de la conduire dans son quartier.

Arrivée chez elle, le cœur tambourinant, elle chercha à verrouiller sa porte de l'intérieur, et, se trompant de trousseau, elle prit celui de Noa ; c'est alors qu'elle remarqua la forme particulière du porte-clés. Elle glissa son ongle dans une petite encoche et fit sauter un capuchon, révélant une clé USB.

Janice fonça à son ordinateur et y inséra la clé. Une fenêtre s'ouvrit sur un fichier sécurisé.

Aux premières lueurs du jour, le rapport que Noa avait réussi à lui faire passer apparut clairement sur son écran.

Les trois premières lettres du texte confirmaient qu'il lui était bien destiné.

HAL,

Le compte que tu as découvert à Jersey sert de plaque tournante à une nébuleuse financière bien plus vaste que tout ce que nous avions supposé. Ce n'est pas un, ni deux, mais quantité de virements qui se répètent de mois en mois. Ces transferts concernent de nombreuses entités. Un fonds d'investissement américain, BlackColony, fait transiter par la JSBC des sommes considérables depuis plusieurs années. L'argent repart aussitôt vers un autre compte à la German Bank. Des virements similaires, émis depuis la Russie, transitent par ce même compte. Des Américains prêtent de l'argent à des Russes et les Russes prêtent de l'argent aux Américains.

Cette méthode leur permet de mener leurs affaires en territoire étranger en toute impunité. Mais quelles affaires ? Et pour des montants aussi considérables ? Je n'en sais encore rien. J'ai également retrouvé la trace de sommes qui semblent avoir atterri au Royaume-Uni, et un nom important rattaché à toute cette affaire. Tom Schwarson est l'homme sur lequel enquêtait Sarah Weizman, notre agent, avant d'être assassinée.

Fais bon usage de ces informations et détruis-les.

Si tu lis ces lignes, cela signifie que je ne peux plus te protéger.

Prends garde à toi. Tu es en danger.
Ton amie.

Janice envoya immédiatement une copie de ce document par mail à Mateo, Ekaterina et Vitalik, en leur adressant la clé de chiffrage par texto.

Puis elle se dirigea vers sa penderie, passa la veste noire d'un costume de soirée et se présenta devant le grand miroir accroché au mur du salon.

Elle observa son reflet, mit un peu d'ordre dans sa chevelure, puis, essuyant les larmes qui coulaient sur ses joues, elle déchira la poche haute du veston, comme l'exigeait la tradition.

PONT DE GALATA

ISTANBUL

29.

LE DERNIER JOUR AVANT LA POUSSIÈRE

Au matin, à Londres

Avant de quitter l'hôtel, vers 8 heures du matin, Cordelia sauvegarda les informations collectées pendant la nuit et annonça à son frère que la première phase de l'opération était terminée. Diego n'avait plus qu'à envoyer un message aux autres et à régler la note.

Un taxi les conduisit à la gare. Cordelia regarda la ville défiler par la vitre, pressentant qu'elle n'y reviendrait pas avant longtemps.

Tous deux étaient épuisés, les derniers jours ne les avaient pas épargnés et les phares des voitures qui roulaient sans discontinuer sur Old Brompton Road avaient éclairé le mur de leur chambre toute la nuit.

Deux heures plus tard, épaule contre épaule, Cordelia et Diego dormaient à bord d'un train qui filait à travers la campagne anglaise et les emmenait vers le port d'Harwich.

Au matin, à Rome

Ekaterina chercha son smartphone sur la table de nuit, consulta ses messages et se leva pour retrouver Mateo. Elle traversa le salon, longea la grande bibliothèque et entra dans la cuisine.

— Janice nous a envoyé un fichier, dit-elle à Mateo qui prenait son petit déjeuner.

— Je sais, j'ai reçu la clé de cryptage par texto. Un café ? proposa-t-il.

— Ça m'a l'air d'être urgent, fit-elle remarquer.

— Qu'est-ce qui ne l'est pas avec Janice... je suis certain que ça peut attendre dix minutes. Tu as faim ?

Elle ne répondit pas et se servit une tasse, le visage assombri.

— Ta cuisine à elle seule est plus vaste que mon studio d'Oslo, répondit-elle.

— Ce n'est qu'une cuisine... Quelle importance ?

Ekaterina hocha la tête, prête à regagner la chambre pour y prendre connaissance du document que Janice leur avait envoyé.

— Qu'est-ce qu'il y a ? insista Mateo.

— Il y a que je m'attache à toi, mais nous n'appartenons pas au même monde, et ça me fait peur.

— Assieds-toi s'il te plaît, Janice attendra. Il est temps que je te raconte une histoire.

Le regard de Mateo se perdit. Il inspira, parce qu'il fallait de l'inspiration pour plonger dans le passé et ramener à la surface ce qui avait fait de lui l'homme qu'il était aujourd'hui.

Puis il posa ses mains sur la table, comme le fait un conteur prêt à ouvrir la porte de son monde.

— Un matin où trois villages furent incendiés dans un rayon de vingt kilomètres autour de sa maison, Hoan comprit que les risques encourus par sa famille devenaient plus importants s'ils restaient chez eux que s'ils partaient. Les témoignages sur le sort de ceux qui avaient pris la fuite n'étaient pas faits pour l'encourager. Les forces gouvernementales maintenaient les civils en otages du conflit qui les opposait à la guérilla. L'étau se resserrait de jour en jour. Champs de mines, routes pilonnées par des tirs de mortiers, bombardements sur les hameaux. Et puis la rumeur courait que les Khmers kidnappaient les enfants pour les embrigader. La nuit venue, Hoan n'arriva pas à calmer sa fille, elle avait huit ans, et son fils cinq. Il prit sa décision. Le temps des adieux était venu, ils partiraient le lendemain. C'était un mardi, au début de la saison sèche. La clarté du jour glissait derrière les coteaux. Ceux qui s'aventuraient au-delà pouvaient voir traîner des dentelles rougeoyantes dans la plaine avant qu'elles ne s'éteignent derrière les montagnes. Hoan avait amassé dans un sac le minimum nécessaire pour assurer à ses enfants quelques jours de survie. Des biscuits, trois galettes de riz, des fruits séchés, et deux morceaux de réglisse. Il avait conservé ces sucreries comme des trésors, les réservant pour le jour où la paix reviendrait. Avant d'aller se coucher, il allait discrètement les admirer, avec la ferveur de ceux qui posent leurs yeux sur la statue d'une divinité, priant pour un miracle. Hoan confia le maigre paquetage à sa fille, et l'installa auprès de son petit frère dans la carriole. Les paysans du coin pouvaient encore longer la frontière à la faveur du soir. Ils étaient trop vieux pour que l'on se méfie d'eux, et leurs attelages trop ajourés pour que s'y cachent des combattants. Mais deux gamins pouvaient passer inaperçus sous une couverture noire comme la nuit. Hoan embrassa ses enfants et leur souhaita bonne route, leur promettant de les rejoindre dès que cela serait possible. Il consola sa fille du mieux qu'il le pouvait, et il serra son fils contre lui, en lui faisant promettre à son tour de veiller sur elle. J'ai promis et j'ai attendu que la carriole se soit éloignée pour pleurer. Mon père n'était plus qu'un point dans le lointain. J'ai pris la main de ma sœur et lui ai juré que nous reviendrions bientôt. Un mensonge éhonté, mais mon père avait été le premier à mentir en prétendant qu'il nous rejoindrait. Notre convoi a été attaqué au moment où nous passions la frontière. Je n'ai jamais revu ma sœur et aujourd'hui je n'arrive même plus à me souvenir de son visage. Alors quand tu dis que nous ne venons pas du même monde, tu as peut-être raison… Mais tu dois savoir aussi que la peur a hanté mon enfance au point que je n'arrive plus à en éprouver.

Mateo se leva, posa ses lèvres sur celles d'Ekaterina et quitta la cuisine. Elle courut derrière lui, le rattrapa et se blottit dans ses bras.

Vers midi, à Kiev

Vital tapotait nerveusement sur son bureau. Son frère frappa à la porte.

— Entre ! Comme si je pouvais venir t'ouvrir.

— Tu es de bonne humeur à ce que je vois. Des nouvelles de Maya ? demanda Malik.

— Si j'en avais, je serais de meilleure humeur.

— Tu es inquiet ?

— Je n'en sais rien. Elle ne s'est pas présentée au rendez-vous… Mais j'ai confiance en elle, soyons patients.

— Je peux faire quelque chose pour toi ?

— Basculer mon fauteuil et le reculer un peu. Ces foutus repose-pieds se sont encore pris dans les câbles de mon ordinateur.

Malik s'approcha pour manœuvrer le fauteuil roulant de son frère jumeau.

Vital l'arrêta d'un geste et se pencha vers son écran.

— Tu vois ce que je vois ? dit-il, stupéfait.

Malik lut le message qui s'était affiché.

— Préviens les autres, dit-il à Vital. Dis à chacun de venir ici au plus vite. Tu leur paies le voyage si nécessaire. Précise-leur bien que c'est urgent et qu'ils n'ont pas le choix, je fais préparer les chambres et je file activer le Donjon.

À 11 h 30, à Tel-Aviv

David trouva Janice endormie sur le canapé du salon. En voyant la poche de sa veste déchirée, il s'assit près d'elle et attendit. Dès qu'elle ouvrit les yeux, il la prit dans ses bras et la consola, sans lui poser de question.

Comme il en avait l'habitude, il se rendit dans la cuisine pour lui préparer son petit déjeuner sur un plateau.

Janice le regarda fixement et lui confia qu'il était un ami inespéré, probablement le meilleur du monde. Et un artiste accompli qui devait retourner à sa peinture sans tarder. Elle avait causé assez de gâchis comme ça.

David la regarda, dubitatif, alors qu'elle regagnait sa chambre.

Elle passa un long moment sous la douche et réapparut vêtue de noir.

— Tu vas travailler ? demanda David qui n'avait pas bougé du salon.

— C'est ce que j'ai encore de mieux à faire.

— Ou prendre un peu de distance, voyager, quitter Tel-Aviv quelque temps. Enfin, je dis ça... ou rien.

— Peut-être, répondit-elle, mais avant, je dois parler à Efron.

David l'accompagna sur le trottoir. Au moment où elle monta dans un taxi, il la rappela et lui demanda :

— Qu'est-ce que tu voulais dire par « probablement » ?

Vers 13 heures, en mer du Nord

En dépit des embruns, du vent et de l'écume projetée par l'étrave, Cordelia avait voulu rester sur le pont du navire. Accoudée au bastingage elle observait l'horizon, la côte des Pays-Bas apparaissait déjà.

— On va à la proue jouer à *Titanic* ? demanda-t-elle à son frère qui consultait ses messages.

Diego releva les yeux.

— Nous allons à Kiev, annonça-t-il d'une voix grave.

— Pourquoi Kiev ?

— Ils ont répondu à mon appel, le Groupe se réunit au complet chez Vitalik.

— J'ai bien entendu, nous allons tous nous rencontrer ? Qu'est-ce que tu leur as dit ? questionna Cordelia, stupéfaite.

— La vérité. Que Sheldon avait tenté de t'assassiner.

Cordélia prit un air résolu.

— Tu vois, dit-elle, je tiens ma promesse. Toutes ces années n'auront pas été vaines, je le sais maintenant, Alba sera bientôt vengée, nous allons les plumer, les anéantir…

Elle sourit, se retourna, fixant le rivage, et cria dans le vent :

— … et faire le hack du siècle !

Au même moment, à Rome

Mateo et Ekaterina s'apprêtaient à contacter Janice quand leurs portables vibrèrent de concert.

Ils préparèrent leurs affaires à la hâte et sautèrent dans un taxi pour rejoindre l'aéroport de Fiumicino. Traquer Baron n'était plus la priorité du moment, le message de Vitalik était sans équivoque.

Au même moment, à Tel-Aviv

En arrivant au journal, Janice se rendit directement en salle de réunion. La conférence de rédaction s'achevait, l'équipe débattait des derniers sujets à traiter dans l'édition du lendemain.

Efron, voyant sa mine grave, s'interrompit et l'emmena dans un bureau voisin.

— Qu'est-ce qu'il y a ? demanda-t-il.

Elle partagea les informations contenues dans la note de Noa, et s'en tint là. Pas un mot sur le sort de son amie.

— C'est délicat, Janice. De toute évidence, tu as en main un dossier brûlant, ça sent le scoop dont rêve tout rédacteur en chef. Mais je me dois d'assurer la sécurité de mes collaborateurs. Alors qu'est-ce que tu veux que je te dise ? De foncer, ou de laisser tomber parce que ce genre d'affaire est beaucoup trop risqué ? Ayrton Cash, c'était du petit gibier comparé à Schwarson. Sa fortune s'élève à 57 milliards de dollars, il n'y a pas plus puissant et plus dangereux que cet homme, ou que son entourage, d'ailleurs. Tu comprends mieux ce que j'entends par « délicat » ?

Le portable de Janice vibra, elle lut le message de Vitalik et s'excusa auprès d'Efron.

— Je dois partir, c'est urgent.

— Je peux savoir où tu vas ?

— En Ukraine, j'ai besoin que tu me fasses une avance, tu pourras la virer sur mon compte ? Pardon, mais je dois y aller, j'ai juste le temps de passer chercher quelques affaires chez moi.

Efron la regarda avec un petit sourire au coin des lèvres.

— En fait, tu avais pris ta décision avant même de m'en parler. Bon voyage ! Et je t'ordonne de me donner régulièrement de tes nouvelles.

Janice dévalait déjà les escaliers.

— *Un appel de Diego avait suffi à convaincre Vital et Malik d'enfreindre la règle de sécurité la plus importante en réunissant tout le Groupe à Kiev ? Qu'est-ce qui leur en donnait le pouvoir et qu'est-ce qui suscitait une telle urgence ?*

— Non, ce n'était pas l'appel qu'il avait envoyé depuis le pont du ferry. Cordelia et Diego avaient certes besoin des autres pour mener à bien leur projet mais, même pour réussir le casse du siècle, ainsi que l'avait baptisé fièrement Cordelia, le hack pouvait très bien s'opérer à distance. Quant à Vital et Malik, ils ne jouissaient d'aucune autorité particulière. Ils avaient juste utilisé un mot-clé convenu de longue date. Personne n'a le droit plus qu'un autre d'actionner la sonnette d'alarme d'un train, il revient seulement à celui qui la tire d'en prendre la décision et d'en assumer les conséquences.

— *Alors qu'avaient lu les frères Vitalik sur leur écran pour appeler le Groupe à se réunir ?*

— Une phrase qui résumait tout ce qu'Ekaterina et Mateo soupçonnaient déjà dans leur chambre d'hôtel à Londres… ce vaste projet qui, comme Ekaterina le disait elle-même, leur échappait encore mais dont tous deux entrevoyaient les contours… ce qui les avait poussés à se rendre à Rome :

Le crépuscule des fauves est engagé.

Une alliance s'était formée depuis des années, composée d'oligarques si riches et si puissants que plus aucune force ne pouvait l'arrêter. Après s'être emparés des ressources énergétiques, agro-alimentaires et pharmaceutiques, avoir pris le contrôle et la surveillance des moyens de communication et d'information – réseaux sociaux, chaînes de télévision et la plupart des journaux –, les fauves s'apprêtaient à lancer l'ultime phase de leur plan. Décisive et sans retour. S'offrir les pays les plus riches, et les asservir en installant des gouvernances autoritaires menées par les leurs. Chine, Indonésie, Inde, Russie, Turquie, Brésil, pays du Golfe, et depuis peu, aussi, les États-Unis... plus de quatre milliards et demi d'individus vivaient déjà sous leur coupe ; l'humanité marchait lentement dans leur direction. Il ne restait qu'un foyer de résistance, un dernier bastion : l'Europe. Et Baron, ambassadeur de l'Alliance, œuvrait à le faire tomber. Déboulonner les dernières démocraties pour régner sans partage sur les peuples et leurs richesses. Vous comprenez mieux maintenant la raison qui a incité Vital et Malik à convoquer le Groupe en urgence ?

— *Le monstre à plusieurs têtes... Ayrton Cash, Robert Berdoch, les frères Kich, Schwarson, Stefan Baron, et tous ceux dont j'ignore encore les noms... Que pouvaient faire les 9 face à des forces aussi redoutables ?*

— Je vous le disais au tout début de notre entretien, ne pas se contenter de s'offusquer, de protester ou de condamner, mais agir.

— *De quelle façon ?*

— Ekaterina, Mateo, Cordelia, Diego, Janice, Vital, Malik, Maya n'ont pas été recrutés par hasard. Toutes leurs années de hack n'étaient qu'un long processus de formation... Ce qui est arrivé la nuit, à Oslo, un commencement. Tous étaient liés sans le savoir pour mener ensemble un jour ce combat périlleux. Leur première bataille, qui allait débuter à Kiev, consisterait à réunir des preuves. Leurs talents ne suffiraient pas à les protéger des dangers qui les attendaient. Maintenant que les règles étaient enfreintes, il n'y en avait plus aucune, ni du côté du bien ni du côté du mal.

— *Quel rapport entre ce combat et la bataille menée par Diego et Cordelia ?*

— Apprendre de l'adversaire, c'est faire preuve d'humilité et d'intelligence. Nous n'allions pas laisser aux PSYOPS le monopole de la manipulation. Vous souvenez-vous de ce que Noa enseignait à Janice ? Effrayer l'ennemi est une technique vieille comme le monde. En s'attaquant aux portefeuilles des dirigeants des laboratoires pharmaceutiques, Diego et Cordelia allaient envoyer un message à l'armée des fauves. « Nous existons, vous ne savez pas qui nous sommes mais vous savez maintenant que nous pouvons vous atteindre. » De quoi occuper leurs esprits et créer une diversion.

— *En leur confisquant à chacun 5 millions ? Une piqûre de moustique, pour citer Cordelia.*

— Un symbole n'a pas de prix... et nous allions leur prendre bien plus que cela.

— *Et Maya ? Quel rapport avec la mission qui l'avait conduite à Istanbul, avec la photo de cette petite fille au visage d'ange ?*

— Elle se prénomme Naëlle et elle serait la clé.

— *La clé de quoi ?*

— De la cage où emprisonner les fauves.

— *Mais qui a envoyé cette photo à Maya, qui a posté ce message à Vital et Malik et, finalement, qui a sonné l'alarme et décidé de réunir le Groupe ?*

— Moi.

— *Qui êtes-vous parmi eux ?*

— Je suis 9.

Salle de visioconférence.
Interruption momentanée de la connexion établie à 00 h 00
GMT par protocole crypté.

La lune s'élevait dans le ciel de Kiev, faisant scintiller les
eaux du Dniepr.

En bordure du fleuve, un petit château du XIXe siècle émer-
geait de sa torpeur.

Les meurtrières du donjon brillaient comme un phare dans
la nuit.

À l'intérieur, neuf écrans étaient répartis autour d'une table
ronde.

Derrière, les diodes des serveurs informatiques clignotaient
le long des murs, dans leurs armoires climatisées.

Dans quelques heures et pour la première fois, le Groupe 9
se réunirait, presque au complet.

Le crépuscule des fauves allait commencer.

À paraître bientôt

9

Tome 2
Le Crépuscule des Fauves

KIEV, le manoir

Remerciements

À
Raymond.
Pauline, Louis, Georges et Cléa.
Danièle et Lorraine.
Susanna Lea, Léonard Anthony.
Emmanuelle Hardouin, Soazig Delteil.
Cécile Boyer-Runge, Antoine Caro.
Juliette Duchemin, Sandrine Perrier-Replein,
Lætitia Beauvillain, Alix de Cazotte, Lydie Leroy,
Marie Dubois, Joël Renaudat, Céline Chiflet, Marie Grée,
toutes les équipes des Éditions Robert Laffont.
Pauline Normand, Marie-Ève Provost, Jean Bouchard.
Sébastien Canot, Mark Kessler, Xavière Jarty,
Estelle Rolloy, Carole Delmon.
Devon Halliday, Noa Rosen, Kerry Glencorse.
Sarah Altenloh.
Rémi Pépin.
Carole Cadwalladr.
Gilles et Carine.
Elsa de Saignes
La Société Ledger et sa géniale équipe qui m'ont tant appris.

www.marclevy.info
www.laffont.fr
www.versilio.com

Et pour m'écrire, une seule adresse :
marc@marclevy.net

🔲 marclevy

Dessins :
🔲 paulinelevequelevy

THE CONNAUGHT HOTEL, LONDRES

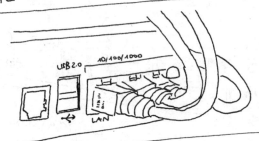

USB 2.0   10/100/1000

LAN

— PERA PALACE HOTEL —

CENTRE NAUTIQUE DE LJAN

LA MAISON
DE JANICE

PONT DE GALATA

BOSTON

LE CAFÉ
DE NOA

CAFE PIERRE LOTI

KIEV, le manoir

LE CANAL DE CAMDEN

LE CHATEAU DES PIRATES

LONDRES

LE MARCHÉ
DE CAMDEN

LE JARDIN DE TEL HASHOMER

PARC DU RETIRO, MADRID

LE QUOTIDIEN HAARETZ

MERCADO DE SAN MIGUEL

PADDINGTON STATION

PERA PALACE HOTEL